Katharina Johanson
DER IRRTUM

Katharina Johanson wurde 1955 in der DDR geboren. Sie etablierte sich zunächst beruflich in der Landwirtschaft und schloss ein Studium zur Diplom-Agrarpädagogin ab, später studierte sie Kulturwissenschaften im Fernstudium. Zur Wendezeit kam sie im Bildungswesen unter. Seit 2012 ist sie als Historikerin und Romanschriftstellerin unterwegs. Sie schreibt bevorzugt Familiengeschichten, die sie vor dem Hintergrund der gesellschaftlichen Verhältnisse recherchiert und darstellt. Katharina Johanson lebt in Berlin. Zuletzt erschien bei NORA ihr Roman: *Zwischen unten und oben* (2022).

Katharina Johanson

DER IRRTUM

Die Mär des Kindes Tom Bruck

Von Katharina Johanson liegen bei NoRA außerdem vor:

Familie Krumm (2021)
Karl August Wittfogel (2021)
Zwischen unten und oben (2022)

ISBN 978-3-86557-521-0
1. Auflage
© 2023 by BEBUG mbH / NoRA, Berlin
Umschlaggestaltung: BEBUG mbH
Druck und Bindung: Printed in EU

Ein Verlagsverzeichnis schicken wir Ihnen gern:
BEBUG mbH / NoRA
Axel-Springer-Straße 52
10969 Berlin
Tel. 030 / 206 109 - 0

www.nora-verlag.de

INHALT

Zum Einstieg   7

Der Hausbesitzer   34

Der Auftrag   75

Die Ohnmacht   98

Die Vertreibung   133

Die Ankunft   153

Das Transmädchen   174

Der Froschkönig   212

ZUM EINSTIEG

An diesem wunderbar weichen, warmen, sonnenreichen Herbstabend des Jahres 2018 stieg Jens Schmittke im Pulk der Reisenden die hohe, steile Bahnhofstreppe hinunter. Er verharrte im Tunnel, und die Menge verlief sich. Er blieb allein und schaute nach links. Hinter der Bahnunterführung öffnete sich das Land in eine unwirtliche Brache. Ein Blick dorthin lohnte kaum. Jens wandte sich nach rechts, trat ins Freie und stiefelte über den Bahnhofsvorplatz: Supermarkt mit Verkaufsständen davor, Bushaltestellen, Taxistandfläche, ein auffällig bunter Blumenladen, Restaurants, Autoverkehr, Fahrradfahrer, Fußgänger und seitlich vom Bahnhofsausgang ein Grüppchen müde wirkender Bettler und offensichtlich Obdachloser. Das Übliche halt, wie an jedem Bahnhof in jeder mittleren oder großen Stadt fast überall in der westlichen Welt.

Der Bahnhofsvorplatz mit seiner kommerziellen Bebauung und dem Verkehr legte großstädtisches Flair an den Tag – und Jens nahm dies als Novum auf. Er trabte die Bahnhofstraße in Richtung des alten Dorfkerns hoch. Der junge Mann war ein kraftstrotzender Vierziger, trug eine derbe Wanderkluft, hohe Schnürschuhe, einen breitkrempigen Hut und einen riesigen Rucksack. Er lief und schaute. Rechts und links standen große und kleine Einfamilienhäuser auf gepflegten Grundstückchen. Er grüßte über den Gartenzaun und ließ die Bilder seiner Heimat genüsslich in seine Seele rieseln. Er meinte, dass es nirgends schöner und friedvoller sei als gerade hier, er glaubte an glückliche Fügungen, wie sie stets und ständig seine Begleiter waren. Nichts hatte ihn auf seiner jahrelangen Wanderung strauchelt, stürzen oder verkommen lassen. Ein glückliches Händchen war ihm jederzeit beschieden, und im Vertrauen auf dieses Glück wollte er in der alten Heimat wieder ankommen, ein wohlgestaltetes Tagwerk verrichten und sich freilich auch genüsslich zurücklehnen und des Alltags Freuden genießen.

Vor zehn Jahren waren Jens Schmittke und seine Familie sieben Mann hoch nach Russland übergesiedelt. Sie waren vordem seit Generationen hier in Kerkow ansässig gewesen und hatten ihren Lebensunterhalt als Bauern verdient. Wie die Wirtschaft dann aber verfiel und der kleine Bauernhof seine Betreiber mehr schlecht als recht ernährte, packten sie ihre Sachen und zogen fort. Sie hatten lange in Kerkow ausgehalten, viel länger als andere, bis auch ihnen keine Wahl mehr blieb. Wollten sie das gelernte Handwerk fortsetzen, als Familie zusammenbleiben und dem Fluch der gescheiterten Existenz entgehen – Arbeitslosigkeit und Armut wurden hierzulande noch immer als persönliche Unfähigkeit gehandelt –, mussten sie den Schritt wagen. Sie gingen nicht mit leeren Händen, sondern mit den Taschen voller Geld, denn sie verkauften ihr gesamtes unbewegliches und bewegliches Gut. Den Hof sowieso, aber eben auch den Maschinenpark, die häusliche Einrichtung und was sie sonst noch entbehren konnten. In Russland gedachten sie, sich komplett neu einzurichten und damit auch den dortigen Gepflogenheiten anzupassen. Es funktionierte. Es funktionierte auch insofern, als es brach liegende landwirtschaftliche Nutzfläche in Hülle und Fülle gab,

Fachleute händeringend gesucht wurden und die Einheimischen ihre legendäre Gastfreundschaft freimütig unter Beweis stellten. Nur Jens bekam ganz schreckliches Heimweh, er litt, er sehnte sich nach der Muttersprache, nach dem heimatlichen Boden, nach den Leuten und nach den Freunden. Manch altes Ärgernis hätte er liebend gern in Kauf genommen, wenn es nur etwas Gewohntes gewesen wäre. Ihm fehlte einfach alles Bisherige, und er strebte nur noch nach Hause zurück. Allein, der Familie bereitete seine Abtrünnigkeit argen Verdruss. Die Mutter, die Schwäger, die Neffen beschworen ihn zu bleiben. »Du hast doch hier alles. Was willst du fort? Und wir lieben dich!« Jens weinte und schluchzte: »Ich liebe euch doch auch. Aber seht mal: Auf Hunderte Kilometer kommen zwei, drei Dörfer. Eine halbe Woche braucht es bis zum nächsten Laden. Und man trifft immer die gleichen Leute. Noch dazu Leute, mit denen man sich kaum verständigen kann.« Er lobte sich auch die seinerzeitige unmittelbare Nähe zur Großstadt Berlin, wiewohl er selten Gelegenheit bekam, dorthin zu reisen. Aber allein das Gefühl von Menschenfülle und die theoretisch erwogenen vielfältigen Unterhaltungsmöglichkeiten befriedigten oft genug seinen Drang nach Abwechslung. Die Mutter hielt ihm vor: »In Kerkow hattest du doch auch nur eine Handvoll Leute und immer die gleichen Gesichter. Und was hast du denn mit den Nachbarn geschwätzt? Wenn es hoch kam, zehn Worte am Tag. Warte es ab. Wir leben uns ein.« Jens schüttelte verzweifelt den Kopf. Wie sollte er beschreiben, was ihn quälte? Er wollte auf jeden Fall heim. Seine Sehnsucht übermannte ihn. Der Schwager appellierte: »Jens, wir brauchen dich auf der Arbeit. Wir sind doch jetzt schon so lange ein Team. Wenn du gehst, reißt uns das hier irre rein. Wie sollen wir denn ohne dich klarkommen?« Jens erwiderte: »Nehmt Leute an. Wir hatten doch von Anfang nicht vor, nur unter uns zu bleiben.« In der Tat zogen arbeitslose Landarbeiter zu Hauf durch die Gegend und boten sich zu einem läppischen Preis an. Der Schwager beharrte: »Das ist doch was anderes. Eh die eingearbeitet sind, eh die unsere Ideen verstehen, können Jahre vergehen, und wir kommen hier nicht aus dem Knick.« Sie hatten Landwirtschaft mit effizienten Technologien geplant, Großraumwirtschaft, wie sie vielerorts in Vergessenheit geraten war. Jens schüttelte den Kopf. Da war kein Herankommen. Die Mutter rechnete kühl: Wenn Jens geht, reduziert sich unsere effektive Arbeitskraft um fünfzig Prozent. Die Kinder sind zu jung, die Frauen ohnehin ausreichend belastet. Ihr kleines Unternehmen verfügte nur über zwei Arbeiter im besten Mannesalter. Inwieweit also der verbleibende Rest wirtschaftlich auf die Füße käme, stünde in den Sternen. Sie spitzte: »Willst du uns umbringen?« Er antwortete: »Ihr werdet es überleben.« Er war schon einmal für längere Zeit ausgefallen, weil er einem Mädchen nachgestellt hatte und wochenlang der Arbeit fern blieb. Der Familienbetrieb war dazumal auch nicht zusammengebrochen. Hernach ging es sogar noch besser. Jens' Entschluss stand fest. Er wiederholte: »Ihr werdet es überleben«, und hielt die Hand auf. Er erheischte seinen Anteil aus dem von der Mutter verwalteten gemeinsamen Fond. Sie entgegnete: »Es geht doch nicht nur ums Überleben!«, und verwehrte Jens das Reisegeld. Der Schwager verbarg die Wagenschlüssel. Jens saß unweigerlich auf dem Trocknen. Mit dem Mut der Verzweiflung machte er sich bitter enttäuscht und mittellos bei Nacht und Nebel und zu Fuß auf den Weg. – Obgleich seine Chancen, gesund anzukommen, gegen null tendierten, wurde ihm geholfen, und er kam durch. Zehn Jahre war er unterwegs und wurde sogar ein reicher Mann.

Freilich halfen ihm die Leute nicht nur aus reiner Selbstlosigkeit. Penner, Bettler und Taugenichtse ignorierten auch die meisten Russen, ließen sie für gewöhnlich am Wegesrand liegen und verrecken. Jens war anders. Er trat als Forscher, als Reisender und als faszinierender Überlebenskünstler auf. Binnen kürzester Frist entwickelte er Eigenschaften, die man dem auf einer winzigen bäuerlichen Klitsche sozialisierten Arbeiter nicht zugetraut hätte. Er war charmant, zurückhaltend und entgegenkommend. Er betörte mit seinem Lächeln, mit seinen Reden, mit seinen Witzchen und mit seinen abenteuerlichen Erzählungen. Er hatte eine blühende Fantasie. Selbst als er die russische Sprache noch nicht beherrschte und sich nurmehr ansatzweise verbal verständigen konnte, versprühte er einen betäubenden Charme. So öffneten sich ihm die Türen der Vorratskammern und der Schlafzimmer. Man ließ den Unterhaltungskünstler eintreten und versorgte ihn. Er wurde weitergereicht und empfohlen.

Wie er nun so lief und lief, tauchte er in eine Wunderwelt ein, wie sie größer und schöner gar nicht sein konnte. Er schrieb seine Eindrücke in farbigen, emotional aufgeladenen Bildern nieder und versendete sie an die in Deutschland verbliebenen Bekannten. Seine Artikel wurden gelesen, verbreitet und bald interessierten sich die Journale für ihn. Sie schickten Geld und immer wieder neue Anfragen. Jens Schmittke ward ein berühmter und bestens bezahlter Reiseschriftsteller. An der belorussisch-polnischen Grenze stoppte er seinen Lauf, drehte sich auf dem Absatz herum und durchwanderte den Kontinent in entgegengesetzter Richtung. Er kam bis zum Pazifik, er erlebte viel und verdiente gut. Als er endlich des Reisens müde war, kam er nach Kerkow zurück und mochte hier sein eigentliches, ganz normales bürgerliches Leben wieder aufnehmen.

Dort, wo die Bahnhofstraße im rechten Winkel in die Kerkower Hauptstraße mündete, erblickte Jens Schmittke die Kirche, den Friedhof, das Gemeindehaus, die Pfarrei, die Schule und die Straße hoch die uralten, würdevoll protzenden Bauerngehöfte, die freilich längst keine landwirtschaftlichen Betriebe mehr waren, nur noch das dörfliche Ambiente vortäuschten. Er überschritt den Fahrdamm – viel Verkehr gab es um diese Tageszeit nicht –, und er lief ein paar Schritte weiter, um sein Elternhaus anzuschauen. Das stand mit seiner hübschen Fassade aus rustikalem Schnitzwerk sowie floraler Bildnerei, den niedlich gerahmten Fenstern und dem sich über eine kleine Freitreppe erhebenden Vordereingang längs zur Straße, und daneben und dahinter breitete sich der Hof mit Stallungen, Schuppen und einer riesigen Freifläche aus Gartenland und Wildnis aus. Jens wusste, dass das Gemäuer weitestgehend an Ausländer vermietet war, und entdeckte auch sofort ein paar Frauen, Männer und Kinder, die sich in der Sonne ihrer gemütlichen Nachmittagsbeschäftigung hingaben. Leben herrschte. Das war ihm recht. Ein unbewohntes Haus verkommt schnell. – Er kehrte sich nach dem angrenzenden Grundstück um und betrat durch das weit geöffnete Tor den Hof der Familie Bruck.

Jens ließ den Blick schweifen. Das Anwesen war groß, sehr groß, und prächtig ausgestattet: ein breit ausladendes Wohnhaus gleich vorn und ganz hinten noch ein kleiner hübscher Bungalow, Schuppen, Werkstatt, Garagen, ein weitläufiger Garten mit Bassin und anderen Sportanlagen. Das Ganze war eingehegt von einer ungefähr drei Meter hohen, massiven, mit Stacheldraht bewehrten Mauer und zur Straße hin mit einem wuchtigen, zweiflügeligen Tor abschließbar. Eine palastartige Festung! Freilich hatte der Weltreisende schon weitaus Besseres und Monströseres gesehen, aber für hiesige Verhältnisse waren die Brucks steinreich, und das eingemauerte Paradies wies sie als unangreifbar aus.

Pia und Conni Bruck werkelten im Garten. Jens räusperte sich, und Conni – ein Mann in Jens' Alter – wurde aufmerksam: »Da bist du ja, alter Junge, komm rein und leg ab!« Er eilte auf Jens zu und umarmte ihn. Jens stand wie angewurzelt und rührte sich nicht. Pia – Connis Frau – lief ebenfalls herbei und begrüßte den Ankömmling genauso freudig. Sie zeigte auf die noch nicht weggeräumte Kaffeetafel. Auf dem Tisch bei der Sitzgruppe unterm Sonnendach stand das Geschirr vom Vesper, und etwas Kuchen war auch noch da. Ein paar Fliegen und kleine Käfer taten sich dort gütlich. Jens schüttelte den Kopf und drängte: »Wollen wir gleich rübergehen?« Er dachte an Schlüsselübergabe und Einzug in sein Elternhaus. Conni druckste: »Nicht so hastig. Komm doch erst mal an.«

Ein Kind sprang herbei und drängte sich mit großen Augen dazwischen. Vater Conni betonte stolz: »Das ist Tom, unser Junge.« Die Eltern lächelten verzückt und Jens quittierte die Ansage höflich: »Wie alt bist du denn schon, Tom?« Der Junge antwortete: »Zehn.« Jens strich ihm altväterlich über den Kopf. Der Junge schnurrte wie ein Kätzchen. Conni schob das Kind beiseite: »Geh zu Tante Loni«, und ergänzte: »Die Erwachsenen haben was zu besprechen.« Das Kind trollte sich.

Loni Bruck jätete im hinteren Teil des Gartens Unkraut, wurde aufmerksam, grüßte flüchtig und nahm den Jungen in Empfang: »Nun, Großer, was willst du machen?« Er fragte: »Darf ich reingehen und lesen?« Tante Loni hatte in ihrem Haus eine Lese- und Spielecke für Tom eingerichtet, in der er spannende Lektüre vorfand und sich auch im Konstruieren und Erfinden üben konnte. Sie nickte. Der Junge trat den Dreck von den Schuhen, zog sie aus, stellte sie neben den Eingang und schlüpfte auf Strümpfen in die Wohnstube. Loni schaute ihm nach, lächelte und beugte sich dann wieder über das Beet. Sie dachte: Was für ein feines Kind! Sie kaufte dem Jungen so manches, was dessen Eltern für unzeitgemäß und für Tinnef hielten. Derzeit hing der Knabe schwärmend an der Meerjungfrau Esmeralda. Die wundersamen, zauberhaften Erlebnisse der kleinen Nixe faszinierten ihn immer wieder aufs Neue. Er las die Geschichten hoch und runter und träumte sich in die unglaublichen Möglichkeiten dieser Märchenwelt. Loni legte die Hacke nieder, lief zum kleinen Haus und lugte hinein. Tatsächlich. Tom kauerte im Sessel und hatte eins der bunt schillernden Bändchen vor der Nase. Sie trat befriedigt ab und arbeitete weiter.

Derweil widmeten sich Conni und Pia Bruck ihrem Gast und lenkten ihn zur Sitzgruppe. Jens folgte widerwillig, ließ den Rucksack zur Erde gleiten und nahm Platz. Pia ergriff die Kanne, schüttelte sie und sagte: »Es ist sogar noch Kaffee da!« Jens maulte: »Nu macht schon!« Conni hockte sich unbeeindruckt dazu und erklärte fest: »Wir sollten die Papiere sichten, die Leute informieren. Das kann alles nicht so schnell gehen, wie du dir das vorstellst.« Ja, wie hatte sich Jens das eigentlich vorgestellt? Er kommt an und ist da! So einfach. Für tausenderlei Vorreden, Paragraphen, Papierkram hatte er nichts übrig. Er bevorzugte die direkte, forsch-unkomplizierte Art. Conni und Pia verbreiteten sich indessen ausführlich in völlig belanglosen Kerkower Tagesereignissen, als müsse man den Ankömmling einweihen und ihn unterrichten. Dabei war Jens bestens informiert. Nicht von ungefähr oder gar für umsonst hatten sie seit Jahren Kontakt gehalten. Während er den höflichen Zuhörer mimte, rekapitulierte er, was er über die Brucks wusste.

Die Brucks lebten eigentlich schon immer in Kerkow und gaben hier den Ton an. Sie waren eine Familie mit einer beeindruckenden Tradition. Die Großeltern waren einst als Neubauern hierhergekommen, reformierten die Landwirtschaft und gründeten die Genossenschaft. Damit kamen sie zu Erfolg und standen immer in der ersten Reihe beziehungsweise ganz oben. Die Brucks hatten auch schon immer, das konnte man nicht anders sagen, ein ganz erstaunliches Durchsetzungsvermögen. Den Junioren, dem Peter und dem Volker, stand die Landarbeit zunächst nicht an. Sie etablierten sich fernab der Heimat und ohne sich in Kerkow irgendwie einzubringen. Das Dorf wurde für sie erst interessant und lukrativ, als die politische

Wende alles aufbrach und die Dinge umkehrte. Peter Bruck übernahm mit dem väterlichen Landanteil aus der Genossenschaft das Zepter im Ort. Sein Bruder Volker gesellte sich ihm als Berater zur Seite. Freilich dachte Peter Bruck nicht daran, sich auf dem eigenen Hof krumm zu schuften, er dachte aber auch nicht daran, zu verkaufen und wegzugehen, als sich die kleinen Höfe nicht mehr rechneten. Er dachte an kaufen und bleiben und lag damit goldrichtig. Er drehte nicht sofort als Großgrundbesitzer auf, wodurch er sich wohl Feinde gemacht hätte. Nein, so ging das nicht. Er trat als Nachbar und als Retter auf und nutzte den Bonus, den sein Vater erwirtschaftet hatte. Stück für Stück riss er sich die heruntergewirtschafteten Gehöfte unter den Nagel. Seine Überredungskunst ebnete ihm den Weg. Später setzte er finanziell abgefederte Beziehungen ein, spann Intrigen, ließ die Leute auflaufen und verleumdete sie hernach. Er manipulierte die öffentliche Meinung in seinem Sinne, und wer nicht kuschte, den machte er unmöglich. Er betörte mit seiner scheinbaren Offenheit, mit seiner stets gewinnenden Art, mit seiner äußerlichen Sicherheit, mit seinem männlich-kameradschaftlichen und kumpelhaften Draufgängertum. So blieben die Brucks auch unter den veränderten Verhältnissen oben und schwankten nicht oder kaum. Irgendwie schaffte es der frisch gebackene Immobilienhai dann auch, den wertvollen Ackerboden in Bauland umwidmen zu lassen, und verdiente sich nunmehr mit dem Verhökern der Grundstückchen eine goldene Nase. Hunderte Häuslebauer siedelten sich in Kerkow an und versuchten ihr Glück auf vierhundert, fünfhundert Quadratmetern. Sie nahmen Kredite auf, arbeiteten bis zu Umfallen, spannten ihre Kinder und ihre Großeltern ein, und einige kamen tatsächlich zum eigenen Häuschen auf grünem Grund. Aber vielen war das nicht gegeben. Sie gingen mit ihrem Traum vom Glück gnadenlos in den Bankrott. Deren Investitionsruinen kaufte Peter Bruck zurück und versilberte sie erneut. Die Häuser wurden umgebaut, abgerissen oder blieben leer stehen, verkamen und vergammelten. Manch einer bediente sich dort oder warf seinen Müll dazu. So war denn aus Kerkow eine wild bebaute, verdreckte Großsiedlung ohne nennenswerte Infrastruktur geworden. Der eine oder andere Kerkower vermerkte bissig und hinter vorgehaltener Hand: »Anderen Ortes nennt man so was ›Slums‹, hier heißt es ›Aufbau Ost‹. Woanders bringt man Männer wie Peter Bruck in den Knast, hier kriechen sie ihm zu Kreuze.«

Allein, so glänzend, wie sich Peter Bruck gehalten oder neu aufgestellt hatte, sah es in seiner Familie längst nicht aus. Er schaffte zwar heran und bewährte sich als Häuptling, doch die Seinen litten die Entwicklung. An ihnen war so etwas wie Nächstenliebe, Ehrlichkeit und Miteinander kleben geblieben. Sie empfanden Scham, und sie wehrten sich nach Kräften. Aber sie kamen gegen den Despoten nicht an, denn sie merkten einfach zu spät, was ablief. Dann nahmen sie sich auf brutale und eigenwillige Art und Weise aus dessen Dunstkreis heraus. Zwei Kinder des Peter Bruck wählten den Freitod, seine Frau verließ ihn, und sein damals vorzüglich in München lebender Bruder Volker und dessen Frau Loni meldeten sich irgendwann gar nicht mehr. So ging es, und eigentlich ging es schon tragisch zu, aber Peter Bruck machte immer weiter. Immer mehr, immer höher! Er scheffelte Berge von Geld und wurde dabei immer einsamer. Nur Pia, das Nesthäkchen, hielt dem Alten und dem Ort Kerkow die Treue. So wahnwitzig es anmuten mochte, so irre das klang: Pia war tatsächlich der Meinung, mit Sanftmut und Einvernehmlichkeit hier etwas ins Lot bringen zu können. Sie nährte hohe Ideale von Menschlichkeit, Nähe und Wärme. – Im Jahre 2010 verstarb ihr Vater plötzlich, und Pia übernahm das Imperium.

Sie verfügte über Ländereien, Wohnungen en gros und über eine florierende Autowerkstatt. Die Brucks beherrschten praktisch ganz Kerkow und die nahe Umgebung. Pia wollte eine kollektiv verwaltete, autark wirtschaftende Gemeinde aufziehen. Allerdings besaß die junge Frau weder das unternehmerische Verständnis noch den Schneid, die Sache zu stemmen. Außer ihren Wunschvorstellungen brachte sie nichts weiter mit. Für Banker, Manager, Makler fehlte ihr jeglicher Nerv. Sie verkaufte, um zu retten, sie verkaufte unter Wert und legte die gewonnenen Mittel blauäugig und völlig falsch an. Sicher wurde sie auch hinters Licht geführt. Ihr größter Mangel war jedoch ihre fachliche Inkompetenz. Binnen kürzester Frist führte sie die Firma in die Pleite. Sie musste Mitarbeiter entlassen, schaffte sich Feinde und machte sich im Ort unmöglich. Sie erntete Missgunst, Häme und Schadenfreude. Es war das blanke Grauen. Ein halbes Jahr nachdem sie angetreten war, besaß sie nicht einmal mehr das Notwendigste. Sie konnte sich weder eine anständige Mahlzeit leisten, noch ihr Wohnhaus ausreichend heizen. Sie grämte sich über alle Maßen und war trotzdem außerstande, den Abwärtstrend aufzuhalten.

Arg bedrückt schlurfte Pia Bruck eines Abends nach nebenan zum verwaisten Schmittke-Hof. Diesen Hof hatte Peter Bruck seinerzeit den Schmittkes abgekauft und, wie alles andere auch, an Pia vererbt. Nun wollte sie sich anschauen, was der Auktionator und die Käufer anderntags zu sehen bekommen würden, und ihren Gewinn ausrechnen. Vielleicht ging sie im Schatten der Nacht auch herum, um ihr Selbstmitleid mit Gruselbildern zu verfestigen, denn neben ihrem Vaterhaus war dieser Hof das Einzige, was ihr noch geblieben war. Der Lichtkegel ihrer Taschenlampe hob verkommene Stallungen, Schuppen, Speicher aus dem Dunklen. Der Garten lag verwildert, doch das würde nicht sonderlich zu Buche schlagen. Das Wohnhaus im riesigen Drei-Seiten-Hof bot da schon eher einen respektablen Anblick, sein rustikales Ambiente beeindruckte nach wie vor. Hier war auf jeden Fall Geld herauszuholen. Pia strich durch die Flure, über Treppen, öffnete Zimmertüren und leuchtete in jeden Winkel. Ganz oben unterm Dach entdeckte sie eine wohnlich ausgestattete Kammer und Spuren menschlicher Anwesenheit. Sie kramte in den fremden Sachen, suchte und folgerte: Hier hat sich einer eingerichtet. Während sie noch unentschlossen forschte, kam der in Kerkow allseits bekannte Bettler und Streuner Conni heim. Salopp fragte er: »Was liegt an, Chefin?« Pia antwortete konsterniert: »Hier kannst du nicht bleiben. Morgen kommen Haus und Grundstück unter den Hammer.« Conni maulte: »Scheiße! – Wäre ja auch zu schön gewesen, hätte es noch paar Tage gedauert. Die Nächte sind noch kühl.« Pia stand ratlos in der Tür und wiederholte: »Du kannst hier nicht bleiben.« Er schob sich an ihr vorbei, legte seine Einkäufe ab, ließ sich auf seiner Bettstatt nieder, wickelte ein Paket auf und begann zu essen. Er zeigte auf einen Stuhl und stellte entspannt fest: »Eine Nacht geht doch wohl noch?« Pia setzte sich und beobachtete. Zögernd schlug sie vor: »Du kannst ein paar Tage bei mir wohnen.« Sie hatte mitnichten die Kaltblütigkeit, einen Obdachlosen hinauszuwerfen, und in ihrem Vaterhaus standen mehr als ein Zimmer frei.

In dieser Nacht näherten sich die beiden gescheiterten Menschen einander an. Über viele Stunden redeten sie sich ihren ganzen Kummer von der Seele: Pia fühlte sich von Gott und der Welt verlassen, war bei den Kerkowern verpönt, ruiniert und litt ihre Einsamkeit. Mit Conni sah es auch nicht rosiger aus. Er lebte seit Jahr und Tag ohne rechtes Ziel und von der Hand in den Mund, er hatte noch nie etwas auf die Reihe gebracht, und dennoch hielt er gegen. Er meinte: »Man muss das nicht so stehen lassen, wie es steht. Du hast doch alles. Wir machen was draus, Mädel.« Die Kälte und der Überlebenskampf auf der Straße hatten ihm eine schier unerschütterliche stoische Gelassenheit und tausenderlei Wunschvorstellungen vermittelt. – Der neue Tag begann, und mit ihm kam Hoffnung in ihr verpfuschtes Leben. Die Sonne stieg höher und umrahmte das Glück zweier liebender Menschen mit freundlichem Glanz.

Was der Auktionator an diesem Tag von Conni zu hören bekam, verschlug ihm gänzlich die Sprache: »Das Objekt ist zum doppelten Schätzpreis zu haben oder kann zu einer Jahresrente von fünfhunderttausend gepachtet werden.« Pia hielt sich im Hintergrund. Sie hatte tatsächlich absolut kein Verhandlungsgeschick. Conni trat souverän lächelnd und selbstbewusst auf. Die Zaungäste, Käufer und Advokaten zogen betreten ab, und der Versteigerer packte Hämmerchen und Papiere wieder ein. Wütend teilte er noch mit: »Unsere Unkosten werden Sie ersetzen!« Conni winkte großmütig zum Hoftor und antwortete blasiert: »Wir erwarten Ihre Forderungen.« Er strahlte. – Das Schicksal hatte ihm eine einmalige Chance und ein liebendes Herz zugespielt. Er griff mit beiden Händen zu und ließ nicht mehr los. Im kleinen Kerkow, wo einer den anderen kannte, sprach sich in Windeseile herum, wie Pia dem Phönix aus der Asche gleich den Ruin abgewendet und völlig überhöhte Forderungen gestellt hatte. Dass sie den Versager Conni zu ihrem Beschützer und Partner machte, wunderte niemanden. Die Brucks waren schon immer irgendwie anders.

Mit der kleinen Hochstapelei auf der Auktion war es freilich nicht getan. Eine Immobilie allein genügt nicht, um jemanden zu ernähren. Dringend musste Geld ins Haus kommen, wollten sie nicht arm wie die Kirchenmäuse im goldenen Käfig verrecken. Conni hatte auf der Straße Betteln gelernt und zuweilen auch Nützliches und Plunder verscherbelt. Für Letzteres bot das Anwesen der Brucks einen reichen Fundus. Pia öffnete alle Räume und ließ Conni auswählen, wegschaffen, Lebensmittel und etwas Geld heimbringen. Endlich kamen sie in das unberührte und brach liegende Atelier der vor einiger Zeit freiwillig aus dem Leben geschiedenen Nora Bruck. Conni besah den farbenprächtigen Reichtum, wählte zwei kleinformatige Bilder, verpackte sie gewissenhaft, putzte sich entsprechend zurecht, fuhr mit der S-Bahn ein paar Stationen und stolzierte zu einem Trödler in Nordstadt. Der Mann nannte seinen Laden »Fachgeschäft für Raritäten und Antiquitäten«. Was er jedoch anzubieten hatte, war im Wesentlichen nur Sperrmüll. Conni präsentierte die Bilder, hörte das Gebot, schüttelte den Kopf, packte wieder ein und ging. Dergleichen wiederholte er bei einem Dutzend anderer Händler in anderen Gegenden und arbeitete sich, ohne einen einzigen Cent zu verdienen, peu à peu bis zu den teuersten und gefragtesten Häusern im Zentrum Berlins vor. Geld floss nicht, aber seine Tour vermittelte ihm die wertvolle Erfahrung, wie man in der Branche aufzutreten hat und wie man sich Gehör verschafft. Er war in Fragen der Malerei und Ästhetik genauso unbeleckt wie die meisten Makler. Nunmehr lernte er jedoch, dass Mode und Geschmack immer auch manipulierbar und deren Objekte demzufolge Verhandlungsmasse sind. Derweil sprach sich herum, dass hier einer unterwegs war, der Gutes anbot und sich nur schwer auf ein Geschäft einließ. Kaum einer gab ehrlich zu, trotz Höchstgebot abgewiesen worden zu sein. So etwas kränkt nämlich die Krämerseele. Die Gemälde stiegen im Wert, und ihr Preis erklomm schwindelerregende Höhen. Dort angekommen, schlug Conni zu und machte ein Vermögen. Die Brucks waren fortan sämtlicher materiellen Sorgen ledig, und ein paar Jahre später besaß Conni sogar etwas, was er bis dato nicht mehr für möglich gehalten hatte: eine richtige Familie mit drei Generationen in einem Heim. Er und Pia heirateten, bekamen ein Kind, und alsbald gesellte sich ihnen auch noch die in der Fremde verwitwete und vereinsamte Tante Loni zur Seite. So lebten die Brucks in Kerkow, stellten wieder etwas dar, waren geachtet und erfreuten sich ihres Friedens und ihres Glücks. Dieses Glück hegte Conni mit penibler Aufmerksamkeit, denn ihm war eine ganz andere Biografie in die Wiege gelegt worden.

In seinem sechsten oder siebten Lebensjahr, das Datum erinnerte er später nicht mehr so genau, erwachte der kleine Conni eines Morgens, stand aus seinem Bettchen auf, suchte seine Eltern – und war allein gelassen. Er tappte durch die Wohnung und gelangte zu der grausamen Gewissheit, dass wirklich niemand da ist. Seine Eltern waren nach dem »goldenen Westen« abgehauen und hatten ihn einfach zurückgelassen. Das war so manchem erklärlich, das mochte dieser oder jener nachempfinden, das wurde sogar als eine Art Heldentat in einigen Medien gepriesen. – Nur, das Kind Conni war allein! – Es weinte, es schrie, es jammerte, es klopfte mit den Fäusten auf den Fußboden, es rüttelte an den Türen und plärrte den Fenstern entgegen. Das half jedoch alles nichts. Conni war allein. Ganz langsam realisierte er sein Unglück, und wie er es erfasst hatte, legte er sich zum Sterben nieder. Natürlich tat er das nicht bewusst und schon gar nicht irgendwie einsichtig. Doch was will ein kleiner, eingesperrter Mensch noch ausrichten, wenn er Verlassensein und Unversorgtsein endlich registriert hat und seine Kräfte erschöpft sind? Er kauert sich in eine Ecke, schließt die Augen und wartet auf den Tod. Freilich flammt ab und an ein Fünkchen Hoffnung auf, und der Lebenswille erlischt auch nicht sofort. Aber schließlich ist es nur eine Frage der Zeit, wann Gevatter Hein vorbeikommt und den kleinen Menschen mit sich nimmt. – Hein trat nicht an und auf, sondern die Nachbarn, die Polizei und die Fürsorgerin. Sie retteten den kleinen Kerl und brachten ihn in ein Kinderheim.

Dieses Kinderheim lag in der Königsheide im Berliner Stadtteil Schöneweide. Allein schon die Namensgebung verhieß das Beste, und so war es dann auch. In einem riesigen Park befanden sich die Wohnhäuser, der Kindergarten, die Schule, die Turnhalle, die Schwimmhalle und die anderen Versorgungseinrichtungen. Der Erzieher Johannes nahm das Kind Conni unter seine Fittiche, führte es herum, zeigte und erklärte alles. Na ja, er erklärte noch nicht so richtig und intensiv auf sämtliche Dinge eingehend. Es war mehr eine erste Fühlungnahme und ein Gespräch und ein Spaziergang zur Ablenkung, denn Johannes ging davon aus, dass so ein kleines Kind durch die Trennung von den Eltern einen Schock erlitten haben mag und deshalb besonderer Aufmerksamkeit bedürfe. Nach dem Rundgang fragte Johannes: »Wo willst du schlafen?« Es gab da mehrere Möglichkeiten: Einzel-, Zweier- oder Vierer-Zimmer. Gewohnheiten, Anlehnungsbedürfnis und Geschmäcker sind ja verschieden. Conni antwortete: »Bei dir.« Johannes lächelte und richtete sich für ein paar Tage im Dauerdienst ein. In diesen Tagen lernte Conni noch einige andere Erzieherinnen und Erzieher kennen, doch Johannes blieb sein Lieblingserzieher, und Conni machte sich mit den anderen Kindern vertraut. Das ging recht schnell. Es war eine lärmende, fröhliche Bande, die Conni einfach mitzog. Über das Zurückliegende redeten die Kinder wenig. Sie alle waren auf brutale Art und Weise von ihren Eltern und Geschwistern getrennt worden. Meistens stand die sogenannte Republikflucht, sehr selten ein Unfall oder ein anderer tragischer Umstand dahinter. Conni lebte sich ein, und seine Welt war rund und schön. Sie wurde noch runder und schöner, denn er gewann Freunde. Allen voran hatte es ihm die gleichaltrige Katrin angetan. Mit ihr verbrachte er die meiste

Zeit. Freilich passte in dieser Schar aus dreihundert Kindern, Jugendlichen und Erwachsenen nicht jeder zu jedem. Es gab auch Rangeleien, aber die legten sie alsbald und immer wieder bei, so dass es im Wesentlichen ein friedfertiges, angenehmes Auskommen miteinander war. Conni wurde eingeschult. Er zeigte eine besondere Begabung für die Mathematik. Darin stieg er rasch zum Klassenbesten auf und trat bereits mit acht Jahren in der Mathe-Spartakiade der Mittelstufe an. Dort belegte er den dritten Platz in Klassenstufe fünf und trug mit stolz geschwellter Brust die Urkunde heim. So hätte es bleiben können. Allein, so blieb es nicht, denn im Sommer des Jahres 1991 wurde das Kinderheim aufgelöst.

Was sich zunächst wie eine große Reise in ein Wunderland anfühlte – niemand sparte mit Versprechungen oder an den schönsten Bildern von den fantastischsten Möglichkeiten – endete in einer völligen Katastrophe. Das Elend begann ja schon mit dem Auflösungsmodus. Stück für Stück und begleitet von sich zäh hinziehenden Verhandlungen, bei denen die Kinder vorgeblich ihre Wünsche äußern durften, denen aber niemals entsprochen wurde, stülpten die Behörden den Heimbewohnern ihre Entscheidungen über. Tag für Tag verschwanden ein oder mehrere Kinder hinter einem schier undurchsichtigen Vorhang. Die Einrichtungen des Heimes wurden sukzessive geschlossen. Das Personal wurde auf ein Minimum reduziert. Der Kreis wurde immer kleiner, bis sich zum Schluss nur noch ein gutes Dutzend Zöglinge mit einer Erzieherin und einem Erzieher in zwei, drei Räumen und bei schmaler Versorgung drängte. Dieses Prozedere beförderte Unruhe und Ängste. Die Nerven der beiden Erzieher

lagen blank und die Kinder klammerten sich aneinander. Zu dem schmalen Rest gehörten Gott sei Dank
Katrin und Johannes, wodurch das alles für Conni einigermaßen erträglich war.

Im Herbst des Jahres kam eine dem Jungen völlig
unbekannte Fürsorgerin, packte Conni förmlich am
Kragen und brachte ihn fort. Anfänglich tobte der
Knabe, später weinte er nur noch, doch wie ihm klar
war, dass es kein Entrinnen gäbe, fügte er sich stumpf.
Er fügte sich und hatte bei dieser Entführung sogar
lichte Momente, weil die Fürsorgerin ihm geduldig
auseinandersetzte, worin sein persönlicher Vorteil in
der gravierenden Veränderung läge: Das wären die Eltern, nämlich richtige Eltern mit einer richtigen Familie. – Nun ja, so ein Argument überzeugt freilich am
meisten. Jedes Heimkind, auch das bestens aufgeho-
bene und versorgte Heimkind, sehnt sich nach gediegenen, normalen bürgerlichen Verhältnissen, denn es
konnte ja nicht und sollte auch nicht verborgen bleiben, wie sich andere Kinder und Erwachsene organi-
sieren. – Auf der Fahrt von Schöneweide nach Kerkow
ließ sich Conni also auf seine Pflegeeltern einstimmen.

Er riss die Augen auf und staunte dann auch tatsächlich, denn er sah vieles, was er vordem so noch
nicht gesehen hatte. Ein weites, prächtig blühendes
Land und als Krönung die Eisenbahn, die ganz nah
vorbei donnerte. Gern, inzwischen wirklich sehr gern,
ließ er sich darauf ein. Er bekam ein sauber und reich-
haltig eingerichtetes Kinderzimmer zugewiesen, seine
neue Mutter und sein neuer Vater gaben auch noch ein
paar neue Regeln bekannt, die für Conni spielend ein-
zuhalten sein würden. Die Fürsorgerin verabschiedete
sich, und Conni blieb allein. – Doch diese Pflegeeltern

dachten weder an Versorgung, noch an Liebe oder Zuwendung irgendeiner Art. Ihnen lag nur an ihrem Kontostand, weil Kredite zwar leicht zu bekommen, aber schwer abzuzahlen waren, weil das neue Haus auf eigenem Grund noch nicht fertig war, weil es viel zu kaufen gab und man sich einiges leisten wollte und weil eintausend Mark Pflegegeld monatlich für ein billig zu haltendes Kind einfach mal ein Schnäppchen waren. – Der erste, zweite und dritte Krach mit diesem schwer erziehbaren Balg ereigneten sich, weil der Bengel Spielzeug kaputt machte und seine Sachen nicht in Ordnung halten wollte, nie Ruhe gab und auch noch großmäulig widersprach. Zu einem vierten Krach kam es nicht mehr, denn Conni war gelehrig. Er nahm sich zurück und tat sich außerhalb und selbstständig um.

Er streunte in der Gegend herum. Kerkow war ja unentdecktes, unerschlossenes Land, jedenfalls für Conni. Es gab viel zu erobern, kennenzulernen, und Spielplätze standen reichlich zur Verfügung. Er tummelte sich in den halb fertigen, unbewohnten Häusern, in den leer stehenden Bauerngehöften, im Wald und auf den Wiesen. Er war meistens allein, obgleich er sicher gern jemanden bei sich gehabt hätte. Allerdings eilte ihm rasch der Ruf des verkommenen, schwer zu zähmenden Heimkindes voraus. Obgleich die Kerkower zu jener Zeit ein zusammengewürfeltes, zänkisches Völkchen gaben, waren sich darin alle einig und hielten ihre Kinder auf Abstand. Also spielte Conni allein. Er führte Heerscharen imaginärer Kameraden an, schlug riesige Schlachten, eroberte ausgedehnte Gebiete, baute gigantische Burgen und Schlösser und feierte prächtige Feste. Über eine lange Zeit waren Katrin und Johannes mit ihm unterwegs, bis die Erinnerung verblasste und die Sehnsucht erlosch. Conni war der strahlende Held seiner Märchenwelt, gewöhnte sich an sein Alleinsein und verkapselte etwaigen Kummer in seinem Herzen.

War er genug herumgelaufen und erschöpft, kletterte er auf den Bahndamm, kauerte sich dort oben nieder und verfolgte den Verkehr. Die Eisenbahn hatte es ihm angetan. Das Kerkower Nordkreuz war dazumal eine vielbefahrene Strecke. Es gab sogar noch Dampflokomotiven. Auf zehn bis zwölf Dieselloks kam eine von den schnaufenden Stahlrossen und wuchtete vierzig, fünfzig Güterwagons hinter sich her. Conni war ein Ass im Kopfrechen. Er zählte die Wagen und verglich die Leistung von Diesel und Dampf. Letzterer kam dabei nicht schlecht weg. Mitunter versperrte ihm die an ihrer Stromschiene haftende und hastig vorbeihuschende S-Bahn den Blick. Dann war Conni sauer, weil seine Tagesstatistik einen Knick bekam. Er spähte über die Gleise und eruierte einen besseren Standort. Und er fand tatsächlich in der weitläufigen Kurve und zwischen zwei Gleisen eine mit Buschwerk bestandene kleine Anhöhe. Conni hopste geschwind über Schienen und Schwellen und nahm dort seinen Posten ein. Da hockte er viele, viele Stunden. Allein, das Zählen und Beobachten genügte ihm bald nicht mehr. Er wurde Zugbegleiter, er wurde Lokführer, er wurde Fahrdienstleiter, und er bewährte sich als Gleisbauarbeiter. Damit läutete er unabsichtlich das Ende seiner Karriere bei der Bahn ein. Die Polizei fischte ihn auf und schleppte ihn zu seinen Pflegeeltern. Er ließ die Vorhaltungen, das Gemecker, die angedrohten und die wirklichen Strafen aus Stillsitzen, Strammstehen, Stubenarrest, Essensentzug und so weiter entspannt über sich ergehen, um bei passender Gelegenheit erneut zu entschlüpfen. Das Spiel an der Bahn war ihm verleidet. Er verstand nämlich, dass ein Gleiskörper übersichtlich und von allen Seiten einsehbar war und dass das Bahnpersonal sämtliche Auffälligkeiten an der Strecke gewissenhaft vermerkte und meldete. Das war schade, aber nicht zu ändern. Conni kehrte in die Bauruinen und auf die verlassenen Gehöfte zurück.

In der Schule kam Conni genauso wenig wie bei seinen Pflegeeltern an. Sein Ruf, seine Umtriebigkeit und seine Vergehen zogen ihre Kreise. Conni wurde geschnitten, abgelehnt und geduckt. Die Lehrer interessierten sich nicht für ihn, und wenn sich einer von den Mitschülern mal zufällig mit ihm befasste, glitt er gleichermaßen und zwangsläufig ins Aus, so dass diese Kontakte flüchtige Episoden blieben. Irgendwann zersprang die kleine Kapsel in Connis Herzen und goss all ihren Unflat aus. Conni rebellierte und tobte, er brüllte und schrie. Seiner Aufsässigkeit folgten die üblichen Strafen. Er war noch immer viel zu klein, um sich verständlich zu machen, und ihm hörte ja auch gar keiner zu. Er nahm sich erneut zurück und teilte sein Leben nach eigenem Gutdünken ein. Er schwänzte die Schule. Man nannte ihn einen Herumtreiber, einen Tunichtgut und Taugenichts, ein dummes, verstocktes Kind, er sei einer, der nichts, aber auch gar nichts auf die Reihe bringe und deshalb die Zuneigung auch nicht verdient habe. – Nach außen hin sah alles prima aus. Die Fürsorgerin bestätigte immer wieder den aufopferungsvollen Kampf der Pflegeeltern für das Seelenheil und Fortkommen dieses armen, in der Gemeinschaftsunterkunft des untergegangenen Staates misshandelten Kindes. Das hielt sie auch in Connis

Akte fest. Alles las sich sehr schön rund und stimmig, und sie löste die nächste Zahlung auf der Pflegeeltern Konto aus. – Je älter Conni wurde, umso klarere Bilder sah er. Er erkannte das Lügengespinst seiner Zieheltern, er hasste die Fürsorgerinnen und die Lehrerinnen, und er wünschte sich aus deren Dunstkreis fort und hinein in eine heile Welt. Er träumte von der Eisenbahn und vom Auswandern, doch dazu kam es nicht.

Kaum fünf Jahre nach seiner Ankunft in Kerkow war das Haus seiner Zieheltern endlich fertig gebaut, das Grundstück prunkte und protzte. Sie bereiteten aufwendig eine riesige Einweihungsfeier vor. Eine Feier für Verwandte, Freunde, Kollegen und Nachbarn, auf der selbstredend für Conni kein Plätzchen vorgesehen war. Da entschloss er sich, einen sauberen Strich zu ziehen. Er verließ das Haus und kehrte niemals mehr heim. Ganz konsequent und grundsätzlich gab er der Straße den Vorzug. Fortan empfing er die mit herablassender Gnade gereichten Brosamen seiner Mitmenschen. Er stromerte mit bissiger Gehässigkeit als lebende Anklage in der Gegend herum. Er sagte sich: »Ums Verrecken verlasse ich Kerkow nicht. Sie sollen sich schämen, grämen, vor den Nachbarn rechtfertigen und herausreden müssen. Sie werden ihren Lebtag nicht vergessen, was sie mir angetan haben.« Allein, sein Opfergang verfehlte den Zweck. Die Kerkower, nicht alle aber die meisten, bedauerten die vom Schicksal geschlagenen Eltern, die trotz ihrer fürsorglichen Hingabe lange genug ein undankbares Kind am Halse hatten. So vergingen viele Jahre, in denen Conni streunte, bettelte, einen schier unerschütterlichen Stolz demonstrierte und von den meisten Kerkowern geschnitten, verachtet und beschimpft wurde.

Als Conni mit Pia Bruck zusammenkam, wendete er das Blatt noch einmal und gründlich. Er wendete es freilich auch um seiner selbst willen, denn er hatte nicht gern auf der Straße gelebt, das war für ihn alles andere als ein Genuss. – Fortan stellte er Mitmenschlichkeit vor Egoismus und Fürsorge vor Vernachlässigung, er wollte einfach alles besser machen. Und nicht zuletzt bastelte er tunlichst an seiner gehobenen gesellschaftlichen Stellung, weil er von da oben auf seine Zieheltern zu speien gedachte. – Zu dieser Szene sollte es jedoch nicht kommen, denn es vergingen weitere Jahre, bevor Conni seine Ziele erreichte. Er holte den Schulabschluss nach, er studierte Psychologie und Sozialpädagogik, er kümmerte sich um seine Familie, er brachte sich in das öffentliche Leben der Gemeinde ein. Und als er endlich den Gipfel erreicht zu haben glaubte, von dem aus er schadlos und voller Inbrunst seinen Rachegefühlen hätte stattgeben können, traf er in seinem ehemaligen Zuhause zwei alte, verhärmte, vereinsamte Menschen an, die ihr Dasein mit Ach und Krach auf einem heruntergekommenen Anwesen fristeten. Mitleid übermannte Conni nicht, aber er brachte es einfach nicht mehr fertig, hier noch einmal nachzutreten. Er begnügte sich mit dem Spruch von der ausgleichenden Gerechtigkeit und wandte sich endgültig ab.

Nunmehr war Conni Bruck also ein reicher Grundstücksbesitzer, Erfolgsmensch, Familienoberhaupt, und er fühlte sich für die Seinen verantwortlich. Er fühlte sich nicht nur verantwortlich, sondern er bewältigte seine Pflichten ziemlich souverän. Er hockte an diesem schönen Herbstabend des Jahres 2018 dem Heimkehrer Jens Schmittke gegenüber und sagte: »Versteh doch. Wir wollen lieber langsam machen.« Seine Frau Pia nickte, und der Gast Jens zog die Schultern hoch. Er nörgelte: »Aber ihr wusstet doch, wann ich komme und warum ich komme und dass ich mein Elternhaus zurücknehmen will.« Conni erwiderte: »Schon klar. Nur, ist es nicht recht, wenn man nach zehn Jahren noch ein paar Tage zur Eingewöhnung, zum gegenseitigen Kennenlernen und so weiter dranhängt?« – »Springste ab? Haste es dir anders überlegt?«, kollerte Jens. Conni legte ihm eine Hand auf die Schulter und beschwichtigte: »Das ist doch Unsinn. Ich werde froh sein, wenn ich den Klotz und die aufreibende Verpflichtung los bin.« Das entsprach nicht ganz der Wahrheit, es war, wenn nicht gelogen, so doch ein wenig zurechtgebogen. Keine Arbeit, keine Initiative, kein anderer Einsatz hatte Conni Bruck jemals so viel Erfolg und tiefe Befriedigung verschafft wie sein Engagement für die Ausländerunterkunft auf dem einst leerstehenden Schmittke-Hof. Seiner regulären beruflichen Tätigkeit als Streetworker in Suppenküchen und Obdachlosenasylen haftete immer etwas Anrüchiges und Verderbliches an. Denen, die in der gesellschaftlichen Hierarchie bereits ganz tief unten angekommen waren, war selten oder nie mehr aufzuhelfen. Da zeitigte kaum ein Einsatz irgendwelche positiven Ergebnisse, und mit seinem Engagement für diese Leute machte er sich auch nicht gerade beliebt. So oder so, die Obdachlosen hatten keine Lobby und genossen keinerlei Sympathien. Ganz anders stellte es sich bei den Ausländern dar. Sie erkannten und begriffen ihre Chance, sie kamen mit konkreten Vorstellungen über ein halbwegs auskömmliches Leben hierher, sie arbeiteten mit und bewährten sich. Als Verwalter eines Ausländerheims war man wer, konnte sich sehen lassen und verbuchte eine gewisse Anerkennung und ein Guthaben nach des Tages Mühen, wobei die Unterstützung für diese Leute auch staatlich sanktioniert war und sich ein Helfer schon deshalb bestätigt fühlen konnte. Conni ergänzte: »Nur versteh doch, dass wir alles geordnet und für alle irgendwie verträglich gestalten wollen. Stress hatten wir schon genug.« Letzteres traf den Kern der Sache, denn Conni hatte auf seinem stringenten Weg nach oben mehr als einen Nackenschlag einstecken müssen. – Der Heimkehrer Jens Schmittke sah keine größeren Umstände oder Hinderungsgründe. Er war ein zugänglicher, friedfertiger, zurückhaltender Mensch, und er kam mit jedermann gut klar. Er verstand jedoch auch, wie sehr er auf die Gunst der Brucks angewiesen war. Jens nahm eine bequemere Sitzposition ein und sagte: »Okay, lassen wir uns Zeit. Wie stellt ihr euch das also vor?« Er konnte sie ja nicht zwingen, den Haustürschlüssel herauszurücken, zumal sie überhaupt keine verbindlichen Verabredungen getroffen hatten. Conni grunzte: »Na, geht doch.« Pia schob den Kuchenteller in Jens' Nähe. Er wedelte die Fliegen und die Krabbeltierchen fort und griff zu. Er hatte auf seiner Wanderung so manches erlebt, und er war überhaupt nicht verwöhnt. Er biss ab, kaute und schluckte.

DER HAUSBESITZER

Den Zuwachs nahmen die Brucks wie ein Familienmitglied auf. Sie brachten Jens Schmittke in der oberen Etage ihres Wohnhauses unter. Von den kaum genutzten Zimmern konnte er entweder eines auswählen oder zweie beziehen, ganz und gar wie es ihm beliebte. Jens entschied sich für einen kleinen, schrägwandigen, sparsam möblierten Raum. Er war nicht sonderlich anspruchsvoll und Entsagung gewohnt. Ja, er kultivierte in der Regel eine gewisse Askese als Markenzeichen des Naturburschen.

Am folgenden Morgen, es war ein Sonntag, frühstückten sie ausgiebig und gemeinsam in der gemütlich eingerichteten Wohnküche. Sie führten Gespräche über Gott und die Welt und ganz und gar so, wie es sich für einen Sonntagmorgen gehörte. Jens' vage Andeutung, wie es denn nun mit seinem Elternhaus weiterginge, würgte Conni mit der Bemerkung: »Kommt Zeit, kommt Rat«, ab und ergänzte selbstgefällig bieder: »Heute ist Sonntag. Da lassen wir uns mal gar keine grauen Haare wachsen.« Er lenkte auf Jens' Wanderung hin, und sie redeten von der weiten, schönen Welt da draußen. Das Kind Tom lauschte aufmerksam. Es mischte alsbald mit neugierigen Fragen und altklugen Kommentaren mit. Es himmelte den freundlichen Onkel an, weil der mit Reiseerlebnissen die Fantasie so angenehm prickelnd erregte. Tom hatte auch Schmittkes Berichte gelesen oder besser: die farbenprächtigen Bilder betrachtet, bei weitem nicht alles verstanden, aber die exotische Wunderwelt in sich aufgesogen, und mochte nun gern Näheres erfahren.

Der Eltern Aufmerksamkeit galt in diesen Stunden mehr ihrem Gast als dem Kind, und sie wimmelten den Kleinen lächelnd ab. Tom nahm sich zurück und meldete wenige Augenblicke später: »Darf ich zu Tante Loni gehen?« Der Vater zog die Stirn kraus und dozierte: »Sonntag. Sonntag ist Familientag. Du bleibst hier!« Tom wandte ein: »Tante Loni ist auch Familie.« Die Eltern schüttelten stumm den Kopf. Das scheuchte Tom nunmehr gänzlich in seine Nische. Er schob Tasse und Teller beiseite, legte sein Malheft vor sich ab und vertiefte sich still in Ornamente und Blumen. Für den Bruchteil von Sekunden bedauerte Jens den kleinen Kerl, der da so herzlos abserviert wurde. Der schien aber zufrieden mit seinem Schicksal, so dass Jens ebenfalls alsbald über Tom hinwegsah.

Am späten Vormittag hoben sie die Tafel auf. Pia hatte im Haushalt einiges zu richten. Conni und sein Sohn schnappten sich das Angelzeug. Das Angebot, da mitzuhalten, lehnte Jens ab. Er musste noch einen Artikel schreiben und wollte sich seinem Konditionstraining widmen. »Die Wanderschaft hat mich an Frischluft und Bewegung gewöhnt«, gab er strahlend an, wobei er auf die intensive Gesellschaft der Brucks sowieso keinen Wert legte und ihn eher danach dürstete, die Gegend zu erobern und sich umzusehen. Doch das behielt er für sich. Sie verabredeten, am Abend hier wieder zusammenzutreffen, und trennten sich.

In seinem Zimmer hockte sich Jens auf das Bett, zog den Laptop heran, schlug ihn auf, schaltete ein, meldete sich an und überflog seine Fanpost. Es schmeichelte ihm, wie viele Menschen seinen Weg verfolgten und immer wieder interessierte Fragen stellten. – Seinerzeit, als er seine Reise begonnen hatte, ging er auf jeden Brief intensiv und ausführlich ein. Sein Kontakt zu den Daheimgebliebenen war ja auch überlebenswichtig, weil er so gänzlich abgeschnitten von allen Lieben durch das Land wanderte, er die Sprache nicht beherrschte, ihm die Gepflogenheiten fremd waren, er sich allein und von allem abgestoßen fühlte. Er vertiefte sich in jede Zeile, breitete sich aus, und so entwickelte sich ein fruchtbarer Dialog. Wie er aber in der Fremde Fuß fasste und an Popularität gewann, wurden seine Antworten oberflächlicher, flüchtiger, bis er eines Tages ein paar Floskeln niederschrieb, die er in Kopie an jeden verschickte. Von Zeit zu Zeit überarbeitete er diesen Antwortbrief, um glaubhaft zu bleiben und niemanden zu verprellen. – Ein paar Klicks und die Post war erledigt. – Von jeder Reiseetappe pflegte er, einen kurzen Bericht abzuliefern. Seine Leser warteten, und sein Verleger zahlte gut. Die Artikel erschienen in den bunten Illustrierten, manchmal sogar in der Tagespresse und waren auch auf seiner und des Verlages Homepage nachzulesen. Der Zugriff war zeitgemäß vielfältig. Nach ein oder anderthalb Jahren, je nach der Fülle des Stoffes und inhaltlichen Schwerpunkten, sichtete er die Berichte und stellte sie mit reichlich Fotografien versehen in einem Sammelwerk zusammen. Auch diese Bücher waren gefragt. Es waren schon acht Bände erschienen.

Jens öffnete ein neues Word-Dokument, starrte auf die leere Fläche und wusste nicht, was er schreiben sollte. Er hatte in den vorigen Artikeln das Interesse der Leser wortreich und gefühlsbetont mit seinem geplanten Einzug in seinen angestammten Besitz wachgehalten. Den Eintritt ins Elternhaus hatte Conni Bruck ja nun auf irgendwann verschoben. Was war also von Kerkow zu berichten? Wetter? Landschaft? Kulinarisches? Architektur? Das würde die Hiesigen wohl kaum vom Hocker reißen. Endlich kam ihm eine passable Idee: Er schrieb von Tom Bruck. Ein Kind, ein aufgewecktes, mitteilsames und noch dazu ein hübsches Kind machte sich doch sicher auch ganz gut als Publikumsmagnet. Zugleich mochte sich der liebenswerte Kerl durch einen nur ihm gewidmeten Artikel wertgeschätzt fühlen. Schwungvoll hämmerte Jens ein paar niedliche Episoden und etwas Kindermund in die Tastatur, garnierte das Ganze mit Familienidylle, suchte und fand in seinem Archiv die passenden Fotos, stellte alles zusammen und schickte es mit kurzem Anschreiben an seinen Verleger.

Jens trabte durch Kerkow. Die Herbstsonne lachte, die Luft war mild, das Laub färbte sich schon bunt. Er umrundete zweimal den Ort. Nicht nur den alten Ortskern, sondern die ganze Siedlung mit den in den letzten Jahren hinzugekommenen Wohngebieten aus Ein- und Mehrfamilienhäusern. Er durchstreifte etliche Straßen und Wege. Er beschaute den Supermarkt und die kleinen Läden, entdeckte mehrere Parks, Kinderspielplätze, ein Kino, eine Bibliothek, eben die ganze Vielfalt dieser neu entstandenen Gemeinde. Er war angenehm überrascht. Ganz so hatte er die Heimat nicht in der Erinnerung. Damals, als sie hier fortgingen, war zwar auch viel gebaut worden, aber eher wild und chaotisch. Jetzt zeigte der Ort ein gefälliges Antlitz, Struktur und Plan waren deutlich zu erkennen. Die Bewohner fanden alles, was man zum Leben brauchte, und darüber hinaus Einrichtungen zu ihrer Entspannung und Erbauung. Und nicht zuletzt vermittelte die Nähe naturbelassener beziehungsweise der Natur wiedergegebener Flächen aus Wiesen und Auen den Charme urwüchsiger Schönheit. Der hübsche grüne Gürtel um die Bebauung herum, erweckte den Eindruck, dass Mensch, Flora und Fauna ein verträgliches Bündnis eingegangen seien. So mochte es Jens, so liebte er es, so wollte er es haben. Hier konnte er sich wohlfühlen.

Die Kerkower reckten neugierig die Hälse. Einige erkannten, andere waren sich unsicher. Bald huschten die Worte »Jens Schmittke ist heimgekehrt« von Mund zu Mund. Sie eilten dem Mann voraus und informierten auch den Letzten. Eine ältere Frau nahm ihren Besen zur Hand, trat vors Haus und kehrte den Fußweg. Als Jens das zweite Mal vorüberschlenderte, sprach sie ihn an: »Suchen Sie was oder wen?« Er ging freundlich darauf ein: »Nein. Ich will mich nur umsehen.« Sie lenkte ihn auf das Bänkchen neben dem Eingang des Mehrfamilienhauses. Sie ließen sich nieder und begannen ein lockeres Gespräch. Die Frau war selbst erst vor Kurzem in das ländlich anmutende Kerkow gezogen und hatte einiges mitzuteilen. Im Parterre öffnete sich ein Fenster. Die Nachbarin komplettierte die Unterhaltung mit ihren Kommentaren. Dann gesellte sich eine junge Frau mit ihrem Kind dazu, und wie sie sich alle warm geredet hatten, schütteten die Leute dem Heimkehrer ihr Herz aus.

»Das ist ja auch unmöglich, was sich derzeit auf Ihrem Hof abspielt. Die Ausländer leben in Vielweiberei und völliger Zügellosigkeit. Sie sind arbeitsscheu und schröpfen die Sozialkassen. Unsereins hat ein Leben lang gearbeitet und kriegt die Hälfte von dem, was denen in den Arsch geschoben wird.« Vorsichtig setzte Jens dagegen: »Das sind Flüchtlinge. Die hatten einen Krieg. Die sind völlig abgebrannt.« – Die Frau am Fenster erklärte: »Sehen Sie, Herr Schmittke, wir müssen die Sache doch mal so betrachten. Die Kleene hier«, sie zeigte auf die junge Frau mit dem Kind, »hat sich von ihrem Mann getrennt. Jetzt ist sie alleinstehend. Schon Scheiße. Aber was kommt oben drauf? Sie lebt von Stütze oder wie das heute heißt Hartz vier. Davon kann sich keiner anständig einrichten. Nun kommt aber so ein Ausländer. Sagen wir es doch mal ganz offen: Der kommt, macht einen auf arm, jammert rum und kriegt – und jetzt zähle ich auf: Wohnung, Einrichtung, Kindergeld, Unterhalt, und von alledem nicht zu knapp. Ist das gerecht?« – Jens vermerkte einen gewissen Futterneid. Kein Hiesiger ließ irgendwie Bedürftigkeit erkennen, die Siedlung war gepflegt, die Gardinen und Nippes an den Fenstern sowie die Blumenkübel vor den Hauseingängen kündeten von Wohlhabenheit, teure Autos parkten am Straßenrand. Mittellosigkeit sieht anders aus. Wobei Jens annahm, dass Angst vor Armut wahrscheinlich ebenfalls Futterneid erzeugt. Wenn einer durch ständig steigende Preise aus seinem angestammten Kiez vertrieben wird, einen teuren Umzug stemmt, mit Ach und Krach an der Peripherie einigermaßen unterkommt, mag ihm schon ab und an mal gallig aufstoßen, wie andere scheinbar auf Rosen gebettet versorgt werden. – Er nickte und hörte weiter: »Und dann klauen die auch noch wie die Raben.« Jens kräuselte die Stirn und wurde von drei überzeugt redenden Kerkowern förmlich überfahren: »Ganze Raubzüge statten die aus. Die beobachten ein Haus, merken sich, wann die Leute weggehen, borgen sich oder klauen einen Lastwagen und steigen dann in aller Ruhe ein und räumen die Bude aus.« Jens schüttelte den Kopf. Solche Räuberpistolen glaubte er nicht. »Doch, doch. Es stand sogar in der Zeitung«, bekräftigten die drei Kerkower. – Tatsächlich stand das so in keiner Zeitung. Es war lediglich von mutmaßlichen Tätern mit ausländischem Akzent und dunkler Hautfarbe die Rede. Allerdings genügte den kleinen Leuten die Anspielung, um ihre Schlussfolgerungen zu ziehen, wobei diese Nachricht gebetsmühlenartig wiederholt wurde. Jens wusste, wie erfolgreicher Journalismus funktioniert. Freilich war die Praxis umstritten, denn Otto Normalverbraucher neigte dazu, die Vermutungen für bare Münzen zu nehmen und vereinzelte Vorkommnisse zu verallgemeinern. Deshalb lobte er derlei Berichterstattung nicht und erwiderte: »Das ist doch nicht bewiesen.« – »Oh doch, auf jeden Fall. Was glauben Sie, was hier in letzter Zeit so alles vorgekommen ist?« – Das langte! Die Ausländer pauschal zu kriminalisieren, war denn doch nicht Jens' Betrachtungsart. Er winkelte demonstrativ den Arm an, schob den Jackenärmel hoch, blickte auf die Uhr und sagte unschuldig: »Es tut mir leid. Ich bin zum Kaffee verabredet.« Er erhob sich, bedankte sich, grüßte und lief seines Weges.

Jens haderte mit sich. Was um Himmels willen hatte ihn zur Heimkehr bewogen? Was trieb ihn in dieses moralisch verkommene, abweisende Nest. Das konnte doch nach zehn Jahren kein Heimweh mehr gewesen sein! So etwas verebbte doch, wurde von neuen Eindrücken überlagert und rieb sich an der Realität ab, zumal er reichlich Angebote bekam, sich irgendwo bequem und gut versorgt niederzulassen. Vielerorts waren die Menschen hilfsbereiter, gastfreundlicher, aufgeschlossener, selbstloser als hierzulande. War es ihm denn keine Lehre gewesen, wie sie ihn seinerzeit hier um Haus und Hof brachten? Glaubte er tatsächlich nach zehn Jahren ein vollkommen geläutertes Kerkow anzutreffen? Warum war er nicht draußen und in einem ihm positiv zugewandten Umfeld geblieben? Welchen irrwitzigen Plan verfolgte er mit seiner Rückkehr? Er grübelte verbissen. Ein Haus, ein Baum, ein Kind: So verwirklicht sich der Mann! Nur, musste das unbedingt in Kerkow sein? Endlich vergegenwärtigte er sich wieder seine ganze Motivation: Ja, es musste in Kerkow sein. Als strahlender Sieger mochte er heimkehren und seinen angestammten Besitz neu erobern. Es war wie eine offene Rechnung, und genau dieses Saldo zwang ihn jetzt zu handeln.

Jens Schmittke lief in Richtung des alten Dorfkerns, die Hauptstraße entlang bis zur Mitte, bis zu seinem Elternhaus und betrat den Hof des Anwesens. Kinder spielten. Frauen mit und ohne Kopftuch saßen auf Gartenstühlen im Halbkreis. Einige tippten auf dem Touchscreen ihres Handys herum, eine Frau las in einem Buch, zwei plauderten, andere dösten oder beobachteten die Kinder. Eine Frau kam aus dem Haus. Sie trug ein großes Bündel, schleppte es zum Garten, legte es ab, hängte Wäsche auf die Leine. An der Seite gesellten sich Männer zu einer Gruppe. Sie waren ins Gespräch vertieft. Es wurde gelacht, halblaut diskutiert und gestikuliert. Im Hintergrund hielten sich zwei bullige Wachmänner auf, gelangweilt von einem Bein auf das andere tretend, ein paar Schritte auf und ab gehend, in ihrem ganz kleinen Zirkel bleibend. Jens grüßte und schlenderte herum. Die Leute erwiderten seinen Gruß und ließen ihn gewähren. Blicke folgten ihm. Er stieg die paar Stufen zum hofseitigen Hauseingang hinauf und verschwand.

Er stand im schummrig beleuchteten Stiegenhaus. Fremde Gerüche und ein fremdes Flair schlugen ihm entgegen. Der untere Flur war ein langer, schmaler Gang. Rechts und links zeigten sich wie ehedem ein paar Zimmertüren. Am hinteren Ende hatte sich die Küche befunden, die große Küche, die das Zentrum des Familienlebens der Schmittkes gewesen war, wo alle zusammen hockten, in der sich Freud und Leid gleichermaßen abspielten, wo sämtliche wichtigen Entscheidungen getroffen wurden, wo der Tag begann und sie sich zur Nachtruhe verabschiedeten. Jens verlor den fremden Eindruck und strebte hastig auf die Küche zu. Er ergriff die Klinke, drückte sie nieder, schob die Tür auf und betrat ein Schlafzimmer: Betten, Kissen, Vorhänge und eine halbnackte Frau. Die Frau gewahrte den Eindringling, stutzte, bedeckte ihre Blöße und schrie. Sie schrie laut, schrill und panisch. Augenblicklich zerrten die beiden Wachmänner Jens in den Flur, warfen ihn zu Boden und verschnürten ihn zu einem Paket. Die Leute drängten herein, Tumult entstand. Die Wachmänner beruhigten die Umstehenden, so gut es halt ging, und bugsierten den Gefangenen in den Hof. – Das alles war in so kurzer Zeit und so völlig unvermittelt geschehen, dass Jens überhaupt nicht zu sich kam. Erst auf der Polizeiwache in Nordstadt, als man ihm vorhielt: Hausfriedensbruch, terroristischer Anschlag, rassistischer Angriff auf ein Ausländerasyl, fand er Worte zu seiner Entlastung. Seine Identität wurde überprüft, der Staatsanwalt wurde herbeigeholt, Zeugen wurden befragt, und nach Stunden entließen sie ihn mit strenger Verwarnung.

»Bist du denn restlos bekloppt?«, schimpfte Conni Bruck, »wie blöd ist das denn? Rammelt in völlig fremder Leute Privatsphäre rein! Als wüsstest du nicht, gerade du!, dass man anklopft, um Einlass bittet, sich anmeldet, bevor man eintritt.« Jens stammelte: »Entschuldigung. Ich dachte nicht, ich wusste nicht …« – »Erzähl keinen Quatsch!«, würgte Conni ab und gab wie irre Gas. Er jagte den Wagen über die Landstraße, peitschte den Motor hoch, er war nicht zu bremsen. In wahnsinniger Geschwindigkeit flogen Bäume, Wiesen und Fließe vorüber. Genauso irrlichterten die Eindrücke der letzten Stunden in Connis Kopf.

Als ihn die Polizisten herausgeklingelt hatten und ihn aufforderten mitzukommen, ihm klarmachten, dass ein neuer Anschlag auf die Ausländerunterkunft vereitelt, der Täter dingfest gemacht worden sei, sich aber ausdrücklich auf ihn, Conni Bruck, beriefe, da stürzte für ihn wieder einmal die Weltordnung ein. Freilich war zu guter Letzt die Sache als die harmlose Tat eines armen verirrten Menschenkindes erklärbar, und der aus seiner Sonntagsruhe gerissene Staatsanwalt hatte auch überhaupt kein Interesse daran, den Vorfall unnötig aufzubauschen, doch am Ende blieb der Schrecken. Am Ende blieb auch die öffentliche Meinung – und es schlug wieder einmal zu Buche, dass die Ausländer nur Ärger machten. Lärm, Tumult, Aufsehen, Polizei im verschlafenen, kleinen Kerkow. Ein schöner Sonntagnachmittag war verdorben. So etwas trugen einem die Leute ewig nach.

Conni schnitt die Kurven knapp, überholte riskant und hielt den Wagen krampfhaft in der Spur. Schließlich gewahrte er seine halsbrecherische Tour. Er hob den Fuß vom Gas, bremste leicht, ließ den Wagen ausrollen, lenkte ihn auf eine Auswuchtung am Straßenrand und stoppte. Er kramte im Handschuhfach herum, suchte und fand eine zerknautschte Schachtel Zigaretten, nahm einen Stängel heraus, schob ihn zwischen die Lippen, zündete ihn an und saugte den Qualm tief ein. Er inhalierte eine ganze Weile, wurde ruhig und hielt Jens die Schachtel hin. Der blickte nur kurz darauf, schüttelte den Kopf und starrte wieder geradeaus. Conni sagte: »Lass uns ein Stück gehen. Ich will jetzt hören, was du dir dabei gedacht hast.« Sie stiegen aus, klappten die Türen zu, Conni verriegelte den Wagen und sie liefen in einen schmalen, von wucherndem Strauchwerk flankierten Weg hinein.

Jens Schmittke resümierte in Gedanken, dass es unentschuldbar sei, dass er unangekündigt und unaufgefordert einer fremden Frau Schlafzimmer betreten hatte. Das konnte er sich nicht schönreden. Das blieb peinlich bis zum Letzten. Er kannte die Regeln des Anstandes und des Gastrechtes zur Genüge. Und gerade weil es so war, vertiefte er in Gedanken: Ist nicht diese arme Frau zugleich Opfer und unter Vorspiegelung falscher Tatsachen in ein Haus gelockt worden, das ihr gar nicht gehörte? Sie wähnte sich sicher, entblößte sich und ahnte wahrscheinlich nicht einmal, welch irren Streich ihr Conni Bruck gerade spielte. Der hatte aus Bequemlichkeit und Geltungssucht das Haus an Fremde verpachtet, ohne die wirklichen, nämlich die uralten Heimatrechte zu beachten, und damit das ganze Dilemma erst heraufbeschworen. Klar durfte er formal über das Haus verfügen und auch Schönheitsreparaturen ausführen lassen. Nur Werterhaltung ist doch nicht mit Zweckentfremdung gleichzusetzen. Dies ist ein Bauernhof und kein Fremdenasyl, erst recht kein Mehrfamilienmietshaus. Wer gab ihm das Recht, hier derart zu ramschen? So mussten sie beide, der Heimkehrer und die Fremde, als Geprellte aus der Sache herausgehen. Das wäre ja auch alles nicht so schlimm gekommen, hätte Conni ihm gestern Abend gleich die Schlüssel gegeben, ihn eingewiesen, herumgeführt, mit den Mietern bekannt gemacht und so weiter.

Er hob an: »Conni, entschuldige, wenn ich dir widersprechen muss. Du magst es gut gemeint haben, nur ich sehe die Dinge etwas anders als du.« Conni lauschte angestrengt. »Fein, wie du dich all die Jahre gekümmert hast. Super, wie du dich abgerackert hast und hochgekommen bist. Nur meinst du nicht, dass dein Engagement inzwischen restlos überzogen ist?« Er ließ eine Pause. Conni sog mühsam beherrscht Luft ein und schnaufte. Jens setzte fort: »Bei aller Liebe zur Diplomatie, was bezweckst du mit deinem Abwarten? Willst du den Preis in die Höhe treiben? Okay, ich habe Geld. Ich habe viel Geld. Lass uns über die Summe reden!« Conni schüttelte verbissen den Kopf und reflektierte, wie es zu dem Deal gekommen war und was ihn jetzt bewog zu zögern.

Vor einiger Zeit hatte sich Jens Schmittke an Conni Bruck gewandt, um seinen alten Besitz zurückzukaufen. Da geriet Conni in einen berauschenden Glückszustand. Der Spross der ältesten Kerkower Bauernfamilie, sozusagen der Nachfahre des Kerkower Adels und noch dazu ein berühmter, steinreicher Mann, kratzte an seiner Tür und buhlte um seine Gunst! Das hatte sich Conni nicht einmal in seinen kühnsten Träumen vorzustellen gewagt. Und weil es so war, mochte er die Genugtuung weidlich genießen und den Preis für das Grundstück in eine derart exorbitante Höhe treiben, dass Kinder und Kindeskinder noch von ihm reden würden. Nur welche Summe war angemessen? Wie beschrieb man ein Ruhmesblatt am wirksamsten? Conni wusste, dass Geld die Welt regiert. Sicher. Aber Geld allein war für ihn längst nicht alles. Geld machte nämlich nicht glücklich. Mit Geld konnte man sich auch keine Freunde kaufen. Akzeptanz und Nächstenliebe waren jene Werte, die Conni zu seinem Glück brauchte. In einer Mischung aus Geltungsdrang und Großmut bot er Jens die Schenkung an. Mit diesem Akt würde er sich in die Geschichtsbücher einschreiben, denn wenn einer aus purer Freundschaft einer dreiviertel Million völlig abhold war, wie reich an ideellen Gütern müsse er dann tatsächlich sein?

Ja, ein Schenkung würde seinen edlen Charakter herausstreichen. Aber kaum war sie ausgesprochen, da reute Conni seine Zusage. War er nicht oft genug getäuscht worden? Hatte er denn immer noch nicht dazugelernt? Er vergegenwärtigte sich, wie übel es ihm gerade mit dem Schmittke-Hof ergangen war.

Zunächst hatte er den Auktionator und die Käufer vom Hof geworfen. Später folgte die Werterhaltung. Ein unbewohntes Haus verfällt rasch, und so war es auch hier. Das Anwesen stand Tag und Nacht leer, das fünfte Jahr nun schon, und entpuppte sich als Ärgernis. Die Kerkower hatten mit einigem Aufwand ihre Häuser aufgepeppt, dem schmuddeligen, wild bebauten Nest Stil und Schliff verpasst, waren ordnungsliebend und umweltfreundlich zu Werke gegangen. Was an die zwanzig Jahre niemanden gestört hatte – hier ein Müllberg, da ein verkommenes Gebäude und allerorten Trostlosigkeit –, mochten sie nicht länger erleiden. Im Gemeinderat rauften sie sich zusammen, machten Gelder locker, beantragten und bekamen Fördermittel von der Landesregierung, und sie appellierten an die Bevölkerung. Die Kerkower packten tüchtig zu, denn sie wollten anständig wohnen und ihren Kindern ein schönes Zuhause bieten. Der Ort zeigte alsbald ein neues Aussehen und die Gemeinde lebte ein gehobenes Selbstverständnis.

Das Schmittke-Anwesen – groß, wuchtig, heruntergekommen – bot zwei Möglichkeiten: Entweder alles abreißen und an diese Stelle einen hübschen Neubau setzen, oder das alte Gemäuer denkmalgeschützt erhalten und einem gemeinnützigen Zweck zuführen. Für Neubau plädierten die wenigsten, denn Kerkow präsentierte sich im Wesentlichen als Dorf, und selbst die Masse derjenigen, die in den letzten Jahren aus der Großstadt hierhergekommen waren und sich teure, luxuriöse, modern ausgestattete Villen gebaut hatten, lobten sich das rustikale Ambiente des Schmittke-Hofs. Also entschieden alle, aber auch wirklich alle, das Anwesen zu erhalten und gemeinschaftlich zu nutzen, etwa als Begegnungsstätte und Ort für kleine Theateraufführungen, für heimatkundliche Ausstellungen und für große Familienfeiern. Doch so lieb den Kerkowern die gemeinschaftliche Nutzung war, so vehement lehnten sie die gemeinschaftliche Finanzierung ab. Trotzdem erstrahlte die hübsche Fassade des Bauernhofes binnen kürzester Frist in altehrwürdigem Glanz, denn Conni investierte einiges und verstand es, die ortsansässigen Handwerker auf seine Seite zu ziehen. Wie dann aber die Innensanierung fällig wurde, offerierten sie dem Bauherren haarsträubende Preise für ihre Dienste. Die konnte und wollte Conni nicht stemmen. So hatte er mit dem denkmalgeschützten Klotz unüberschaubare Verpflichtungen am Bein. Was lag in dieser Situation näher, als Maurer, Maler und Tischler aus der Fremde herbeizuholen?

Am Rande des zehn Kilometer entfernten Nordstadt, eingezwängt auf einem Winkel zwischen Autobahn und Klärwerk, hausten die Flüchtlinge aus den Kriegs- und Krisenländern Vorderasiens auf engstem Raum in restlos überfüllten Interimsunterkünften. Conni Bruck verhandelte mit dem Rat der Stadt, mit der Ausländerbehörde, mit der hiesigen Gemeindevertretung, gewann die Gutwilligen, kaufte sich eine Gewerbegenehmigung, erwirkte den Zuschlag als Betreuer eines Ausländerheims, warb die Arbeitskräfte und kehrte eines Tages mit einem bunten Völkchen aus Männern, Frauen und Kindern heim. Was jetzt losbrach, spottete jeder Beschreibung und ließ Conni am Verstand der Menschheit zweifeln. Die Fremden hatten ihre Habe noch nicht vollständig ins verwahrloste Gemäuer hineingetragen, da rauften sich viele Kerkower zu einer Protestversammlung zusammen. Es wurde gepöbelt und gedroht. Die Neulinge duckten sich ängstlich. Die Polizei kam, zerstreute die Menge, beruhigte die Wehrlosen und zog wieder ab. In der Nacht brannte der Stall, und ein im Hof abgestelltes Auto ging in Flammen auf. Feuerwehr und Polizei reagierten rasch und verhinderten Schlimmeres. Die zu Tode erschrockenen Ausländer strebten die Flucht an. Sozialarbeiter traten auf den Plan, besänftigten, schlugen Lösungen vor, klärten auf, schafften Frieden. Allein, Frieden war noch lange nicht. Es gärte und brodelte im Untergrund. »Die Ausländer müssen weg!«, forderten die Krakeeler. Drohungen wurden wieder laut, Hassparolen an Hauswände gepinselt, anonyme Anrufe und Briefe gingen ein. Da griff die Gemeindeverwaltung zum Äußersten: Sie gewannen einen Trupp gut trainierter Wachschützer, der nun Tag und Nacht die Augen offenhielt und notfalls mit schlagkräftigen Argumenten jedem Störenfried Einhalt gebot. Das Ausländerheim fügte sich allmählich ins Bild, wurde halbwegs angenommen und akzeptiert.

Als nun also Jens Schmittke vor Connie stand, die Hände aufhielt und seinen Besitz wiederhaben wollte, musste doch wohl die Frage erlaubt sein, ob er es wirklich ehrlich meinte. Freilich hatten sie über die Jahre beständig Kontakt gepflegt und ihre Botschaften in schöner Regelmäßigkeit ausgetauscht. Nur: Lernt man einen Menschen wirklich übers Handy und via Internet kennen? Ist dessen Zuverlässigkeit mit Worten zu prüfen? Sollten da nicht erst einmal Taten sprechen? Conni Bruck befand sich am Scheideweg. Auf der einen Seite wog seine generöse Großzügigkeit, das einmal gegebene Versprechen, und auf der anderen Seite lagerte die Verantwortung. Auch Ausländer haben es verdient, wie Menschen behandelt zu werden. Ergo gedachte er, nichts zu überstürzen, den Kandidaten gründlich anzuschauen. Er sagte: »Es geht doch nicht um Geld. Ich meine nur, wir brauchen doch alle Zeit, um uns erst mal irgendwo einzugewöhnen.« Jens erwiderte: »Sind wir nicht alle alt genug, uns irgendwie miteinander zu engagieren. Dein Zögern artet ja in Bevormundung aus!«

Conni strauchelte. Sein maßvolles Vorgehen entbehrte offensichtlich der Verhältnismäßigkeit. Was konnte er dagegen anführen? Er überlegte angestrengt. Indessen keimte in ihm ein anderer Verdacht vage auf, zog seine Kreise, nahm Form an und beherrschte schließlich das Bild: Hatte Jens Schmittke mit der Presse nicht alle Mittel in der Hand, ihn in der Öffentlichkeit unmöglich zu machen? Ein Federstrich und jegliche Mühe wäre umsonst gewesen. Wussten sie nicht alle, was Journalisten fertigbrachten? Eine Behauptung in den Raum gesetzt und Throne schwankten! Sämtliche Bücher waren sauber geführt, alle Rechnungen akribisch beglichen und abgeheftet. Trotzdem konnten sich Fehler eingeschlichen haben. Niemand ist perfekt. Was passierte, wenn der Journalist im Urschleim wühlte oder gar in der Gegenwart Mängel entdeckte? Der Ruf wäre hin. Da mochte sich Conni rausreden, entschuldigen, begründen und am Ende sogar das Gegenteil beweisen. Keiner würde ihm mehr glauben. Er wäre gebrandmarkt und würde nirgends mehr einen Fuß in die Tür bekommen. Er müsste schon besonders kühn oder selbstmörderisch veranlagt sein, sich auf so ein Spielchen einzulassen. Dem eigenen Absturz würde womöglich der Sturz der Seinen folgen. Er hatte eine Familie, sein Risiko war doppelt groß. Conni erwog: Entweder ich und meine Leute oder die Ausländer? Er erwog gründlich und begriff mit voller Wucht: Der andere hatte ihn längst überholt! Mit seiner Popularität waren bereits nicht korrigierbare Tatsachen geschaffen. Ein Conni Bruck musste gegen einen Jens Schmittke verlieren. Der Verwalter eines Ausländerheims war gegen einen Journalisten ein viel zu kleines Licht, als dass er da noch etwas ausrichten konnte. Da nutzten ihm seine hohen Ideale auch nichts mehr. Er war schon abgeschlagen, bevor das grausige Spiel überhaupt begann. Er grummelte: »Okay, lass uns heimfahren.« Sie liefen zum Auto, stiegen ein und fuhren schweigend nach Kerkow zurück.

In der Haustür sagte Conni Bruck: »Pack deine Sachen. In zehn Minuten bringe ich dich rüber.« Jens Schmittke strahlte. Er stürzte die Treppe hoch, polterte in sein Zimmer, raffte sein Zeug und stopfte es in den Rucksack. Er rollte seinen Schlafsack zusammen und band ihn am Tragegurt fest. Fertig. In Sekundenschnelle war alles getan. Er schulterte sein Gepäck, sah sich um und drehte sich der Treppe zu. Da klingelte sein Telefon. Unschlüssig schaute er auf das Display. Sein Verleger, Nico Popper, war dran. Er nahm ab: »Tut mir leid, Nico. Kannst du später noch mal. Ich bin im Moment arg beschäftigt.« Nico sagte: »Ist in Ordnung. Nur ganz kurz: Ich finde, aus der Sache kannst du mehr rausholen. Das kann man einfach viel besser aufziehen. Das Kind ist ein Transgender. Hier würde ich ansetzen.« Jens war wie vor den Kopf geschlagen. Er fühlte sich wie im falschen Film. Er verstand überhaupt nicht, wovon der andere da redete. »Kannst du das noch mal sagen?« Nico wiederholte gedehnt und jedes Wort betonend: »Das Kind ist ein Transgender. Hier würde ich ansetzen, ganz gründlich recherchieren und ausführlich berichten. Das wird *die* Story!« Wie immer entflammte Nico, sobald er auch nur den Zipfel einer Sensation erhaschte. Jens schüttelte den Kopf und sagte gefasst: »Nico, deinen Riecher in allen Ehren, aber du kannst mir doch nicht weiß machen wollen, dass du per Ferndiagnose, so ganz auf die Schnelle …« Mit dem Gepäck auf dem Rücken, dem Laptop unterm Arm und dem Telefon am Ohr stieg Jens die Treppe hinunter. In seinem Gesichtsfeld tauchten Pia und Conni Bruck auf. Er sagte: »Bis später. Ich ruf dich zurück.« Nico Popper empfahl sich: »Ich schick dir was zu, damit du dich einarbeiten kannst.« Das hörte Jens nicht mehr.

Pia und Conni standen mit hängenden Schultern und gesenkten Köpfen am Fuß der Treppe. Er hielt das Schlüsselbund in der offenen Handfläche, und sie presste ein paar Aktenordner vor den Bauch. Schweigend blickten sie auf. Jens trat gebannt zu ihnen. Conni öffnete zögerlich den Mund: »Da, bitte.«

Connie reichte Jens die Schlüssel und drehte sich gramvoll zur Seite. Pia sagte leise: »Ich bringe dich rüber.« Ihrem Mann wollte und konnte sie diesen Gang nicht zumuten. Sie deutete auf den Aktenstapel in ihren Armen: »Die Unterlagen zum Haus habe ich gleich zusammengesucht.« Sie ging voraus. Jens folgte. Die Haustür klappte hinter ihnen zu. Auf dem kurzen Weg zum Nachbargrundstück löste sich Pia: »Du musst es ihm nicht übel nehmen. Es war sein Lieblingskind. Jahrelang hat er sich mit dem Ausländerheim abgemüht, bis es halbwegs funktionierte. – Und jetzt?« Jens verstand: Jeder hat irgendeine Lebensaufgabe, vollbringt ein Meisterwerk, und wenn ihm das einer wegnimmt, muss man sich um dessen Früchte betrogen fühlen. Er sagte: »Aber, Pia, wir sind doch nicht aus der Welt. Können wir denn nicht alle zusammenarbeiten? Da gibt es doch sicher einiges, was ich noch lernen muss, wo er mir helfen kann und so weiter. Wenn ich in meinem Haus wohne, ist doch mit keiner Silbe gesagt, dass er seinen Job nicht mehr machen darf.« – »Ach, lass mal«, erwiderte sie matt, »es ist besser so.«

Bis auf eine einzige Kammer oben unterm Dach waren alle Zimmer im Haus belegt. Dort richtete sich Jens ein. Dass es hier weder Strom noch Wasser gab, störte ihn nicht. Er war nicht verwöhnt. Seine körperlichen Bedürfnisse pflegte er bei Freunden, Bekannten oder in Gottes freier Natur zu befriedigen. Die Akkus für den Betrieb seiner wenigen elektrischen Geräte waren leistungsfähig, und Zapfstellen gab es allerorten genug. Ihm genügte, daheim angekommen zu sein und mit seiner Präsenz auf dem angestammten Besitz die Rückkehr des Schmittke-Clans augenfällig zu demonstrieren.

Die Kammer diente Jens jedoch nicht nur als Schlafplatz für das müde Haupt und als Abstellraum für seine persönlichen Sachen, sie barg auch Erinnerungen.

Hier oben hatte er sich seinerzeit versteckt und in gewisser Weise auch ausgelebt, denn die große Familie, so lieb sie ihm war, bot für seine Kinderseele nicht nur Erbauliches. Jens war von früh an gezwungen, auf dem Hof mit anzupacken. Nach der politischen Wende, die sich ereignete, als er gerade zehn Jahre alt war, schufteten Jung und Alt Hand in Hand auf ihren wiedererworbenen individuellen Höfen. Freilich lernte Jens dabei viel, war anstellig und geschickt, wuchs zu einem kräftigen Bauern heran. Doch seinen sensiblen, feinen Sinn für das Schöne, für Träume und Schwärmerei schulte diese Arbeit nicht. Er liebte die Malerei. Das eine um das andere Mal zog er sich in die Bodenkammer zurück und lebte seine Fantasie mit Pinsel und Farbe auf dem Papier aus. Landschaften im Sonnenaufgang hatten es ihm angetan. Sie entstanden in etlichen Variationen, und er malte selbstvergessen, voller Inbrunst, manchmal über Stunden. Freilich kamen ihm seine Leute drauf, schalten ihn einen Drückeberger, Faulpelz und Tunichtgut, schleiften ihn in den Stall oder auf das Feld, verboten das Trödeln und Gammeln. Da malte er heimlich und des Nachts. Nur, wie er unausgeschlafen wieder und wieder zu seinem Dienst antrat, setzte es erst recht Verwarnung, Knuffe und am Ende Prügel. Das vergiftete die ohnehin angespannte familiäre Atmosphäre. Die Anspannung resultierte aus der Arbeitsbelastung, doch das reflektierte er seinerzeit nicht. Und was hätte ihm ein derartiges Verständnis auch genutzt? Er war zu jung und zu schwach, um sich zu wehren oder auszuscheren. Er war ein braves Kind, er wollte doch keinen Streit, schon gar keinen Ärger und niemandem wehtun. Also versteckte er Farben, Papier, Pinsel und die fertigen Bilder in einer Höhlung unter den Dielen. Für später, so dachte er, verdrängte und vergaß allmählich.

Jens durchforschte den Dachboden. Wo mochte die Stelle sein? Er wusste es nicht mehr. Außerdem hatten sie das Haus fast vollständig auf den Kopf gestellt, die Fixpunkte, an denen er sich hätte orientieren können, existierten nicht mehr. Er suchte, spürte, ließ nach. – Doch dann trieb es ihn doch wieder umher, und schließlich fand er die vergilbten Blätter tatsächlich. Der Sonnenaufgang über grünem Grund war in seinen verblassten Farben noch deutlich zu erkennen. Jens sinnierte: Tja, vorbei ist vorbei. Schade. Schon damals war seine Malerei eigentlich sinnlos gewesen, weil niemand die Botschaft verstand. Den Sonnenaufgang, den taufrischen Morgen als Ausdruck von Hoffnung und Anbeginn alles Guten und Schönen zu erkennen, lag keinem. Schon als er als Knirps seine ersten Schöpfungen stolz herumzeigte, haben selbst diejenigen, die hinschauten, den Sonnenuntergang immer nur als das Ende aller Dinge gesehen oder sehen wollen, die Müdigkeit nach einem langen Tag. Beides zusammen, die Gewalt und das Unverständnis, verleideten Jens die Malerei. So legte er sie halb dazu gedrängt und halb willfährig ab. – Mit süßer Bitternis schob er die Erinnerung beiseite. Die Blätter stapelte er liebevoll auf und verwahrte sie am alten Ort.

Dem holprigen Anfang folgten nun noch ein paar Formalien: Rückübertragung des Anwesens unter notarieller Aufsicht und Zeugenschaft an Jens Schmittke, Einblick in die Geschäftspapiere und Änderung der Mietverträge zu Gunsten des neuen Besitzers. Nachdem auch das komplikationslos gelaufen war – Pia und Conni Bruck arbeiteten dem Eigentümer emotional kühl und sachlich korrekt zu – besann sich Jens seiner ursprünglichen Intentionen. Als Grundstücksbesitzer mochte er sich angemessen aufstellen und auch etwas Nützlichkeit anbieten. Das weitläufige Gelände lag brach, war verwildert, und die Nebengebäude standen leer. In der städtischen Siedlung Kerkow einen landwirtschaftlichen Betrieb aufzuziehen, war wahrscheinlich kaum mehr möglich, zumal die Produktionskosten über die Preise der Produkte nicht hereinzuholen waren. Landwirtschaft kam also nicht mehr in Betracht. Ein Erlebnispark, eine grüne Oase mit allerlei Attraktionen und Unterhaltungsangeboten würde wohl eher Publikum herbeilocken, begeistern und positiv zu Buche schlagen. Derlei fehlte hier und in der näheren Umgebung sowieso. Jens wollte in diese Marktlücke schlüpfen. Genüsslich träumte er sich in die Rolle des erfolgreichen Unternehmers und türmte seine Pläne zu Luftschlössern. Weil nun aber gerade Herbst war und derart gigantische Projekte gut vorbereitet sein wollten, lehnte sich der angehende Manager bequem zurück und widmete sich verträumt und verspielt seinen Alltagsgeschäften. Er stromerte in Kerkow herum, machte sich mit den Nachbarn näher bekannt, plauderte ungezwungen über den Gartenzaun, kehrte in den Gaststätten ein, fand auch hier stets Gesprächspartner, hockte sich in die öffentlichen Gemeinderatssitzungen, erwärmte sich für die Tagespolitik, knüpfte schon einmal Kontakte zu den örtlichen Handwerkern und mischte sich sonntags unter die Gläubigen in der Kirche. Die schöne Pastorin – sie hieß Annemarie Hecht – hatte es ihm angetan. Er balzte und buhlte um ihre Gunst. Sie fühlte sich gleichermaßen zu ihm hingezogen, und recht schnell einigten sie sich. In Kerkow sprach sich bald herum: Der Schmittke und die Hecht sind ein Paar.

Theologie war für die junge Frau seinerzeit nur eine Notlösung gewesen, um einen akademischen Abschluss und eine auskömmliche Stellung zu erhaschen. Als Kind armer Eltern schwor sich Annemarie bereits sehr früh, einmal kräftig Geld zu verdienen. – Übrigens lebte ihre Familie in einer Armut, wie sie kaum eine Statistik ausweist und in der hiesigen Welt auch gar nicht vermutet wird. Das Haushaltsbudget gab zwar ausreichend Geld für Nahrung, Kleidung, Heizung und Miete her, aber für jedes Extra wie etwa ein Ticket für das Kino oder ein hübsches Kleid für die Schuljahresabschlussfeier fehlte es einfach. Was verbummeln Kinder nicht alles? Was verschleißt nicht rasch bei andauernder Benutzung? Zumal der Federhalter, die Turnschuhe oder gar die teuren Winterstiefel schon gar nicht hielten, was die Hersteller versprachen. Zusätzliche Ausgaben um ihr Kind ausreichend zu kleiden, es gesund zu ernähren und die Schulsachen wieder und wieder in Ordnung zu bringen, waren für die Eltern mit dem Einkommen aus ihrer Berufstätigkeit und den aufstockenden Sozialleistungen einfach nicht zu stemmen. So nahmen sie die Kleine herbei und klärten sie über ihre Vermögensverhältnisse auf: Wenn sie halbwegs zurechtkommen wollten, müssten sie sich alle arg strecken. Das Kind verstand. Diese Eltern waren keine Verschwender und auch keine Egoisten. Sie waren nur nicht auf der Sonnenseite des Lebens geboren, und für illegale Nebeneinkünfte oder gar kriminelle Bereicherung fehlte ihnen jeglicher Nerv. Ergo rauften sie sich zusammen, schnallten den Gürtel so eng wie möglich und stützten sich gegenseitig. Für Annemarie hieß es, auf Klassenausflüge zu verzichten, an Schulfeierlichkeiten nicht teilzunehmen und mit Freundinnen nicht auszugehen. – Sie wurde eine zurückhaltende und fleißige Schülerin. Manchen erschien das Mädel verstockt, viel zu häufig krank – als Entschuldigung hielt immer Unpässlichkeit her – ungesellig, abnorm ehrgeizig und kaltherzig. Annemaries ganzes Sinnen und Trachten richtete sich auf den Erhalt ihrer kleinen Familie. Sie war ein dankbares, den Eltern sehr anhängliches Kind. Allerdings war nicht alles Verzicht und Last, denn Annemaries Eltern verstanden es, mit wenig zu unterhalten und Frohsinn zu stiften. Statt großer Geschenke und aufwendiger Feierlichkeiten gab es beständig Aufmerksamkeit, abwechslungsreiche Gespräche und fantasievolle Mußestunden.

Kaum den Kinderschuhen entwachsen, erforschte Annemarie den Markt, um das ihnen auferlegte Schicksal abzuwenden. Sie lernte, dass die meisten für Frauen zugänglichen Berufe schlecht bezahlt wurden, es sei denn, man machte sich als Expertin unentbehrlich. Unentbehrlichkeit war jedoch nicht ohne solide Fachkenntnisse zu haben. Doch Bildung wurde in dieser Welt keinem hinterhergeworfen. Viele Studenten schlugen sich mit Nebenjobs durch. Auch in dieser Hinsicht sah es für die Mädchen wesentlich düsterer aus als für die Jungen. Während sich die Männer als Handlanger auf Baustellen, als Fahrradkuriere im Logistikbereich oder als Aushilfskräfte bei der Stadtreinigung ein ausreichendes Zubrot verdienen konnten, erhaschten die Frauen in der Altenpflege, als Haushaltshilfe oder als Kinderbetreuerinnen ein schmales Taschengeld. Die Aussichten waren für Annemarie trübe, und ein auf diese Weise finanziertes Studium zog sich denn auch elend in die Länge, die eigenen Kräfte waren hernach erschöpft, und die gutbezahlten Posten meist schon vergeben. Melde sich mal eine als Vierzigjährige ohne Berufserfahrung in einem Architekturbüro oder in einer Rechtsanwaltskanzlei. Die Wahrscheinlichkeit, einen Sechser im Lotto zu platzieren, war hundertfach höher, als in diesem Alter noch eine feste Anstellung zu bekommen. Da nutzten auch hochkarätige Abschlüsse nichts. Man war raus, noch ehe man begonnen hatte. Nicht zuletzt schon deshalb, weil jeder Arbeitgeber einen bislang zurückgehaltenen Kinderwunsch vermutete, dessen Erfüllung er einfach nicht finanzieren wollte, mit Ausfallzeiten rechnete und die Frau ohnehin nur als halbe Portion betrachtete. Annemarie sah sich also um und fand zweierlei: Einige große Firmen boten eine duale Ausbildung mit Garantie zur Festanstellung an. Das waren landes- und bundeseigene Institutionen sowie spezielle Branchen der Verkehrsbetriebe und auch ein paar Konzerne des Konsumgüterhandels. Doch die hielten ihre Azubis und Angestellten wie Leibeigene. Das war für Annemarie nichts. Dann entdeckte sie die Kirche, und die versprach noch immer einen monetär abgefederten, straff organisierten Bildungsweg in freundlichen Kollektiven und nach dem erfolgreichen Abschluss einen gesicherten Arbeitsplatz und Aufstiegschancen. Sie griff zu. Sie wendete ihre Not zu einer Tugend, widmete sich hingebungsvoll den Psalmen und fühlte sich bestätigt. Sie öffnete sich sogar den Menschen, denn die Dinge, derer sie vordem niemals teilhaftig wurde – Ausflüge, Seminare, bunte Veranstaltungen aller Art –, belebten sie nun außerordentlich. Mit kindlicher Neugierde und vollkommen arglos tauchte sie in die klerikale Welt ein und betrachtete diese Welt als das Zentrum des Universums. Für sie gab es nichts Feineres mehr als Gebete, Gesänge, das Studium der Sprachen und der Historie und dazu den Kreis ihrer wunderbaren, immer verständnisvollen, stets entgegenkommenden Kollegen und Vorgesetzten.

Recht bald schloss sie ihre Ausbildung mit ausgezeichneten Ergebnissen ab und wurde in die Praxis entlassen. Hochmotiviert trat sie in der kleinen Gemeinde Kerkow an und auf – und hier erlitt sie den größten Schock ihres Lebens. Die Gläubigen gaben einen eingeschworenen Klüngel und kultivierten zwanghaft Vorurteile gegen die junge Frau. Die Pastorin wurde nicht gehört, geschnitten und verhöhnt. Indem die Kerkower ihre Pfarrerin in den Gottesdiensten anpöbelten, ihr Pfiffe und zotige Anspielungen auf den öffentlichen Wegen nachwarfen und die Kinder von den Religionsstunden fernhielten, strebten sie Annemaries Vertreibung an. Sie wendete sich an ihre Vorgesetzten, doch denen war ihr Verbleib völlig egal. Eine Predigerin, die sich nicht durchzusetzen verstünde, wäre halt fehl am Platze. Bräche der Kerkower Kirchenkreis zusammen, sperre der Superintendent das Gotteshaus zu und böte die Immobilie zum Kauf an. Es gab derzeit nicht wenige christliche Kulttempel im Land, die von gemeinnützigen Vereinen übernommen und zu Tagungsstätten, Museen und Partyräumen umfunktioniert worden waren. Um die wenigen verbliebenen Gläubigen kümmerte sich dann keiner mehr. Annemarie begriff ihre Lage. Ihre Einkünfte flossen eben nicht aus reiner Nächstenliebe. Sie waren an eine ausreichende Anzahl aktiver Gläubiger gebunden. Annemarie ruderte verzweifelt. Sie hing an ihren Idealen, und sie hing am Verdienst. Mit ihrem Scheitern am hiesigen Ort drohte der vollständige soziale Absturz, denn eine Predigerin mit ruiniertem Ruf bekam nirgends mehr eine Arbeitsmöglichkeit oder gar eine Aufstiegschance.

Doch dann kam Rettung aus unerwarteter Richtung.

Einer der Wachschützer, den die Gemeinde für das Ausländerheim angestellt hatte, hockte sich eines Sonntags in der Montur seiner imposanten Dienstuniform und mit seinem breiten Kreuz ins Kirchgestühl. Inwieweit er den Wunsch nach übersinnlicher Erbauung hatte, war für Annemarie nicht auszumachen und auch nicht wichtig. Allein seine Anwesenheit bewirkte, dass sie zu Wort kam, weil niemand im Auditorium wagte, auch nur einen unangemessenen Pieps von sich zu geben. Sie hielt ungestört ihre Predigt. Die Gemeinde sang sogar noch ihren Abschlusschoral, wobei der mäßig ausfiel, weil kaum einer die Melodie richtig beherrschte, doch das war unerheblich. Erstmals handelte die Predigerin den kultischen Akt ganz und gar nach den Gepflogenheiten ab. Als sie die Gläubigen verabschiedete, wusste sie, was zu tun war. Sie knüpfte Kontakt zu den bulligen Männern vom Wachschutz und umgarnte sie. Sie brachte hin und wieder, wie zufällig so doch ganz gezielt, einen selbstgebackenen Kuchen, eine Thermoskanne voll Kaffee oder eine Flasche Schnaps vorbei. »Zum Aufwärmen und gegen den langweiligen Dienst«, pflegte sie zu sagen. Sie biederte sich an, lockte und neckte. Sie spielte ihre weiblichen Reize aus, sie stimulierte bewusst das Testosteron: Sie steuerte die zwischenmenschlichen Beziehungen über das rein biologisch Triebhafte. Sie ersetzte soziale Kompetenz durch sexuelle Potenz, bis die Wachmänner zu ihren treuesten Gefährten wurden, an sämtlichen Gottesdiensten teilnahmen, Tag und Nacht in ihrer Nähe herumlungerten, sich augenfällig räusperten und aufblähten, sobald ein Kerkower distanz- oder respektlos vorpreschte oder auch nur mit der Wimper zuckte. Diese Demonstration bewirkte Zurückhaltung in der Gemeinde und verschaffte der jungen Frau den notwendigen Respekt und Freiraum, einigermaßen zurechtzukommen.

Allmählich wurde der Predigerin Geschäft Alltag, und die Kirche bekam Zulauf. Zwei Dinge trieben die Kerkower ins Gotteshaus: Zum einen verfolgten sie neugierig die balzenden Galane und die Reaktionen der Angebeteten, denn es war durchaus recht interessant zuzuschauen, wie sich eine Geistliche in Liebesdingen gebärdete. Zum anderen wirkten die ansprechenden Predigten. Annemarie Hecht verzauberte mit ihrem natürlichen Charme, und sie überzeugte mit ihren fundierten theologischen Kenntnissen. War sie einmal zum Zuge gekommen, ließ sie auch nicht mehr nach, und bald lagen die Kerkower ihr förmlich zu Füßen. Eins blieb jedoch lange unentschieden: Wen würde die Hecht auswählen? – Mit ihrer Bindung an Jens Schmittke war nun auch das geklärt. Die Wachmänner waren Mannsbilder genug, um der Frau Entscheidung ohne Murren oder gar Ausfälle zu schlucken, obgleich sich sicher der eine oder andere Chancen ausgerechnet, Hoffnungen gespeist haben mochte und nun recht traurig war. Annemarie ging derweil unbescholten und unbelastet wie ein Stern am Firmament auf.

Meistens trafen sich Annemarie und Jens im Pfarrhaus, denn sein unwirtliches Domizil auf dem Hof und unterm Dach bot den Liebenden nicht die rechte Gemütlichkeit. Das Pfarrhaus mit Bibliothek, Wohn-, Schlafzimmer und Wirtschaftsräumen, noch dazu im altehrwürdigen Landhausstil gehalten und seit Jahrhunderten unverändert, entfachte Jens' schwärmende Fantasie. »Ich werde«, spreizte er sich mit seiner Zukunft auf dem elterlichen Hof, »sobald ich meine Mitbewohner besser kennengelernt habe, sie zur Arbeit auf dem Grundstück heranziehen. Wir legen einen hübschen Garten an und betreiben naturnahe Landwirtschaft. Nicht zu groß, aber auf jeden Fall ansehnlich. Wir ziehen sozusagen eine Musterwirtschaft auf und sind auch offen für Naturfreunde. Ich werde einen Streichelzoo für die Kinder anlegen. Außerdem könnte man zwei, drei Pferde halten, damit auch die Jugend zum Zuge und vom Computerspiel wegkommt ...« Je länger er redete, umso mehr war er von sich überzeugt, denn es hatte ihm nie Mühe gemacht, Menschen für sich zu gewinnen und seine Pläne und Berechnungen waren stets stimmig aufgegangen. Unterdessen streute Annemarie vorsichtig ihre Zweifel ein. Sie kannte die Kerkower, sie wusste um deren Vorurteile, Trägheit, ja sogar Bösartigkeit, und sie hatte schon reichlich Auseinandersetzungen mit den und um die Ausländer erlebt. Sie meinte, man könne ihnen nicht so einfach ein fertiges Projekt vor die Nase setzen. Da müsse einer viel Fingerspitzengefühl und Einfühlungsvermögen mitbringen. Außerdem sei doch fraglich, ob diese Ausländer hier, also bewährte Maler, Tischler und Maurer, sich für die erdige Landarbeit erwärmen würden. Zeuge nicht letzten Endes das nach wie vor verwilderte Außengeländes vom Unvermögen oder Unwillen der dortigen Bewohner, sich als Tierpfleger oder Gärtner zu beweisen? Jens winkte ab und seine Ideen durch. Was solle schon sein? Er wisse, was er tue. Er habe Zeit, und er übe sich in Geduld, bis sie allmählich zusammenwachsen würden und sich das multikulturelle Leben unter seiner Regie, auf seinem Hof und nach seinen Vorschlägen entfalte. – Da rieb sich Annemarie an Jens' Selbstüberschätzung. Sie erwartete von ihm mehr Einsicht in die Wirklichkeit und mehr reale, gestalterische Kraft für die Zukunft.

Sie baute leisen Argwohn auf und Jens malte unbeeindruckt seine Visionen.

Als Vermieter gewährte Jens Schmittke alle Freiheiten, er nörgelte nicht, er gab sich tolerant und er ließ die Leute machen. Akzeptanz und Rücksichtnahme zeigte er, denn er kannte die Absonderlichkeiten so manch fremden Stammes zur Genüge, und einen neuen Zusammenstoß mit den Ausländern heraufzubeschwören, vermied er tunlichst. Aufgeschlossen und gebildet trat er auf, und niemand ahnte, dass ihm Durchblick und Einsicht fehlten. Die Verträge mit den Stadtwerken lagerten oben in seiner Kammer unterm Dach und unbeachtet zwischen seinen Sachen. Unschuldig ruhten sie und mahnten nicht an die Pflichten. Außerdem pflegte Jens, Post aus Papier niemals zu öffnen. Wozu gab es elektronische Kommunikationskanäle? Seine Erreichbarkeit war hinlänglich bekannt. Unbekümmert lebte er seinen Tag. – In der Folge wurden die Straße nicht gekehrt und der Müll nicht entsorgt. Anfänglich klaubte Jens hier und da noch ein Stück Papier auf und stampfte den Inhalt der Tonnen zusammen, doch als er merkte, dass alle Mühe vergeblich war, wendete er sich ab und meinte entrüstet: »Ich bin doch nicht der Putzmann von Kerkow!« – Der Dreck stapelte sich im Hof. Jens sah darüber hinweg. Die Nachbarn rümpften die Nase und meinten, dass die Ausländer Schweine sind. Auch als der Strom abgestellt und die Wasserlieferung gesperrt wurde, bekümmerte es Jens nicht. Er war auf derlei nicht angewiesen. Seine Bedürfnisse waren gering, und was seine Mitbewohner tun oder lassen, ging ihn nichts an.

64

Indessen saßen die Leute im Kalten und im Dunklen, sie wagten nicht, diesen Zustand zu monieren. Eine Durststrecke wollten sie aushalten, das Gastrecht nicht über Gebühr strapazieren, zumal ihnen die Gepflogenheiten nicht geläufig waren. Und sie hatten schon schlechter gewohnt! Außerdem war jedem oder fast jedem klar, dass ein Besitzerwechsel immer auch neue Regeln mit sich brachte. Über den Rückzug des freundlichen, umsichtigen Conni Bruck waren sie informiert, der desinteressierte, arrogante Jens Schmittke war nicht zu übersehen. Also musste man als Mieter akzeptieren oder seine Sachen packen. Nur wohin auf diesem restlos überteuerten Wohnungsmarkt? Sie griffen zur Selbsthilfe, kochten auf einem eilig herbeigeschafften, blakenden Petroleumfeuer, begnügten sich mit Kerzenlicht, kauften Wasser in Flaschen und verzichteten auf die große Wäsche. Die Kerkower folgerten, dass die Ausländer asozial seien. Die hockten stinkend und vergrämt in ihren verräucherten Buden, gingen nicht hinaus, ließen ihre Kinder nicht laufen, und an Bildung war denen schon gar nicht gelegen, denn sie hielten die Kinder von der Schule fern. – Das brachte endlich die Fürsorgerin von der Jugendhilfe auf den Plan, die sich berufen fühlte, den Ausländern die Segnungen der zivilisierte Welt nahezulegen, und beauftragt war, die Schulpflicht durchzusetzen. Wie sie aber die verstockten Menschen in ihren verdreckten Kammern aufsuchte, war die gute Frau maßlos überfordert. Freilich sah sie die ängstlich an ihren Müttern klebenden kleinen Mädchen mit den großen, dunklen und traurigen Augen. Sie sah auch den nur mit Mühe gezähmten Freiheitsdrang der Knaben. Die Fürsorgerin war ja weder blind noch herzlos. Sie hätte liebend gern und ganz besonders den Jüngsten geholfen. Doch was, bitteschön, konnte eine einzelne Amtsperson gegen die geballte Wucht ausländischer Abschottungskultur unternehmen? Sie ging unverrichteter Dinge in ihr Büro zurück und schob die entsprechenden Akten zwischen andere unerledigte Vorgänge in die ohnehin überfüllte Ablage.

Die Tage wurden verdammt kurz, die Sonne versteckte sich im diesigen Himmel und nur für ein paar Minuten um die Mittagszeit herum kündete sie als blassgelbe Scheibe von ihrer Existenz. Regen rann hernieder und tränkte die bereits übermäßig triefende Erde. Feuchte kroch durch sämtliche Ritzen und in alle Winkel und saugte sich durch Hosenbeine und Jackenärmel. Die Menschen nahmen sich in ihre Behausungen zurück und befeuerten massiv ihre Heizstellen. Der Glanz der Lichter und der heiße Grog wurden zum Lebenselixier. Es war die Weihnachtszeit des Jahres 2018.

Jens hatte nie viel für Weihnachten übrig. Die Schmittkes waren seit jeher Bauern und die Mußestunden auf ihrem Wirtschaftshof fielen ohnehin arg knapp aus. Jens erinnerte kein großartiges Brimborium um Geschenke und Rituale in der Heiligen Nacht. Die Bescherung ward kurz gehalten, ausschließlich Nützliches lag auf dem Gabentisch, und nach der ohnehin üblicherweise üppigen Mahlzeit in der Küche sah ein jeder zu, so schnell wie möglich in die Federn zu kriechen, weil wenige Stunden später in der Frühe das Vieh brüllte und zur Arbeit rief. Ein Bauer rastete halt nie oder selten. In den Jahren seiner Wanderung bekehrte niemand Jens zu irgendeiner Religion.

Selbstredend bemühte sich ab und an ein Priester um sein Seelenheil, noch dazu, da er neugierig, wissensdurstig, scheinbar interessiert daherkam, doch außer ein paar hübschen Fotos und merkwürdig spirituell anmutenden Bräuchen nahm Jens nichts weiter mit. Den Kult um das Jenseitige verstand er als das, was er war: »Opium fürs Volk«. Den Begriff hatte Jens einmal irgendwo aufgeschnappt und trug ihn nachsichtig lächelnd mit sich herum, ohne freilich damit die Gläubigen zu brüskieren. Er kam sowieso selten in derartige Verlegenheit, denn in der Regel hielt sich das Angebot an göttlichen Segnungen in engen Grenzen, weil deren irdische Verkünder in Jens' bevorzugten Zielorten Russlands und Chinas eher ein Nischendasein führten. – Inzwischen sah es für ihn anders aus. Seine Herzdame war Pastorin, und der Gottesdienst an diesem tristen Wintertag eine wahre Wonne.

Annemarie hatte die Kirche hübsch ausgeschmückt, mit den Kindern ein Krippenspiel eingeübt, das Programm war an den öffentlichen Plätzen angeschlagen, die Glocke rief inbrünstig, und die Kerkower strömten herbei. Jens reihte sich ein. Die Pastorin begrüßte einen nach dem anderen mit feierlicher Würde und Handschlag. Im Hintergrund liefen Gesänge vom Band und hallten den Raum erhaben aus. Einen Chor gab es nicht, und niemand konnte die Orgel spielen, also füllte die Technik diese Lücke. Jens setzte sich auf die harte Bank, sah sich um und registrierte, dass der hohen Stunde Christi Geburt eben nicht nur die Orthodoxen huldigten. Mit einem Wort: Das Haus war gerammelt voll. Die Pastorin eröffnete, dann folgten das Krippenspiel und wieder Musik. Einige drehten den Blick verklärt zur hoch gewölbten Decke, und auch Jens ward von der Atmosphäre recht angetan.

Die Musik wurde leiser, verstummte, und nun berichtete die Predigerin in weichem Singsang von jenen lang zurückliegenden Ereignissen im fernen Bethlehem: »Die Frau und der Mann waren von weit hergekommen, wirtschaftlich restlos ruiniert, müde, abgeschlagen und machten Quartier im Stall. Sie gebar das Kind und legte es nackt in die Krippe. Fast wäre der Knabe erfroren und die Eltern verhungert, wenn nicht genau zu dieser Stunde und in dieser fürchterlichen Not die drei Weisen erschienen wären und Gold, Weihrauch und Myrrhe hergereicht hätten. Gold als Sinnbild für materielle Ausstattung, Myrrhe für bekömmliche Nahrung stehend und Weihrauch als Symbol für die Friedensbotschaft.« Damit hatte Annemarie die Psalmen etwas zurechtgebogen, denn ihr lag nicht unbedingt an Werbung für Gott als vielmehr an Verständnis für die Ausländer auf dem Schmittke-Hof. Inwieweit sie damit Erfolg hatte, sollte sich in Bälde zeigen.

Nach der Feierstunde verabschiedete Annemarie die Leute. Sie gab jedem ein freundliches Wort mit auf den Weg. Jens hielt sich an ihrer Seite und wartete geduldig. Die letzten trotteten von dannen, und Jens sah ihnen noch nach, da sagte Annemarie nüchtern: »Okay, Feierabend. Tschüss denn.« Sie löschte die Lichter, schlug die Tür ins Schloss, trabte ins Pfarrhaus hinüber, und Jens stand im Regen. Er fasste sich, streunte vor dem Haus auf und ab, sah in hell erleuchtete Räume, erhaschte ab und an einen Blick auf Annemarie und hoffte, sie möge ihre Meinung noch ändern. Oft genug hatte sie ihn weggeschickt, um ihn

Minuten später doch noch zu rufen. Das beabsichtigte Annemarie an diesem Abend mitnichten.

Sie wusste sehr wohl, dass Jens draußen wartete, und seine Treue und Anhänglichkeit schmeichelte auch ihrer weiblichen Eitelkeit. Allerdings ödeten sie die sich in ständigen Schleifen wiederholenden inhaltslosen Gespräche mit diesem Mann inzwischen derart an, dass sie liebend gern auch einmal darauf verzichtete, und wäre da nicht der andere Jens, der ausgesprochen gefühlvolle Liebhaber gewesen, hätte sie ihm wahrscheinlich schon lange aufgekündigt. So aber hielt sie ihn hin, um ab und an ihrer rein körperlichen Lust stattzugeben. Nicht zuletzt riskierte sie mit einer konsequenten Absage ihren hart erkämpften soliden Ruf. In einem Nest wie Kerkow erlaubten sich die Zaungäste bezüglich der Partnerwahl so manch giftigen Kommentar. Einen Jens Schmittke demonstrativ abzulehnen, war schon heikel.

Annemarie legte den Talar ab, streifte die Regenjacke über, knipste bis auf die Leselampe im Schlafzimmer sämtliche Lichter aus und trat über den zum Friedhof führenden Hinterausgang aus dem Haus. Ganz vorsichtig und leise zog sie die Türe zu, drehte den Schlüssel im Schloss und wartete, bis sich ihre Augen an die Finsternis gewöhnt hatten. Ein matter Schein der Außenbeleuchtung des kaum einhundert Meter entfernten Altenheims markierte sehr schwach die Grabsteine und die dazwischen liegenden Wege. Sie lief los, überquerte den Friedhof, öffnete die kleine, in die niedrige Mauer eingefügte Pforte und stand wenige Minuten später vor dem Eingangsportal eben dieses Altenheims. Sie klingelte, der Summer ging, sie trat ein und wurde von dem Pfleger Hans-Dietrich begrüßt: »Schön, dass Sie es noch einrichten konnten.«

Er war wirklich denkbar froh, wenn die Pastorin vorbeikam und seine Schützlinge über Stunden unterhielt, denn ihn grämte, was sich in seinem Dienst und vor allem in den Nächten abspielte. Die guten Alten waren nach hastiger Versorgung mit Essen und Körperreinigung über viele, viele Stunden gänzlich sich selbst überlassen. Der Standard wollte Einzelzimmer, so dass nicht einmal Kontakte unter den Leidensgefährten zustande kommen konnten. Freilich gab es Musikanlagen und Fernseher, auch Bücher wurden zur Verfügung gestellt, manch Alter bediente sogar recht wendig seinen Laptop oder sein Smartphone, aber das alles war doch nur Ersatz und dauerhaft schon gar nicht erquickend. Der Pfleger hatte weder die Kraft noch die Zeit, Händchen zu halten, einer Erzählung zu lauschen oder gar einen Alten auf Wunsch aus seinem Bett zu hieven und per Rollstuhl zu seinem Bekannten im Haus zu karren. Punkt achtzehn Uhr fiel der Hammer, und gegen zwanzig Uhr schlossen sich die Zimmertüren. Dann hechtete Hans-Dietrich in den Waschraum und putzte, anschließend zählte und verpackte er die schmutzige Wäsche, dem folgte die Vorbereitung der nächsten Mahlzeiten in der Küche, danach beugte er sich im Büro über die Pflegeprotokolle, und wenn alles gut ging, hatte er gegen Morgen eine halbe Stunde Pause. Für Herzenssachen blieb keine Zeit. Die Alten lagen und saßen auf Gedeih und Verderb fest, und Hans-Dietrich haderte mit seinem Gewissen. Der Hader brachte ihm nichts ein, denn die Pflege war minutiös getaktet und personell sparsam besetzt. Gäbe es keine Menschen wie diese Pastorin hier, die ab und an einsprangen, fünf oder sechs Leutchen zu einer geselligen Runde zusammennahmen, hätte Hans-Dietrich seinen ohnehin mies bezahlten Job längst an den Nagel gehängt. So aber sagte er erleichtert: »Schön, dass Sie es noch einrichten konnten.« – »Ist doch klar«, antwortete Annemarie, »ist doch meine Pflicht.«

Ihre Pflicht war es nicht, nach der Feierstunde in der Kirche noch irgendwelche Predigten zu halten, aber sie tat es trotzdem. Sie tat es nicht unbedingt offiziell und auch nicht gegen klingende Münze. Sie tat es anfänglich aus Mitgefühl und Neugierde, später aus tief empfundener menschlicher Achtung, und es war ihr sogar ein Bedürfnis geworden. In diesem Altenheim saßen nämlich annähernd eintausend Jahre geballter Geschichte fest. Das war ein Schatz. Ein Schatz, der gehoben werden wollte. Es begann ganz simpel. Annemarie ward zur Aussegnung gerufen, und sie kam ganz selbstverständlich und sofort. Einen Sterbenden in dieser Stunde zu begleiten, war eine der ersten Aufgaben der Pastorin. Nur hier lag der Fall anders. Der Sterbende war Atheist, also niemals konfirmiert, und es drängte ihn auch nicht in den geheiligten Bund. Allein, er hatte ein Erbe zu übermitteln. Mit sehr schwachen Gesten und den schon fast gebrochenen Augen dirigierte er Annemarie zum Nachtschränkchen, bat sie, die Lade hervorzuziehen und sein Tagebuch heraus- und an sich zu nehmen. In winzig kleiner, sehr sauberer Schrift hatte er in den letzten paar Jahren alle seine Lebensstationen notiert und Erklärungen und Wertungen angefügt. Aber wem übergäbe man dieses Zeugnis?

Außerdem verunsicherte ihn die Frotzelei seiner Mitbewohner, die im Großen und Ganzen behaupteten: »Das will doch sowieso keiner mehr wissen.« Er blieb hart dran, schrieb sein Büchlein voll, überlegte hin und her und kam zu dem Schluss, dass wahrscheinlich die Pastorin, eine gebildete und junge Frau, die rechte Adressatin sei. Und er sollte recht behalten. Mehr noch: Der Schreiber verstarb, wurde in aller Stille anonym und auf der grünen Wiese beigesetzt, denn es gab keine Verwandten mehr und hoch in den Neunzigern fehlte es an rüstigen Bekannten. Annemarie kehrte heim und schlug das Büchlein auf, um dem teuren Verblichenen sozusagen im Nachhinein doch noch ihre Segnungen zukommen zu lassen. Vieles, was da geschrieben stand, war für die junge Frau unverständlich. Immerhin trennten Schreiber und Leserin sechzig Jahre und ein völlig unterschiedlicher Zugang zur Bildung mithin zu Kultur und Gesellschaft. Deshalb nahm Annemarie Kontakt zu den Heimbewohnern auf, befragte erst die unmittelbaren Nachbarn, dann die nächsten und immer so weiter, bis sich ein Gesprächskreis entfaltete, der die Schaffensjahre der Alten in die Gegenwart hob. Die Pastorin nannte es Bibelstunde, und die Alten stimmten augenzwinkernd zu. In Wahrheit nahmen sie sich die Zeitgeschichte vor. Wie Annemarie nun aber in den Dialog eintauchte, entfernte sie sich allmählich und dann umso rasanter von den Testamenten. Die Welt hatte offensichtlich ganz andere Sorgen als Gottestreue und Gottesfurcht. Und die christlichen Autoren erklärten das ziemlich schlecht und wiesen außer Duldung keine Wege in ein lichtes Morgen. Inzwischen war Annemarie eine wache Beobachterin und eine harsche Kritikerin geworden. Sie lernte in Kategorien zu denken, die ihr vordem verschlossen waren. Und nicht zuletzt brachten ihr die gebrechlichen Alten ein unglaublich wärmendes Gefühl aus Dankbarkeit und aufblühender Lebensfreude entgegen. Lebensfreude und Zukunftszuversicht, die auch einer Pastorin einfach nur gut taten. – Das alles konnte und wollte sie mit ihrem Liebhaber Jens Schmittke nicht teilen. Der gab den hohlen Schaumschläger. Sie ließ ihn stehen und hielt ihre »Bibelstunde« im Altenheim ab.

Es war kalt. Es war nass. Jens patschte durch die Finsternis dieses Heiligen Abends. Allmählich verdunkelten sich hier und da die Fenster, nur die Leselampe in Annemaries Schlafzimmer warf noch einen lockenden Schein. Endlich gewahrte er die Aussichtslosigkeit seines Wartens. Restlos durchgeweicht und mit starren Gliedern trabte er heim. Ringsum feierten die Menschen gesellig in ihren warmen Stuben, glitten behaglich in den kommenden Weihnachtstag. Nur Jens war allein. Er hockte sich in seine Kammer. Er klappte seinen Laptop auf und rang die ätzende Bitternis seiner Seele mit der virtuellen Wiederholung des anheimelnden Gottesdienstes nieder, indem er via Internet in derlei Veranstaltungen hineinschaute. Er klickte sich durch die Programme, fand Berauschendes und Schönes, allerlei Verkündigungen und Choräle. Allein, die rechte Feiertagsstimmung wollte nicht mehr aufkommen, die wunderbar erfüllende Erhabenheit und die wärmende Nähe der gegenständlichen Gemeinde blieb ihm ebenfalls versagt, und die Pastoren auf der Mattscheibe waren auch nicht Annemarie. Fröstelnd schaltete er das Gerät aus, legte sich ins Bett, wühlte sich in die Kissen, schloss die Augen und döste. Er lauschte in die Stille seiner Kammer, hörte den Regen leise auf das Fenstersims klopfen und war maßlos traurig.

DER AUFTRAG

An diesem Heiligen Abend fanden sich auch die vier Brucks unterm Baum zusammen. Sie trafen sich herausgeputzt und mit freundlichen Mienen im weihnachtlich hergerichteten Wohnzimmer. Zahlreiche Geschenke lagen da. Den Mittelpunkt bildete das Kind Tom, das sich freuen sollte und musste. Tom kam seiner Rolle gern nach, und das Auspacken bereitete ihm dann tatsächlich einen Riesenspaß. Neben den üblichen Handschuhen, Mütze, Schal, Würfelspiel, vielfarbigen Filzstiften und Süßigkeiten gab es ein ferngesteuertes Auto. Das hatte er sich schon lange gewünscht. Es handelte sich um einen wie von Chrom glänzenden Chevrolet, eine Originalausführung en miniature. Er bestaunte die hübschen Details, strich über das kleine Wunderwerk, setzte es behutsam zu Boden und lenkte den Wagen per Bedienpult über den Teppich, unter dem Tisch hindurch und an den Sesseln entlang. Er jauchzte und jubelte vor Begeisterung. Die Erwachsenen verfolgten sein Tun verzückt und genossen die frohsinnige Stunde. Plötzlich stockte das Auto, stand still und war weder vor noch zurückzubewegen. Vater Conni übernahm die Steuerung, bediente eifrig die Hebel und Knöpfe. Nichts half. Das kleine Auto verharrte an seinem Platz. Tante Loni bückte sich, hob den Wagen hoch, drehte ihn wie einen toten Käfer auf seine Rückseite und unterzog ihn einer eingehenden Visite. »Das haben wir gleich«, sagte sie mit Kennerblick, griff nach einer Schere, schraubte das Batteriefach auf, pikste in den Eingeweiden herum und förderte ein zylindrisches Teil zutage. Sie fragte:

»Hast du an Ersatzbatterien gedacht oder Akkus und ein Ladegerät gekauft?« Conni hatte weder an das eine noch an das andere gedacht. Weil »spielbereit« auf der Verpackung stand, glaubte er ausreichend versorgt zu sein. Er maulte: »Der Stromvorrat müsste ja wenigstens für die Feiertage langen.« Mutter Pia murmelte: »Haben wir nicht noch irgendwo …?« Sie stand auf und kramte in allen möglichen Fächern. Sie wurde nicht fündig. Inzwischen pulte Conni die Akkus aus der Fernbedienung des Fernsehers und aus dem Telefon heraus. Allerdings erwiesen die sich nicht als kompatibel. Tom traten die Tränen in die Augen, und er verzog das Gesicht zu einem Greinen. Conni grollte: »Reiß dich mal bisschen zusammen!« Pia schlichtete: »Ach, lass doch den Jungen.« Tante Loni giftete: »War es zu viel verlangt, sich vorab darum zu kümmern? Du weißt doch, wie das heutzutage geht.« Augenblicklich fuhr Conni hoch: »Du blöde Pute, was mischst du dich hier ein?« Er nahm das Auto zur Hand, inspizierte es kollernd, registrierte winzige Kratzer an der Rückseite und bölkte: »Kaputtgemacht hast du es, so dass wir nicht mal Garantie anmelden können.« Er gab dem edlen Spielzeug einen derben Schubs und zollte Tante Loni einen vernichtenden Blick. – Der Weihnachtsabend war verdorben. Sie liefen auseinander, und ein jeder grollte in seiner Nische und auf seine Weise.

Für den Heiligen Abend standen Würstchen und Kartoffelsalat auf dem Speiseplan. Ein Speiseplan, der in epischer Breite in der Familie diskutiert und von allen abgesegnet war, dessen Realisierung sich im Wesentlichen Mutter Pia mit viel Mühe und viel Liebe gewidmet hatte. Die Würstchen lagen schon im Topf und wärmten auf kleiner Flamme vor sich hin. Der

Kartoffelsalat war bereits portioniert und mit Gurkenscheiben dekoriert. In der Röhre brutzelte seit Stunden das gerupfte und gefüllte Federtier und verbreitete einen betörenden Duft. Pia ging in die Küche, schaltete den Herd aus, löffelte den Salat von den Tellern in die große Schüssel zurück, und sie weinte. Sie weinte ohne Ton und Trauergestus. Ganz leise und vereinzelt tropften die Tränen. Conni kam dazu. Er drückte seine Frau. Sie sagte: »Ach, lass mal«, und schob ihn weg. Er ließ sich wegschieben und nahm sich sein Smartphone vor. Er hockte am Küchentisch, fuhr konzentriert über den Touchscreen und kommentierte missmutig: »Servicewüste Deutschland!« Pia fragte: »Was suchst du denn?« Er antwortete: »Einen offenen Laden, wo man jetzt Batterien kaufen kann. – Kann ja nicht sein, dass alles zu hat.« Sie meinte: »Hier draußen nicht. In Nordstadt vielleicht ein Vietnamese mit Spätverkauf. Auf jeden Fall müsste in Berlin was offen haben. Ich kann mir vorstellen, dass am Wittenbergplatz einer ist. Die Türken feiern ja kein Weihnachten.« Conni stöhnte: »So weit?« Pia erwog: »Oder im Ostbahnhof oder im Hauptbahnhof.« Die großen Bahnhöfe waren mit der S-Bahn direkt und bequem zu erreichen. Conni stand auf, steckte sein Telefon ein, streifte seine Frau mit einem bangen Blick und sagte: »Dann werd ich mal«, und war zur Türe raus. Pia stellte die Schüssel mit dem Kartoffelsalat in den Kühlschrank, überblickte ihr Reich, löschte das Licht und ging ins Schlafzimmer. – Nach einer Irrfahrt von nicht weniger als drei Stunden hatte Conni einen offenen Drogeriemarkt im Hauptbahnhof aufgetan. Nun stand er vor dem Regal mit den Batterien und wusste nicht, was er kaufen sollte. Fünfzig oder mehr verschiedene Sorten lagen aus.

Ein Exemplar zum Vergleich mitzunehmen oder sich die Typennummer aufzuschreiben, hatte er versäumt. Er kaufte von den augenscheinlich zutreffenden je zwei Packungen und hoffte, dass irgendwas irgendwie passt. Die Ungewissheit hob seine Laune nicht gerade an. Gegen Mitternacht setzte er sich mutterseelenallein in einen verdreckten, eiskalten Wagon der S-Bahn und ließ sich gen Kerkow schaukeln. Er hasste sein Leben. Er hasste sich, und er fand auch die anderen nicht gerade erbaulich. Am meisten stank ihm Tante Loni, die immer ungefragt und zu allem ihren Senf dazu gab. Gelegentlich ziehe ich der den Giftzahn, nahm er sich vor und wusste schon, dass es nie dazu kommen würde. Loni mit ihrer Weltsicht, mit ihrer schnoddrigen Art und mit ihrer harschen Kritik gehörte zur Familie und hatte ja meistens auch recht. Conni brachte es einfach nicht fertig, die Alte nachhaltig auszubremsen.

In der stockdunklen Nacht kratzte es an der Haustür. Tante Loni schrak hoch und lauschte. Ein Fuchs, eine Katze, ein freilaufender Hund? Es kratzte und wisperte. Sie machte Licht, stand auf und ging nachschauen. Tom! »Darf ich bei dir schlafen?« Loni ließ den Jungen herein. Er schlotterte im klatschnassen Nachtzeug. »Klamotten runter!«, sagte sie und verschwand im Badezimmer. Der Junge pellte sich aus seinen Sachen. Sie kam mit dem Badetuch zurück, hüllte ihn ein und rubbelte ihm die Haare trocken. Sie grummelte: »Du weißt schon, dass man bei dem Wetter und im Nachthemd nicht draußen rumhopst?« Er antwortete: »Ich habe ewig vor deiner Tür gestanden.« Sie murrte: »Das kann nicht sein. Ich schlafe nie fest.« Sie nahm den Jungen hoch, trug ihn in ihr Schlafzimmer und setzte ihn auf dem Bett ab. Sie kramte im Schrank, reichte ihm eins ihrer T-Shirts und sagte: »Hier, zieh das drüber und kuschle dich ein.« Er nahm wohlig von ihren Kissen Besitz. Derweil sie Toms Sachen auf der Heizung ausbreitete, den Thermostat hochdrehte, die Hausschuhe mit Zeitungspapier ausstopfte und zum Trocknen aufstellte, registrierte sie genüsslich, wie anhänglich ihr das Kind war.

Sie selbst hatte nie eigene Kinder aufziehen dürfen. Erst war sie zu jung, dann waren die Zeiten zu unruhig und unsicher, und als sie sich endlich mit ihrem liebevollen Partner in einem schönen Nest eingerichtet hatte, war ihre biologische Uhr abgelaufen. Freilich hätte sie noch Kinder bekommen können. Hormonbehandlung, künstliche Befruchtung oder gar Leihmutterschaft boten reichlich Möglichkeiten, der Natur auf die Sprünge zu helfen. Seinerzeit hatte sich Loni intensiv mit ihrer Fruchtbarkeit beziehungsweise mit den von der Medizin bereitgehaltenen und vom Gesetzgeber geduldeten Möglichkeiten befasst. Aber der technisierte, leidenschaftslose und halb öffentliche Zeugungsakt war dann doch nicht ihr Ding. Wir sind schließlich keine Zuchtstuten, meinte sie, nahm sich zurück und bedauerte ihre Kinderlosigkeit. Wie ihr dann auf so einfache und unkomplizierte Art und Weise der kleine Tom zuflog, war sie mit dem Schicksal ausgesöhnt und lebte jetzt intensiv Muttergefühle, besser: Großmuttergefühle aus.

Loni löschte die Deckenbeleuchtung, ließ die Nachttischlampe brennen und legte sich zu Tom. Sie merkte auf: »Du bist ja ein Eisklotz.« Er schmiegte sich ganz fest an seine geliebte Tante Loni und sog ihre Wärme auf. »Weißt du«, klagte er, »den Eltern bin ich doch völlig schnuppe. Ich habe mir überlegt, ich wandere aus. Zehn Jahre so wie Onkel Jens, und dann komme ich wieder und bin groß, und dann ist alles anders und ich bestimme.« Loni mahnte: »Zehn Jahre sind eine lange Zeit. Wie willst du lernen und wovon leben?« – »Das findet sich«, antwortete er überzeugt. Loni schmeichelte: »Wir werden traurig sein, wenn du fort bist.« Tom entgegnete: »Das vergeht, und ich komme ja wieder.« Loni vertiefte: »Deine Mutti und dein Vati werden ganz bestimmt und sehr lange weinen.« Tom schüttelte den Kopf und sagte schläfrig: »Bei dir würde ich gerne bleiben.« Loni lächelte befriedigt, schob die Zudecke zurecht und löschte auch das kleine Lämpchen.

Anderntags waren die Auswanderungspläne vergessen. Oder nur verdrängt? Den Ärger überspielten sie und die Weihnachtsgans mundete vorzüglich. Das Spielzeugauto fuhr Endlosschleifen durch das Haus, und die Erwachsenen kamen nun doch noch zu ihrer Bestätigung als gute Eltern beziehungsweise als beste Großmutter. Allerdings war die Decke dünn, um nicht zu sagen sehr dünn. Keiner wagte das gestrige Zerwürfnis anzusprechen, auszuwerten oder hielt es gar für notwendig, sich zu entschuldigen. Die Gefühle des einen gingen den anderen nichts an. Das Familienleben der Brucks glich einer bizarren Eisblume.

Nach den Feiertagen bequemte sich Conni Bruck wieder auf die Arbeit. Und wie er so gänzlich lustlos die Bahnhofstraße entlang trottete, grüßte ihn eine Nachbarin mit recht freundlicher Aufmerksamkeit. Conni erwiderte den Gruß grummelnd und schlappte weiter. Der nächste kam und hielt Conni fest: »Wie geht's? Und alles Gute im neuen Jahr!« Conni murmelte: »Geht halt. – Und danke gleichfalls«, entzog sich murrend dem Gespräch und trabte voran. Wieder grüßte einer und noch einer und ein weiterer war zu einem Plausch aufgelegt. Das musste Conni wundern. Noch nie war er derart hofiert worden, und er fragte sich, was denn wohl in die Leute gefahren sei. Im Kiosk am Bahnhof strahlte ihm die Verkäuferin entgegen. Dort pflegte er allmorgendlich eine Zeitung zu kaufen. Er las das Blatt selten oder nie und reichte es an die Bedürftigen in der Wärmestube weiter. Als Sozialarbeiter ging er sensibel auf den Wissensdurst seiner Schützlinge ein, und eine Spur Überlegenheit schwang in dieser Geste auch mit.

»Herr Bruck«, spreizte sich die Verkäuferin, »das habe ich mir doch gleich gedacht.« Conni, der nach wie vor ahnungslos in der Düsternis tappte, erhielt nun die notwendige Aufklärung.

Ihm war ein Wunderkind ins Haus geschneit – so zumindest ließ es das meistgelesene Zeitungsblatt im Ort die Menschen wissen. Ein Foto von Tom prangte auf der Titelseite und unter der Überschrift »Das Geheimnis eines tapferen Helden« war in epischer Breite abgehandelt, wie der Knabe, ein inzwischen zehnjähriger Schüler der Kerkower Grundschule, allen Anfeindungen trotzte und seine femininen Eigenschaften auslebte. Auch der Eltern Einsatz, welche ohne jeglichen Anspruch auf irgendwelche Vorteile, Sonderrechte oder Lobhudelei des Kindes Entwicklung nach Kräften förderten, wurde positiv herausgestrichen. So kämpfte denn der kleine Junge tapfer an der bis dato immer noch missachteten und verkannten Front der Transsexuellen und würde Bahnbrechendes für diese Minderheit erreichen. Die Namen hatte der Autor zwar gekürzt und verfremdet, die Lebensumstände jedoch derart konkret beschrieben, dass gar kein Zweifel an der wahren Identität der Protagonisten bestehen konnte. Der Artikel trug die Unterschrift Jens Schmittkes, und Conni war bass erstaunt. Augenblicklich fielen sein ganzer Verdruss und aller Unmut von ihm ab. Er fühlte sich geschmeichelt von dem Text und in seiner Anerkennung für die Besonderheit seines Sohnes, die er nie geleugnet hatte, gebührend gewürdigt. Er dankte, wendete sich um, ließ die Arbeit Arbeit sein und schlug den Heimweg ein. Der gestaltete sich zu einem kleinen Triumphzug. Conni grüßte aufgeräumt nach rechts und links und fand auch für diesen und jenen ein paar freundliche Worte. Die Aufführung entbehrte dabei einer gewissen Komik nicht, denn dort, wo einer nicht sofort ansprang und Interesse bekundete, baute sich Conni am Gartenzaun auf oder stellte sich demonstrativ in den Weg, bis er die Aufmerksamkeit auf sich gelenkt und weidlich genossen hatte.

Während sich Pia und Conni Bruck noch der Vorteile ihrer Rolle als Eltern eines Transgender gewahr wurden, krachte es zwischen Jens Schmittke und Nico Popper gründlich. Der Verleger hatte die vagen Angaben des Autors zu einem spektakulären Artikel aufgesetzt und ganz vorn in der Tagespresse platziert. Eigentlich machten sie es immer so, dass Nico sich der Publikation annahm, wenn Jens irgendwie verhindert war, an einer Schreibhemmung oder einem Technikausfall litt. Dann schrieb er nach eigenem Gutdünken ein paar Zeilen und veröffentlichte diese. Geld floss dadurch ausreichend, und die Leser wurden bei der Stange gehalten. Nur diesmal passte es Jens gar nicht.

Er lehnte Nicos Engagement als Einmischung und als Betrug ab. Sie bewarfen sich am Telefon mit unflätigen Worten und Drohungen, und wären nicht reichlich fünfhundert Kilometer Luftraum zwischen ihnen gewesen, hätten sie sich wahrscheinlich geprügelt. So blieb es bei Wortattacken. Jens bestand auf Diskretion, Wahrung der Persönlichkeitsrechte und verbot sich diesen Etikettenschwindel. Nico rechtfertigte sich mit Verkaufszahlen. Er wähnte sich völlig unschuldig und hielt Jens vor: »Das haben wir doch früher auch immer so gemacht.«

Tja, früher, dachte Jens gallig, früher war eben alles anders! Früher war er nicht daheim. Früher war er auf Reisen, und wenn er über den oder die, dies oder jenes schrieb, war er kaum dingfest zu machen, er verlor sich wie ein Wassertropfen im Meer. Außerdem interessierte die Leute im fernen Asien meist nicht, was über sie in der deutschen Presse geschrieben stand. Kamen sie ihm doch einmal drauf, regelten das die Advokaten über ihre ausländischen Vertretungen, wobei die verschlungenen Wege der Bürokratie von vornherein jede Klage abwürgten und jede Haftung paralysierten. Jens kollerte: »Und dann schreibst du auch noch so eine gequirlte Scheiße!« Nico erwiderte: »Du warst doch noch nie fein. Was bist du denn jetzt so zimperlich?«

Oh, dachte Jens weiter, du hast ja keine Ahnung! Viel war gelogen, ausgedacht, einfach erfunden, Bilder von hier nach da geschoben, geklaut und verfälscht. Wer wollte und konnte das hinterfragen, überprüfen oder nachverfolgen? Kam eine Nachricht gut herüber und passte ins Raster, war sie rasch geglaubt und verbreitet. Jens begriff sehr schnell, was der deutsche Leser bevorzugte, was gefragt war und was die Zensur durchließ.

Offiziell gab es keine Zensur. Allerdings gab es eine rote Linie, die so gut wie niemand zu überschreiten wagte oder vermochte. Auch Jens nicht. Gern hätte er anders gearbeitet. Er wusste viel über die gigantischen Städte, den Straßenbau, die Eisenbahnen, die Wasserkraftwerke, die Industriegebiete und landwirtschaftlichen Produktionsbetriebe. Er hatte den unglaublich sieghaften zivilisatorischen Fortschritt in Russland und in China gesehen. Er hatte die Menschen im Ringen mit der und um die Natur erlebt. Das waren sympathische Menschen mit durchaus nachvollziehbaren Hoffnungen, Träumen, Zielen und Beweggründen. Menschen, die von Herzen lachen konnten und freilich auch manchmal ein schwieriges Los zu ertragen hatten, die sich jedoch fast immer in ihrem Umfeld engagierten und bewährten. Jens war in Theater, Museen und zu allen möglichen Feierlichkeiten eingeladen worden. Davon hätte er gern erzählt. Aber nein! Will einer Geld verdienen, muss er sich anpassen. Jens stellte sich darauf ein. Er log Nihilistisches, Schmuddeliges, Schlüpfriges zusammen, nur um zu gefallen und weiterhin gelesen zu werden. Oh, was wusste Nico denn davon? Er hatte die Berichte entgegengenommen, ein wenig frisiert und veröffentlicht. Jens erzählte ihm nichts über seine Quellen und auch nichts von seinen Gewissensbissen. Er war nie der Mann, der ungeniert in eine Privatsphäre einbrach und die Decke ungebührlich lüftete. Er trat stets zurückhaltend und höflich auf. Wenn jemand erzählte, bitte schön. Mochte einer nichts sagen, sich nicht öffnen, verschonte Jens ihn mit Fragen. So waren denn all die sensationellen Enthüllungen Fantasieprodukte seines lebendigen Geistes, und meistens standen keine wirklichen Menschen dahinter. In Kerkow sollte alles anders werden. Insofern war sein Eintritt ins Elternhaus auch ein Schnitt. Nicht nur ein Schnitt, sondern zugleich der saubere Abgang von der Bühne. Von nun an sollten bei ihm solide und ehrbare bürgerliche Verhältnisse herrschen! Verhältnisse, ohne Schmu und Lüge. Dazu gehörte für Jens auch der Verzicht. Er wollte nicht mehr schreiben, jedenfalls nicht für die bunten Klatschblätter und die kurzlebige Tagespresse.

Und ausgerechnet jetzt klinkte ihm Nico Popper so ein Ding ein! »Du hättest mich fragen müssen!«, gab er kläglich an. Er hatte genug gebrüllt und sich echauffiert. Die Luft war raus. Er konnte nur noch den Schaden begrenzen. Nico nahm die Stimmung auf: »Entschuldigung. – Schau doch erst mal meine Texte an.« Er hatte Jens eine vielseitige Abhandlung über Transsexualität bei Kindern zugeschickt. »Vielleicht kannst du ja doch noch was draus machen? Wenn nicht, blasen wir die Aktion einfach ab. Ich dementiere oder kehre unter den Teppich.« Er war ein Meister im Vertuschen und Geradebiegen. – Sie verabschiedeten sich einigermaßen ausgesöhnt, und Jens betrachtete stöhnend den Bildschirm. Nicos Stoffsammlung und Sichtweise reizten ihn absolut nicht. Trotzdem begann er zu lesen. Er las sich fest, und was er las, fesselt ihn dann doch.

Die äußeren Geschlechtsmerkmale sind längst nicht die sicheren Zeichen der tatsächlichen geschlechtlichen Verfasstheit. Ein femininer Korpus trägt zuweilen einen Knaben in sich, während umgekehrt eine maskuline Gestalt ein Mädchen in sich bergen kann. Mit anderen Worten: Die betreffenden Mädchen oder Jungen sind im falschen Körper geboren. Ein böses Wechselspiel der Natur. Wie kommt man ihnen drauf? Mit Sachkenntnis und Beobachtung, denn ein gesundes Kind spürt von sich aus, welche Potenzen in ihm ruhen. Es wählt die richtige Kleidung, das richtige Spielzeug, die richtigen Mittel zu seiner Verwirklichung. Freilich sind die Bilder nicht von Anfang an klar, für Erwachsene ist das oft schwer zu durchschauen und für Eltern, die ihr Kind auf eine bestimmte Geschlechterrolle festlegen und ihrer Erwartungshaltung nachgeben, schon gar nicht nachvollziehbar. Ein Kind probiert sich aus, bevorzugt mal dieses und mal jenes. Da ist anfänglich nicht abzusehen, in welche Richtung es gehen wird. Aber mit zunehmendem Alter wird es immer sicherer und spätestens zum Zeitpunkt seiner Einschulung, also mit sechs oder sieben, weiß das Kind, ob es ein Junge oder ein Mädchen ist, von da an realisiert es seine geschlechtliche Bestimmung. Allein, Transgender leiden in der Regel Höllenqualen, weil sie das in sich ruhende Spezifikum ihrer Sexualität nicht ausleben dürfen und permanent in die falsche Ecke gedrückt werden. Die Aufgabe der Eltern, Pädagogen, Psychologen und Ärzte kann dann nur sein, feinfühlig zu beobachten, dieses Kind zu erkennen, entsprechend seinen Neigungen zu fördern und vor allem den üblen Streich, den die Natur hier spielte, behutsam zu korrigieren.

Über der Lektüre war es Abend geworden. Jens klappte den Bildschirm herunter, erhob sich, streckte sich, rieb sich die Augen und ließ das Gelesene nachklingen. Er lief in seiner Kammer auf und ab, und die alten Dielen knarrten unter seinen Tritten als untermalten sie das gruselige Spiel mit ihrem schaurigen Ton. Jens hatte auf seinen Reisen fröhliche, traurige, lustige, mürrische, wendige und phlegmatische Kinder zuhauf erlebt. Mit den Jahren, wenn er die Landessprachen zunehmend besser verstand, hörte er besonders gern auf die Jüngeren, weil sie ihm die rechten Informationen vermittelten, sie sprudelten die verborgenen Wahrheiten nur so heraus. Immer waren sie neugierig und faszinierten mit ihrer einfachen, reinen, unbekümmerten Weltsicht. Ein Kind ist nie heimtückisch. Zumindest kannte Jens keins von der Sorte. Gerade deshalb zog ihn die Darstellung vom Transgender in ihren Bann. Eine unschuldige Kinderseele im falschen Körper gefangen – das rührte sein Herz. Mehr noch. Der kleine Tom Bruck war ihm in den kurzen Momenten ihres Zusammenseins mit seiner stillen, feinsinnigen, freundlichen Art aufgefallen. Was hatte Jens denn bewogen, diesen Artikel zu schreiben? Hatte er nicht instinktiv genau das Richtige getan?

Eine Tür sprang auf. Ganz abgesehen von der erhabenen Aufgabe – Jens sah sich schon als unermüdlicher Gutmensch – boten das Thema und die praktische Gelegenheit die einmalige Chance, sich als seriös arbeitender Autor aufzustellen. Er erfasste augenblicklich das enorme Potenzial. Zum einen war das breite Feld der Transsexualität ein relativ junges Forschungsgebiet, auf dem man sich mit seinen Ergebnissen durchaus ein paar Lorbeeren verdienen konnte. Zum anderen hatte Jens eine ausgesprochen günstige Position, denn er saß an der Quelle. Er kannte den Probanden privat. Und nicht zuletzt hatte er absolut nichts zu tun. Qualvoll langsam vergingen die Tage, das Wetter lockte nicht nach draußen, seine Projekte kamen über die Ideensammlung nicht hinaus, und keiner fragte nach ihm. So hockte er meist mutterseelenallein in seiner Kammer und blies Trübsal.

Er griff nach der Taschenlampe, leuchtete sich die Stiege hinunter und durch den finsteren Hausflur. Das Ausländerheim entbehrte nach wie vor jeglichen Wohnkomfort und normale Standards. Hinter den Türen war Leben. Nicht übermäßig lautes Leben, an Jens Ohren drangen eher gedämpfte Geräusche und ab und an ein abgehackter Gesprächsfetzen, aber eben Leben, und er hätte gern daran teilgenommen. Aber nein! Seine Mitbewohner offerierten ihm Zurückgezogenheit und regelrechte Abschottung. Wie Schatten huschten sie von hier nach da. Traf Jens dennoch auf eine angeregt und gelöst plaudernde Gruppe und trat hinzu, dann versteinerten die Mienen und die Münder schlossen sich. Das stieß Jens ab, und er verdrückte sich augenblicklich. Er fühlte mit einiger Bitternis, dass er und seine Mieter wohl niemals zusammenzubringen seien. Die Düsternis war gespenstisch und unwirklich. Sein Elternhaus war eine Gruft, ein Geisterhaus, ein unwirtlicher Ort geworden. Ein Ort, den man nicht lieben konnte und den man fliehen musste. Hin und wieder plauderte Jens mit den Wachschützern, doch auch die erledigten mehr widerwillig denn aufgeschlossen ihren Dienst. – Er schüttelte seine Gedanken ab, trat ins Freie, grüßte die Wachmänner, überquerte den Hof und stiefelte hinüber zu den Brucks.

Conni Bruck empfing Jens mit scheuem Lächeln: »Komm doch rein. Hast dich ja lange nicht blicken lassen.« Jens konterte gleichmütig: »Der Weg zu mir ist genauso weit.« Sie beklopften sich gegenseitig die Schultern und bekundeten lauernd Sympathie. Conni lenkte Jens ins Wohnzimmer. Die Mutter war in der Küche beschäftigt. Das Kind schlief bereits. Conni bot Platz an, entkorkte eine Flasche Wein, stellte drei Gläser auf den Tisch und schleimte: »Vom Schreiben verstehst du was, das muss man dir lassen.« Jens nickte generös. Conni näherte sich vorsichtig: »Nur, ich finde, das hättest du wesentlich persönlicher abfassen können.« Er setzte eine Pause und goss den Wein ganz langsam und hingebungsvoll in die Gläser. Er gurrte: »Schließlich sind wir befreundet. Du gehst hier ein und aus. Was musste da so ein uraltes Foto sein? Du hättest ein schönes Interview mit aktueller Aufnahme machen können. – Junge, warum denn so heimlich?« Die nächste Tür war aufgesprungen! Jens sagte in vertraulichem Ton: »Gerade weil wir befreundet sind, wollte ich schön zurückhaltend berichten. Diskretion muss schon sein.« – Das Brett war schmal. Die Brücke schwankte über dem Höllenschlund. – Conni jagte, weder rechts noch links schauend, darüber hinweg und erwiderte großspurig: »Schade! Das hätten wir besser machen können. Hättest du mich vorher eingeweiht, wäre der Artikel ganz anders gekommen.« Er bedauerte, nicht selbst abgebildet zu sein und die Verschleierung ihrer wirklichen Namen und ihrer konkreten Adresse fand er auch unangebracht. Jens legte nach: »Was hattest du dir denn gedacht?« Conni preschte drauf zu: »Na, unsere ganze wirkliche Geschichte. Wie Tom klein war, wie er so niedlich aussah und dass wir schon immer wussten, dass er eigentlich ein Mädchen ist und so weiter.« Er langte ins Bücherregal und zog Fotoalben heraus.

Er blätterte auf: Tom als Säugling, Tom bei Mama, Papa, Tante Loni und bei Bekannten auf dem Arm,

Tom beim Essen, Tom beim Baden und beim Spielen, Tom bei den ersten Gehversuchen, Tom auf dem Laufrad. Hunderte Fotos mit immer der gleichen Aussage, sauber eingeklebt und beschriftet. Vater Conni sprudelte und blickte verzückt. Er erinnerte sich an seine warmen Empfindungen und seine glücklichsten Stunden. Er blätterte und redete lange und ausführlich. Die Rührung übertrug sich auf Jens. – Die Reihe brach ab und die Rede verebbte. Sie hatten irgendwann und aus unerfindlichem Grunde mit dem Fotografieren aufgehört. Stille herrschte. Jens wartete taktvoll. Vater Conni reflektierte, wie sein Einfluss immer geringer geworden war, wie ihm sein Kind allmählich entglitt. Für Fahrradtouren, Budenbauen, Angeln, Um-die-Wette-Schwimmen war Tom immer weniger zu begeistern gewesen. Stattdessen zog es den Jungen zu Tante Loni hin, die mit Theaterspiel, niedlichen Märchenbüchern, Malerei und ähnlichem Krimskrams lockte. Eifersüchtig schaute Conni seinem Sohn nach und realisierte nun endlich, dass sein Kind ein Mädchen war.

Er kehrte in die Wirklichkeit zurück. Er blickte hoch und hörte Jens sagen: »Okay. Wir bringen eine Serie heraus. Wenn du magst, können wir Toms weitere Entwicklung Schritt für Schritt festhalten. Das wird ein Projekt über Jahre, es interessiert die Fachwelt und Tom werden sämtliche Wege geebnet.« Conni nickte, hob sein Glas und verkündete mit glänzenden Augen: »Na dann, auf gute Zusammenarbeit!« – Sie tranken und strahlten. Pia betrat das Wohnzimmer. »Na, ihr lasst es euch ja gut gehen«, flötete sie. Ihr Mann war seit Stunden wie ausgewechselt. Das Wohlsein der Ihren beförderte ihr Befinden. Sie setzte sich in die Runde, ihr Mann schob ihr liebevoll lächelnd ein Glas entgegen, und sie nippte am Wein. Sie hörte von der Verabredung. Die Männer übertrafen einander in den herrlichsten Aussichten. Pia nickte. Sie war zufrieden. Die häusliche Harmonie war wiederhergestellt, und der einvernehmlichen Nachbarschaft stand nichts mehr im Wege. – So ließ sich leben. So wollten sie es haben. So machten sie es.

Das Kind Tom Bruck fand es recht erbaulich, wie sie ihm jetzt erlaubten, in die Rolle der Esmeralda zu schlüpfen. Die kleine Meerjungfrau mit ihrer fantastischen Welt aus Wundern und Zauberei geisterte durch seine Tag- und Nachtträume. Neben den Büchern gab es Filme über die Märchenfigur und das entsprechende Spielzeug. Derartiges wurde nun reichlich und höchst offiziell angeschafft, von allen geduldet und gefördert und musste nicht mehr heimlich in Tante Lonis Stube probiert und bewundert werden. Und wie sich Tom nun als Mädchen outete, gewährten sie ihm auch, sich Esmeralda zu nennen. Freilich geht im Tagesgebrauch Esmeralda nicht ganz so flott von den Lippen. Sie riefen ihn Esma und kamen damit gut klar. Sie kauften auch Kleider und zwar vollkommen nach dem Stile der Meerjungfrau und allerlei Flitterkram, mit dem sich der Junge schmücken und worin er sich ausleben durfte. Es wurden zahlreiche Fotos gemacht, und mehr als ihm lieb sein konnte, befragten sie ihn ständig nach seinem Wohlbefinden. Das stieß ihn ein wenig ab und schränkte die soeben gewonnenen Freiheiten ein, doch er hielt tapfer aus. Er kannte ja seine Eltern, und lief denen etwas in die Quere, konnten sie recht ungemütlich werden, also spielte er mit. Die große Selbstverständlichkeit, mit der Tom in die Wunderwelt der Esmeralda eintauchte, teilten auch die übrigen Erwachsenen in der Nachbarschaft, und den Kindern war der individuelle Aufzug eines jeden und meistens sowieso egal, so dass sich Toms Verwandlung unauffällig und zum allseitigen Wohlgefallen vollzog. – Darüber verging der Januar 2019 und Anfang Februar bekam Tom sein Zeugnis über das erste Schulhalbjahr der vierten Klasse. Er brachte gute Zensuren heim. Sein ganzer Stolz war die Eins im Turnen. Das schafften die wenigsten. Frau Maurer war eine strenge Lehrerin mit hohem Anspruch. Sie ließ keine Schummelei durchgehen. Tom war unangefochtener und bewunderter Klassenbester im Sport und hatte sich das ganz ehrlich verdient. Er wurde von seinen Eltern gelobt und erneut reichlich beschenkt.

Täglich schlug Conni Bruck erwartungsvoll die Zeitung auf und täglich schob er sie enttäuscht beiseite. Da stand nämlich gar nichts über ihn und sein Kind. Jens Schmittke hatte sich regelrecht bei ihnen eingenistet, tausenderlei Fragen gestellt, in allen möglichen Winkeln herumgestochert, aber er brachte nichts zu Papier. Was sollte das?! Waren die Brucks falschen Versprechungen aufgesessen? Hielt Schmittke sein Wort nicht? Er besaß die Veröffentlichungsrechte und tat nichts? Nach mehr als sechswöchiger Wartezeit langte es Conni, und er stellte Jens zur Rede. Jens lächelte überlegen und unterrichtete den Vater des kleinen Transgender freimütig: »Sei mal nicht sauer, aber du fischst im falschen Gewässer. Habe ich dir nicht erklärt, dass wir das wissenschaftlich bearbeiten und publizieren? Ich schreibe doch nicht für die Klatschpresse. Das war vielleicht mal. Das ist jetzt vorbei. Ich schreibe nur noch für seriöse Blätter. Hier schau.« Er klappte seinen Laptop auf, tippte ein paar Stichworte ein und drehte den Bildschirm so, dass Conni lesen konnte. Es waren bereits zwei Artikel mit den aktuellen Fakten und Daten im Wissenschaftsteil des »Jupiter« erschienen. Conni las. Er hatte Mühe, denn er pflegte derlei Lektüre eigentlich nie. Doch er sah sich und sein Kind erwähnt und sogar abgebildet. Er schwoll förmlich an. »Kann man das auch als Drucksache haben?« Er hätte es so gern in der Hand gehalten und herumgezeigt. Jens lächelte abgehoben. Er teilte die altmodische Papierwut nicht. Er sagte geneigt: »Freilich kann man das auch ausdrucken. Nur, die derweil übliche Publikation im Internet ist der Verbreitung geschuldet. Das lesen hochkarätige Fachleute und Experten aller Art und lernen davon. Unsere Erfahrungen stoßen weltweit auf Interesse.« Conni hörte »weltweit« und barst nahezu vor Stolz und Glück.

Doch dann gestand er sich erneut ein, dass das nicht ganz so lief, wie er es sich vorgestellt hatte. Hohe Popularität, Kampf an der Front der Transgender, Überwindung von allen möglichen Hürden und der Siegesrausch nach einer gewonnenen Schlacht – so wollte er sich in die Zeitgeschichte einbringen, und die Zeitgeschichte spielte sich für ihn nicht weltweit, sondern gerade hier in Kerkow und unter den normalen Leuten ab. Zögerlich sagte er: »Experten schön und gut. Nur was ist mit der Aufklärung für die breite Masse der Bevölkerung?« Jens dämmerten Connis Geisteshaltung und Anspruchsniveau. Conni Bruck ist und bleibt nun mal ein Streetworker, dachte er bei sich, und ein Mann der Straße. Er sagte: »Man könnte einen Film von euch machen«, und schränkte ein: »Nur Filme sind verdammt teuer.« Connis Augen leuchteten auf. Er fragte: »Wie viel?« Jens zuckte mit den Schultern. Er wusste es nicht und versicherte: »Ich werde mich erkundigen.« Für einen Film fehlten ihm das Know-how und das Equipment. Dazu brauchte er seinen Verleger und dessen Verbindungen. Außerdem befürchtete er, dass er mit der filmischen Inszenierung die Fäden aus der Hand geben müsste. Zugleich sah er sich aber auch bedrängt, denn er war auf die Bereitschaft der Eltern angewiesen. Die mussten einfach bei Laune gehalten werden. Er sagte: »Okay, machen wir einen Film.« Conni Bruck befriedigte diese Zusage.

Jens' Aufsätze warfen keine riesigen Wellen auf – dafür war das Thema Transgender schon zu populär und in Fachkreisen bereits durchdekliniert –, aber unter den hochdotierten und hochkarätigen Autoritäten im Kerkower Schulbezirk erregten sie Aufsehen. Der kleine Transgender tauchte nämlich in ihrem Verantwortungsbereich und gerade zu einer Zeit auf, als alle möglichen Nischen- und Randerscheinungen besondere Förderung erheischten, die Gleichstellung der Anderen mit den vermeintlich Normalen fortschritt und deshalb das Wort von der Integration in aller Munde war. Da meldete dann eben auch die Schulaufsicht ihr Interesse an diesem konkreten Fall einer Geschlechtsangleichung an. Sie bestellten die Direktorin der Kerkower Grundschule, Frau Neitzel, ins Amt nach Nordstadt und befragten sie nach ihren Maßnahmen und Erfolgen. Allein, Frau Neitzel kam recht blass herüber. Sie habe »von nichts eine Ahnung«. Klar, sie kenne das Kind halbwegs, wie man als Direktorin eben seine Schüler im Blick hat. Der Junge sei unauffällig, angepasst und leistungsfähig. Sie kenne auch dessen Eltern, weil halt ein Nest wie Kerkow recht übersichtlich sei. Die Eltern integrierten sich ganz normal ins Gemeindeleben und engagierten sich dort. Darüber hinaus könne sie jedoch nichts berichten, und dass der Junge ein Transgender sei, höre sie zum ersten Mal. Die Befragung fuhr wie ein Blitzschlag in ihre gewissenhaft tickende Beamtenseele. Sie trat betroffen ab, kehrte nach Kerkow zurück, zitierte Frau Maurer, Toms Klassenlehrerin, in ihr Dienstzimmer und leitete den Blitz nach unten ab.

Sie sagte: »Ich finde es ziemlich verantwortungslos, wie Sie über den kleinen Tom Bruck hinwegsehen.« Frau Maurer war sich keiner Schuld bewusst und bat um Aufklärung. Nun hörte auch sie, welch gravierende Veränderungen sich da im Leben des Kindes anbahnten beziehungsweise schon eingetreten waren. Sie war eine Lehrerin alten Schlages, erfahren und mit allen Wassern gewaschen. Immer wieder erlebte sie, wie einige Eltern oder die hohe Politik eine andere Sau durchs Dorf trieben, alle möglichen, völlig sinnlosen Nova und Eigentümlichkeiten verkündeten und deren Durchsetzung verlangten. Die Erfahrung hatte sie aber auch gelehrt, dass so manche Unwägbarkeit mit Ignoranz aus der Welt zu schaffen war. Betont harmlos sagte sie: »Ich sehe überhaupt keinen Handlungsbedarf. Das Kind ist zehn Jahre alt. Wenn es sich heute als Mädchen und morgen als Junge begreift, bitte schön. Hauptsache, es kommt seinen schulischen Aufgaben nach. Das Kind lernt gut und ist bestens drauf. Was wollen wir mehr?« Frau Neitzel spitzte: »Das Kind ist ein Transgender!« – »Ja und?«, fragte Frau Maurer, und ihr Verständnis setzte an dieser Stelle wirklich aus. Frau Neitzel forschte streng: »Hat Ihnen das Kind nicht gesagt, dass es Esmeralda ist?« Frau Maurer antwortete unbedarft: »Freilich sagte mir Tom, dass er ab heute Esma gerufen wird.« Frau Neitzel bohrte weiter: »Und da vermuteten Sie keine irgendwie anders geartete Identität?« Sie registrierte abnehmenden pädagogischen Spürsinn und mangelnde Professionalität bei der alternden Lehrerin. Frau Maurer lächelte unwillkürlich und erklärte locker: »Ach wissen Sie, wenn ich jedes Kind bei seiner aktuellen Identität abholen wollte, hätte ich eine Klasse voller Astronauten, Seiltänzer, Tierärzte und Tiefseetaucher und käme nicht mehr zum Unterrichten. Hunde, Katzen, Frösche sogar Steine wären auch dabei. Was glauben Sie, was mir die Kinder ständig anbieten? Spaß beiseite, sage ich dann immer, hier der Unterricht und dort das Spiel. Jedes Ding zu seiner Zeit. Die Kinder verstehen das. Es passt schon.« Sie lächelte immer noch. Sie lächelte auch ob ihrer jüngsten Begegnung: Nach den Weihnachtsferien, nachdem die Kinder wieder einmal viel zu lange vor dem Fernseher gesessen und alle möglichen Schnulzen hoch und runter geschaut hatten, klaubten zwei Jungen mit Lippen und Zähnen ihr Frühstücksbrot vom Fußboden auf und behaupteten stur und fest, Susi und Strolch zu sein. Da wäre sie auch nicht auf die Idee gekommen, die Kinder an die Leine zu nehmen und Gassi zu führen – für eine derartige Reaktion hätte man sie wahrscheinlich in die Klapsmühle eingewiesen –, sondern sie ermahnte die beiden zu anständigem, vor allem hygienischem Essverhalten.

Direktorin Neitzel zischte: »Sie unterdrücken einen Transgender!« Endlich dämmerte es der Lehrerin: Die meint das tatsächlich ernst, und es ist ihr unbeugsamer Wunsch und Wille! »Okay?«, sagte sie matt. Frau Neitzel hob an: »Wir brauchen einen Entwicklungsplan. Alle Beteiligten sind an einen Tisch zu holen. Das Kind bedarf der besonderen Fürsorge und Betreuung. Außerdem …«, holte sie gedehnt aus, sah sich suchend um und wusste sich nicht so recht zu helfen, »… brauchen wir entsprechende materiell-technische Voraussetzungen zur Beschulung von Transgendern.« Frau Maurer ließ verwundert ihren Mund offen stehen, und Frau Neitzel kam in Schwung: »Man kann ja wohl ein Transmädchen nicht auf eine Jungentoilette gehen lassen. Genauso wenig kann das wie ein Junge ausschauende Mädchen zwischen den anderen Mädchen austreten. Ein extra WC und Umkleideraum für Schwimmen und Turnen müssen her.« Sie hielt inne. Frau Maurer fragte verblüfft: »Und nun?« Frau Neitzel schloss gnädig: »Nun gehen Sie. Beurlauben Sie das Kind, bis alles geregelt ist. Ich kümmere mich um die zusätzlichen Mittel. Wir vertagen uns.« Mit dieser eher diffusen Anweisung war die Lehrerin entlassen. Das einzige wirklich Klare und Umsetzbare, das sie aus dieser Besprechung mitnahm, war die Beurlaubung des Kindes. Frau Maurer fügte sich, schickte Tom heim und unterrichtete die Eltern über den Stand der Dinge. – Pia und Conni Bruck registrierten angenehm berührt, wie Bewegung in ihre Sache kam. Das Kind verstand die Welt nicht mehr.

DIE OHNMACHT

Warum erlaubten sie Tom nicht mehr, in die Schule zu gehen? Nicht, dass die Schule sein unangefochtenes Lieblingsfeld war. Nein, dort harrten seiner allerhand Pflichten, die er nicht vermisste. Aber ihm fehlte das Regelwerk. Er schaute aus dem Fenster, den anderen Kindern nach, und reflektierte die Szene: Morgens strebten alle Kerkower zu ihrem Tagwerk hin. Das begann sehr zeitig. Noch im Dunklen zerstob die schläfrige Ruhe, weil Haustüren klappten und Garagentore schrapten. Etliche Kerkower ließen ihr Auto an und düsten los. Andere hechteten zu Fuß oder per Fahrrad zur S-Bahn. Das waren die Schichtarbeiter und auch solche, die weit in der Innenstadt Berlins beziehungsweise auf fernab liegenden Arbeitsstellen ihr Brot verdienten. Danach belebten die in Kerkow Beschäftigten wie Verkäuferinnen, Putzleute, Gärtner und andere Dienstleister das Bild. Hatten die ihren Besen oder den Lappen in der Hand oder stapelten Kisten oder was auch immer auf, beruhigte sich der Verkehr etwas, nur um spätestens ab halb acht erneut aufzufrischen. Um diese Zeit trabten die Kinder zur Schule. In Gruppen oder auch einzeln, offenherzig plaudernd oder in sich gekehrt träumend strömten sie aus allen Richtungen zusammen. Obgleich das Gewühl ziel- und planlos schien, durfte keiner fehlen, wurde eine Lücke sofort bemerkt und dem Säumigen nachgespürt. Ein großes Raunen und Unruhe ergriff die irritierte Menge und legte sich erst, wenn der Verbleib des Fehlenden völlig geklärt und von allen verstanden war. Was derart morgens begann, endete erst in den späten Abendstunden.

Tom gehörte zu dieser Schar. Doch nun presste er die Nase an die Fensterscheibe, schaute den anderen nach und war schmerzhaft ausgestoßen, da er als einziger und ohne ersichtlichen Grund daheim bleiben musste.

Vater Conni erklärte geduldig und ausführlich die Zusammenhänge. Als Mädchen mit einem Penis durfte Tom nicht mit den anderen Mädchen auf die gleiche Toilette gehen. Als Junge ging er aber auch nicht mehr durch. Da müsse erst eine eigene Räumlichkeit für ihn eingerichtet werden. Das verstand Tom durchaus, und die Sache war also vollkommen logisch: Wäre sein Geschlechtsteil nicht, dürfte er zwanglos in die Schule und mit den Mädchen auf die Toilette gehen? Die Wurzel allen Übels war demzufolge sein Penis. »Dann kommt der Schniedel einfach ab«, folgerte er und betrachtete fortan das lappige Anhängsel mit einigem Verdruss. Der Vater lenkte gefühlvoll ein: »So einfach ist das nicht. Du musst erst noch wachsen. Dann nimmst du Medikamente ein, und wenn du erwachsen bist, darfst du dich operieren lassen, und dann wirst du ein Mädchen sein.« – »Wie lange kann das dauern?«, fragte Tom, und ihm schwante Schlimmes. Der Vater antwortete: »So an die zehn Jahre!« Tom schluckte. Zehn Jahre! Ganze zehn Jahre! Ahnten sie, was sie da von ihm verlangten? Ihm stiegen die Tränen in die Augen: »Zehn Jahre? Wirklich?« Er wusste, wie lang es bis zu den Ferien, bis zum Geburtstag oder bis Weihnachten hin ist. Allein das Aushalten am Familientisch war mitunter schon eine Qual. Und dann erst ganze zehn Jahre! Er trotzte tapfer: »Warum nicht gleich?« Der Vater vertiefte gewichtig: »Sieh mal, das ist eine große Operation, und da braucht es viele gute Ärzte und aufwendige Behandlungen. Da kurt einer lange im Krankenhaus. Dazu muss man erst erwachsen sein.« Tom hörte Krankenhaus und fragte bange: »Tut das weh?« Sonor und beruhigend antwortete der Vater: »Iwo, mein Kind, dazu gibt es Narkosen, auch Beruhigungs- und Schlafmittel. Das ist wie bei Dornröschen. Du schläfst ein und wachst auf, und alles ist gut.«

Indem der Vater dies auseinandersetzte, wurde ihm bewusst, was für ein gigantischer Eingriff so eine Operation eigentlich sein müsste. Hoden und Penis entfernen, eine Höhlung für die Scheide in den Unterbauch graben, Schamlippen und Klitoris anlegen, das alles konnte doch kein Spaziergang sein! Hatten sie nicht alle schon erlebt, wie viel geringere Blessuren tagelang, manchmal wochenlang schmerzten? Und reichten sie einem dann wirklich ausreichend Betäubungsmittel? Bei dem vorherrschenden Sparzwang im Gesundheitswesen wurde ein Kassenpatient eventuell viel zu früh aus der Klinik entlassen. Was dann? Schmerzen wollte Conni seinem Kind nicht zumuten. Dafür war er viel zu sehr liebender Vater. Rasch überflog er die Möglichkeiten für den Notfall und griff schon in die breite Palette der illegal zur Verfügung stehenden Mittel. Als Streetworker kannte er etliche Junkies, die sich seit Jahr und Tag erfolgreich mit jedem Stoff versorgten. Er war sich sicher, gegen bare Münze hier und da etwas abzweigen zu können. Allein, eine solche Intervention schob er spontan und augenblicklich von sich. Es war verboten und gefährlich obendrein. Doch dann tröstete er sich damit, dass es ja nur vorübergehend und für einen guten Zweck sei.

Connie wiederholte: »Iwo, mein Kind, es ist wirklich wie bei Dornröschen, und nach der Narkose wachst du wieder auf«, und er bekräftigte: »Außerdem sind Mama und Papa ja auch noch für dich da. Haben wir nicht bisher alles geheilt?« Er lächelte wieder sanft. Der Junge spürte seines Vaters tiefgreifende Überlegungen. Die Argumente kamen zögerlich und gar nicht so fest gefügt wie sonst. Er schaute skeptisch. Was steckte dahinter? Was verbargen sie? Was blieb unausgesprochen? Tom bekam Angst. Er geriet in Panik. Er greinte: »Warum nicht gleich und warum denn so dolle?« Dem Kind fehlten die Worte. Es schluchzte und stammelte: »Warum denn so und nicht anders. Ich will das nicht.« Der Vater nahm sein Kind in die Arme und tröstete liebevoll: »Ach, Esma, manche Dinge brauchen halt ihre Zeit. Mach dir doch keine Sorgen.« Er war froh, dass die Operation und mögliche Probleme nicht in Griffnähe, sondern sehr weit entfernt lagen, und wiegte den Kleinen zärtlich. Tom wurde ruhig, denn es stimmte ja: Die Eltern hatten bisher alles geheilt. Der Vater sagte vorsichtig: »Ich verspreche dir, dass wir alles so machen, dass es passt. Dafür sind wir doch da. Wir richten alles so ein, dass es dir gut geht.« Tom blickte seinen Vater mit tränennassen Augen an. Der versicherte: »Alle kümmern sich. Deine Lehrerin und die Direktorin und noch mehr Leute schaffen für dich jetzt alles Notwendige heran, und dann darfst du wieder in die Schule gehen.« Tom hakte nach: »Wirklich?« Der Vater nickte und lächelte sanft: »Wirklich. Großes Ehrenwort. In zehn Tagen ist in der Schule für dich alles bereit, und dann geht es wieder los.« – Tom ließ sich trösten und gesellte sich schließlich zu seiner Tante Loni. Dort waren Ablenkung und Vergessen.

Aber in der Nacht, in diesen sehr langen, stummen Stunden krochen die Dämonen seiner Einsamkeit und die Nachrichten von Krankenhaus und Operation aus allen Ritzen hervor und bedrängten das Kind. Quälend war vor allem das, was nicht gesagt war. Was steckte dahinter? Was kam auf ihn zu? Tom schlief schlecht, träumte wirres Zeug, wusste es nicht zu erklären, schlummerte wieder ein, um sogleich schweißgebadet hochzuschrecken. Er sah sich im Raum um, und im matten Mondschein verwandelten sich all seine schönen Spielsachen zu Monstern. Er erhob sich und machte Licht. Sein Kinderzimmer war wie ehedem. Er schaute auf die Uhr. Es war Mitternacht und damit noch sehr lange hin, bis der Tag mit seinen Ablenkungen einträfe. Tom lehnte sich schnaufend zurück, ließ den Blick kreisen, schlief wieder ein, nun bei brennender Lampe, und schlummerte traumlos und erholsam bis zum Morgen. Das wiederholte sich Nacht für Nacht und über längere Zeit.

Das nächtliche Licht im Kinderzimmer erregte die Aufmerksamkeit der Nachbarn. In einem kleinen Ort wie Kerkow entging den Leuten nichts. Vater Conni wurde darauf angesprochen, war peinlich berührt, als würde er sich nicht ausreichend um sein Kind kümmern, und gebot dem Unwesen augenblicklich Einhalt: »Die Nacht ist zum Schlafen da!« Tom moserte: »Ich kann aber im Dunklen nicht schlafen.« Der Vater folgerte: »Du bist eben nicht ausgelastet.« Tom erklärte vertrauensvoll: »Ich habe so komische Träume«, und er hoffte tatsächlich auf die heilende Hilfe seines Vaters. Conni, der als Kind weiß Gott nicht auf Rosen gebettet war und trotzdem immer wie ein Stein schlief, bestimmte: »Licht aus und fertig!« Er setzte auf das Machtwort und erheischte damit Erfolg. Tom beschwor Besserung. Der Vater strich ihm liebevoll über den Kopf und sagte: »Na, siehst du? Geht doch.« Ansehen und Haussegen waren gerettet, und alles würde gut werden. Das Licht blieb aus und das Kind lag wach. – Es stand auf, tappte auf leisen Sohlen durch den dunklen Flur, klinkte die Tür auf, zwängte sich durch den Spalt, zog die Tür vorsichtig hinter sich zu und huschte durch den Garten hinüber zu Tante Loni. Sie empfing das zitternde, schlotternde Kind, wiegte es, bettete es, hörte seinen Kummer an und war erschüttert. Tom kuschelte sich in ihre Armbeuge und bettelte: »Tante Loni, lässt du das Licht an?« Sie sagte: »Freilich, lasse ich das Licht an.« Sie hüllte ihn ein, und er schlief tief und fest und traumlos bis der Tag heraufdämmerte. Loni fand keine Ruhe.

Anderntags stürmte sie auf die Eltern zu: »Seid ihr denn restlos von allen guten Geistern verlassen? Welcher Wahn treibt euch denn an? Seht ihr denn nicht, wie Tom zugrunde geht? Kann nicht schlafen, fürchtet sich und kümmert vor sich hin. Wollt ihr den Kleinen umbringen?« Das wollten diese Eltern mitnichten. Sie wollten das Beste für ihr Kind. Vater Conni sah die tobende Alte und begriff deren Ausfälle nicht. Harmlos betont entgegnete er: »Ich weiß nicht, was du willst. Warst du es nicht, die Esma stets und ständig mit Märchenbüchern, Malerei und Flitterkram anfütterte? Jetzt wo wir da mitgehen, endlich verstanden haben, dass uns ein Mädchen geboren wurde, drehst du wie eine Horde Affen auf.« Er vermutete infantile Eifersucht und senile Anhänglichkeit. Mild schlug er vor: »Tante Loni, wir können uns doch alle drei engagieren. Unserer Esma wird das gut tun.« Nichts lag ihm daran, die Familie zu entzweien. Ganz im Gegenteil, er mochte Frieden stiften. Dieser Friedenswille hatte ihn ja auch bewogen, Lonis ständige Eigenmächtigkeiten zu übersehen. Er schmeichelte: »Dein Verdienst an Esmas Entdeckung ist nicht zu leugnen. Ich finde es sogar gut, wie du das machst. Im Nachhinein könnte ich mich einen Esel schimpfen.« Loni spitzte: »Esel ist gut! Esel ist richtig gut! Geschlechtsangleichung ist eine riesige Eselei!« Conni überhörte die Konnotation und setzte ruhig fort: »Wenn du magst, können wir das auch so in die Zeitung schreiben oder dich im Film groß rausbringen.« Er spreizte sich ein wenig als einflussreicher Publizist. Loni hatte nicht vor, sich derart zu profilieren. Sie ruhte stets in sich und war von ihrer Rechtschaffenheit überzeugt. Sie ballerte: »Ihr glaubt doch wohl nicht, dass ich diesen Irrsinn auch noch mitmache. Erst das Kind restlos kaputtspielen und mich dann auch noch zum Mittäter machen! Schön' Dank auch!« Diese Einlassung brachte Conni nun doch hoch: »Entschuldige, wenn ich das sagen muss. Ich verbitte mir derartige Unterstellungen! Du tickst doch wohl nicht mehr richtig! Wenn du was nicht verstehst, informiere dich erst mal anständig. Was ist denn mit dir los? Seit wann bist du denn so vernagelt und blickst nicht mehr durch? Außerdem hast du dich doch gar nicht um die Erziehung von Esma zu kümmern. Vielleicht sollten wir mal ihren Umgang überdenken.« Loni wich entsetzt zurück. Wollte er ihr das Kind entziehen?! Er steigerte sich: »Loni, die Zeiten haben sich doch nun schon lange geändert. Mehr Freiheiten, eben auch Freiheiten für Transsexuelle. Wenn du das nicht verstehst oder nicht mehr mittragen kannst, halte dich da einfach nur raus. Das ist jetzt nicht mehr so, wie es bei euch hier früher im Osten lief. Heute muss sich keiner mehr einsperren und verleugnen lassen.« Er baute sich siegesbewusst vor Loni auf. Sie klappte ihren Mund zu und knirschte mit den Zähnen. Das Totschlagargument vom Osten verschlug auch ihr die Sprache. Sie trat wütend und erniedrigt ab.

Loni Bruck kleidete sich zum Ausgehen um und kontrollierte ihre Papiere. Der Bibliotheksausweis steckte im Portemonnaie, die Fahrkarte war auch da. Sie zog sich die Jacke über, hielt kurz inne und drehte sich dem Schlafzimmer zu. Zwei Bücher nahm sie vom Nachtschränkchen. Ein drittes war noch nicht ausgelesen. Das ließ sie liegen. Sie packte alles mitsamt der Brille in ihre Handtasche, legte noch Tempos dazu, hängte die Tasche über ihren Arm, griff sich den Regenschirm und verließ das Haus. Sie stiefelte zur Bushaltestelle. Im Neubaugebiet hatte vor Jahren eine Bücherei eröffnet, und Loni las dort mit einiger Begeisterung. Sie interessierte sich für alle Nova auf dem Gebiet der Pflanzenkunde, schließlich war sie gelernte Gärtnerin, und dem Anwesen der Brucks taten ihr glückliches Händchen und ihre gestalterischen Ideen gut. Außerdem nahm sie ab und zu gern einen Kriminalroman und ein paar Reiseberichte mit nach Hause. Der Krimi kitzelte ihren voyeuristischen Nerv wie ihre morbide Lust und die Reiseberichte ersetzten ihr die eigenen Ausflüge. Loni war träge geworden. Das gestand sie sich ein und zu, wobei sie geistige Trägheit nicht entschuldigte. Dem konnte sie abhelfen und vor allem einem Conni Bruck die Stirn bieten.

Der Bus kam und Loni stieg ein. Sie fuhr drei Stationen. Der Bus hielt direkt vor der Bibliothek. Dort stieg sie aus, lief die paar Schritte und betrat den Vorraum. Sie stellte den Schirm in den Ständer, rollte ihre Jacke zusammen, schob die in das Schließfach, entnahm der Handtasche die Bücher, das Portemonnaie und die Brille, stukte die Tasche hinterher und schloss ab. Sie wendete sich zum Lesesaal.

Seitlich war ein Schalter mit Tresen für Anmeldung, Ausleihe und Beratung eingerichtet. Dort thronte Frau Leisegang, immer die eine, immer die gleiche Bibliothekarin und unermüdlich ihren Dienst versehend. Das Haus war wenig besucht und bedurfte keines sonderlich umfangreichen Betreuungspersonals. Der Bestand an Literatur war nicht gerade berauschend, aber für eine geringe Gebühr orderte Frau Leisegang gern das Gewünschte aus anderen Häusern. »Nachschub? Bei dem Wetter ist Lesen am besten, nicht wahr?«, begrüßte sie Loni Bruck und ergänzte: »Ich habe schon mal diese beiden Romane für Sie sichergestellt und das hier. Wenn Sie mögen?« Sie förderte einen Stapel zutage. Loni legte ihren Ausweis und ihre mitgebrachten Bücher auf den Tresen, überblickte das von Frau Leisegang vorsorglich beschaffte und schüttelte den Kopf: »Nee, heute hole ich was anderes. Pädagogik.« – »Wie das?!« – Frau Leisegang kannte die Vorlieben ihrer paar Kunden. Selten kam einer auf abwegige Gebiete, und dass ein älterer Leser seine Gewohnheiten verließ, war ihr noch nie untergekommen. »Wie das?«, wiederholte sie und ahnte schon, worum es ging. Das Kind der Brucks war ja in die Schlagzeilen und in das Blickfeld der Kerkower geraten. Da war auch dessen Großtante interessiert und mochte sich informieren.

Sie sagte: »Wir haben ein paar Ratgeber für Eltern. Ziemlich buntes Zeug. Richtig eingehende Sachen müsste ich erst bestellen.« – »Dann bestellen wir.«

Die beiden Frauen hockten sich vor den Bildschirm und durchforschten den Katalog. Die allgemeine Stichwortsuche ergab Hunderte von Titeln. Loni war überrollt. Die Zeit hatte sie tatsächlich überholt, zumal wissenschaftliche Lektüre nicht ihr Steckenpferd war und sie schon die Kurzbeschreibungen überforderten. Sie stöhnte und schnaufte, schwitzte und schnaubte, mochte nicht aufgeben und sah sich trotzdem außerstande, hier irgendwie zu Argumenten für oder wider Geschlechtsangleichung zu kommen. Frau Leisegang schlug vor: »Wir machen mal was anderes. Wir grenzen das mal ein.« Sie gab ein: »Transsexualität bei Kindern.« Ganze zwanzig Titel erschienen. Das sah schon wesentlich übersichtlicher aus. Auf gut Glück wählte Loni fünf und fragte: »Bis wann?« Frau Leisegang schaute auf den Planer und antwortete: »Die Post ist heute schon durch. Also übermorgen, spätestens Freitag.« Loni nickte. Sie bedankte und verabschiedete sich. Sie entnahm dem Schließfach ihre Sachen, richtete sich her, spannte den Regenschirm auf und lief heim. Das konzentrierte Lesen am Bildschirm hatte sie arg angestrengt. Da mochte ihr der Fußweg guttun. – Es dauerte eine ganze Weile, bis Loni Bruck die passenden Publikationen in die Hand bekam, bis sie sich eingearbeitet und ihre Gehirnzellen wieder auf Trab gebracht hatte.

Pädagogen und Psychologen präferieren im Wesentlichen eine genderneutrale Erziehung. Die Angebotspalette für das Kind war breit. Loni Bruck grub sich durch und fand eine Linie, richtiger: Sie fand zwei Linien. Für Mädchen galt, sich aufzuhübschen, zart-seidene Stoffe zu bevorzugen, sich mit Pferden und schöngeistiger Literatur zu beschäftigen. Für Knaben waren Abenteuergeschichten, konstruktives Bauen und technisches Experimentieren typisch. Neigte nun ein Kind mehr nach der einen oder anderen Richtung, wurde es als Mädchen oder Junge beschrieben, obgleich sein biologisches Geschlecht etwas anderes auswies, und es wurde in seiner Entwicklung dahingehend und völlig unabhängig von seinem körperlichen Erscheinungsbild unterstützt. Diese neue Freiheit war für Loni, wiewohl sie die mit Spielzeug überhäuften Kinderzimmer grundsätzlich ablehnte, durchaus nachvollziehbar. Ihre Formel war einfach: »Warum soll denn derjenige, welcher irgendwie anders gepolt ist, nicht zum Zuge kommen?« Gerade sie als leidenschaftliche Gärtnerin wusste um die Brillanz ausgefallener Exemplare und sie reflektierte genüsslich die eine oder andere fantastische Entdeckung auf dem Gebiet der Botanik. Was nun also für die Pflanzen gilt, kann durchaus auch für die Menschen gelten. Loni wusste, dass jegliches Leben auf der Erde dem gleichen Keim entsprang, sich entfaltete und verzweigte, letzten Endes aber identische Dispositionen in sich trug und ähnliche Ausprägungen hervorbrachte. Schließlich war der Mensch ja auch nur ein biologisches Wesen, also ein Produkt der Natur. Sie nahm die Theorie und die Praxis von der genderneutralen Erziehung an und versuchte sich nun vorzustellen, was für eine große Dichterin oder Sängerin oder Modeschöpferin ihre Esmeralda werden könnte. Wem möge sie nachgeraten und nacheifern? Loni durchforschte ihr Umfeld und registrierte, dass sie wirklich die aktuellen Entwicklungen verpasst hatte. Viele Präsentationen, Aufführungen, Publikationen mied sie als zu laut, zu derb und zu schrill. Sie lebte in ihrer eigenen kleinen Welt und sehr viel in der Erinnerung. Das Neue aufzurollen und einzuholen, konnte ihr also nicht gelingen. Ergo hob sie aus der Tiefe der Historie jene großen Vorbilder heraus, die sie dem Kind als Leitstern mitgeben würde. Große Frauen fielen Loni nicht ein, derlei gab es wohl nur wenige, wenn nicht gar keine. Loni konzentrierte sich auf die Männer: Ganz oben stand Ludwig der Vierzehnte, da standen Voltaire und Rousseau, die maßgeblich die europäische Kultur vornehmlich die Kunst und die Denkart beeinflussten. Da traten auf deutscher Seite Friedrich Schiller, Heinrich Heine, E. T. A. Hoffmann und Wolfgang von Goethe hervor, die mit ihren Dichtungen die Bewunderung ihrer Zeitgenossen erwarben und sich in das Gedächtnis der Nachwelt einschrieben. Schon geriet Loni ins Träumen und summte Text und Melodie des ihr bekannten Liedes.

Sah ein Knab' ein Röslein steh'n,
Röslein auf der Heiden,
War so jung und morgenschön
Lief er schnell es nah zu seh'n
Sah's mit vielen Freuden
Röslein, Röslein, Röslein rot,
Röslein auf der Heiden.
Knabe sprach: »Ich breche dich,
Röslein auf der Heiden.«
Röslein sprach: »Ich steche dich,
Dass du ewig denkst an mich,
Denn ich will's nicht leiden.«

Röslein, Röslein, Röslein rot,
Röslein auf der Heiden.
Und der wilde Knabe brach
Das Röslein auf der Heiden;
Röslein wehrte sich und stach,
Half ihm auch kein Weh und Ach,
Musst es eben leiden …

Wie zart, wie lieblich, wie feminin. Loni entschloss sich, ihre Esmeralda genau darin zu unterweisen: schöngeistige Bildung gepaart mit Geschichtskenntnissen. Das konnte ihr ein Conni Bruck dann auch nicht mehr als Einmischung ankreiden, denn wenn einer das Werk des größten deutschen Dichters ablehne, führe er sich selbst als geistiger Zwerg vor. – Loni fuhr erschrocken auf! War Goethe etwa schwul? Sie erstarrte inwendig und schaute sich scheu um, als hätte sie jemand bei ihren frivolen Gedanken ertappen können. Gott sei Dank war sie allein. Sie schickte diese Erwägung ängstlich auf Reisen. Sie klopfte Goethes Auslassungen ab und kam zu dem Ergebnis: Klar, der Mann war eine verkannte und niemals ausgelebte Frau. Doch das hatte die historische Forschung weder erkundet noch offenbart. Oder hatte sie es geheim gehalten? Das musste Loni erst einmal verstehen. Das musste sie sacken lassen. Freilich erzählte man so etwas kleinen Kindern nicht. Damals, vor über fünfzig Jahren, als Loni zur Schule ging, waren Themen wie Transsexualität und Homosexualität völlig unter den Teppich gekehrt worden. Das ist nun endlich vorbei, dachte sie. Sie fühlte sich aber auch nicht berufen, das überkommene Bild der Geistesgröße Goethe zu korrigieren …

Vorsichtig schritt sie die Reihe der hervorragenden Dichter und Denker ab: Da standen sie, die Herren von Rang und Namen, bis hin zum deutschen Kaiser. Sie standen alle mild lächelnd im vergoldeten, fein ziselierten Rahmen und angetan von schillernden, vielfarbigen Kleidern, mit ihren langhaarigen Perücken auf dem Haupt, mit gepuderten und bemalten Gesichtern, mit Epauletten auf Schultern und Brust, mit Rüschen, Schleifchen, Bordüren und Quasten, mit glitzernden Schnallen an den hochhackigen Schuhen, und sie hielten die Welt in Atem. Sie waren also alle eigentlich Frauen? – Loni lachte böse auf. Das Makabre dieser Vorstellung jagte ihr einen kalten Schauer über den Rücken, und sie fragte sich: Wie irre muss einer eigentlich sein, wenn er das Geschlecht am Aufputz festmacht? Sie ließ der Narretei freien Lauf: Julius Cäsar im reich bestickten, wallenden Gewand war eine Frau? Christus war eine Frau, weil er langes, gewelltes Haar und ein Kleid trug? Ja, selbst der Papst im Ornat mit beringten Fingern und einer gar prächtigen Kette um den Hals war in Wirklichkeit eine Frau? Und nicht zuletzt die Schotten: ein Volk von Weibern? Sie alle hatten ihr Outfit von sich aus gewählt. Sie taten es freiwillig und zwar genauso freiwillig und möglicherweise unbedacht, wie der kleine Tom in Lonis Stube in den alten Stöckelschuhen herumstelzte und sich die ausgediente Gardine als Hochzeitszeitkleid überwarf. Nun denn, dachte sie mit zynischer Bitternis, eine Welt voller Frauen und denen sei Dank für ihre Verdienste! Sie lachte gallig. Sie lachte sich frei. Sie lachte endlich von ganzem Herzen und ob der befriedigenden Rückkehr in ihre bisherige Denkweise.

Bei ihrem nächsten Bibliotheksbesuch schob ihr Frau Leisegang einen Stapel Internetauszüge und mehrere neue Bücher hin. Sie beteiligte sich inzwischen intensiv an der Suche nach Argumenten für und wider eine Geschlechtsangleichung bei Kindern, zumal sie bemerkt hatte, wie unbeholfen Frau Bruck im Umgang mit den Medien war. Die bekam ja nicht einmal den Mauszeiger sicher über den Bildschirm bewegt. Loni dankte herzlich und gestand beschämt: »Ich altes Wrack mache ihnen auch noch so viel Arbeit.« Frau Leisegang entgegnete: »Nee, Frau Bruck, das macht mir nüscht aus, und es ist ja auch mein Job, und außerdem lerne ich noch was dabei.« Loni schichtete den Stapel in eine Plastiktüte, draußen regnete es wieder wie aus Eimern, und sie schnaufte: »Wenn es was bringen würde. Außer Appellen an die Vernunft fällt mir nix ein. Nur leider, Vernunft hatten wir schon. Es müsste etwas sein, was richtig zu Herzen geht.« Frau Leisegang überschaute den leeren Lesesaal und sprach: »Ein Film. Ein Film regt alle oder fast alle Sinne an. Wenn man es live und in Farbe bekommt, ist man emotionaler berührt.« – »Ja, gibt es denn solche Filme?«

Frau Leisegang schmunzelte. Sie winkte Loni zu sich hinter den Tresen und rückte ihr einen Stuhl zurecht. Ihre Finger flogen über die Tastatur, der Cursor flitzte über den Bildschirm, und schon berichtete eine junge Frau von ihrem Leben als Transgender.

Sie war als Kind immer irgendwie anders als die anderen. Sie spielte nicht die Spiele, die viele mochten, sie beschäftigte sich stets mit sich selbst und kapselte sich ab. Mit beginnender Geschlechtsreife lehnte sie auch das ab, was die anderen Mädchen stolz zeigten, vor sich hertrugen und aufbauschten. Ihre wachsenden Brüste und ihre Menstruation machten ihr Angst, und rasch ward sie als Knabe erkannt. Sie nahm Testosteron ein, ihre Stimme färbte sich dunkel, ihr Bart spross, ihre Regelblutung setzte aus, aber ihre Brust schwoll schmerzhaft an. Das Unglück schien perfekt. Sämtliche Versuche mit anderen und von anderen Ärzten verordneten Medikamenten scheiterten. Die medizinischen Wissenschaften griffen nahezu blind tastend in den Fundus der Pharmakologie. Die Psychologen trösteten und schlichteten. Der Leidensweg wollte nicht enden, ja er gipfelte sogar in schulischem Leistungsversagen und suizidalen Intentionen, also in Selbstvernichtungsattacken. Deshalb präferierten die beratenden Fachleute die frühzeitige Mastektomie. Das Mädchen war gerade sechzehn Jahre alt. Waren die Brüste entfernt, die Operation überstanden und die Narben verheilt, so sollte das pralle Leben beginnen. Dieses pralle Leben begann nicht! Das männliche Hormon hatte derweil ihre Genitalien extrem vergrößert, ihre Scheidenflora ausgetrocknet und ihre Schleimhäute derart den Umweltgiften ausgesetzt, dass sie empfindlich gereizt waren und mithin Sitzen, Laufen und Sport zu einer elenden Tortur wurden. Sie konnte ihren Körper nicht trainieren und ihm die erhoffte und gewünschte maskuline Prägung zukommen lassen. Statt einer ansehnlichen, altersgerechten Muskulatur bildete sich schwabbeliges Gewebe an allen möglichen und unmöglichen Stellen. Unwohlsein in jeder Beziehung füllte das Fass bis zum Überlaufen. Weitere zwei Jahre vergingen über diesem Martyrium, als die Liebe einen Glücksstrahl in diese Düsternis sendete. Eine andere junge Frau mit einer ähnlichen

Biografie gesellte sich ihr zu und stellte die alles entscheidende Frage: »Muss das so sein?«, und sie meinte: »Wo die ärztliche Kunst versagt und wo Psychologen abwiegeln, ist der Einzelne am besten von seinem Bauchgefühl beraten.« Die beiden jungen Menschen beendeten die Hormoneinnahme, sie stoppten die Geschlechtsangleichung auf halbem Wege, sie kurierten sich mit gegenseitigem Verständnis, sie trieben Sport und sie wendeten sich ihrer beruflichen Ausbildung zu. Sie waren seither ein glückliches Paar. Zusammenfassend sagte die junge Frau: »Das Schlimmste war, glaube ich, dass mich niemand gewarnt hat. Alle haben mir zugeredet, keiner hat abgeraten. Wie ich meinen Körper hasste, boten sie mir einen anderen Körper an, obgleich meine Probleme doch gar nicht in meiner Natur zu suchen waren.«

Der Abspann lief und Loni sagte betroffen: »So etwas müsste man verbieten. Die angeblichen Fachleute einsperren und die Kliniken schließen oder für was anderes nehmen.«

Frau Leisegang griff in die Plastiktüte mit dem Bücherstapel und den Internetauszügen, spähte und fingerte eine Weile, zog ein Blatt heraus und las vor: »Die Bundesregierung des US-Staates Arkansas hat dieser Tage eine Gesetzesvorlage eingebracht, wonach geschlechtsverändernde Manipulationen an Kindern und Jugendlichen verboten werden sollen. Als Begründung führten sie an, dass diese Eingriffe in Menschenversuchen mündeten und damit dem ethischen Grundanliegen der Gemeinschaft widersprächen. Die Ärzteschaft, die Eltern der Betroffenen wie die Patienten selbst laufen Sturm gegen den Antrag.« – »Wie denn das? Man will doch die Kinder nur schützen.« –

Frau Leisegang erklärte: »Ich vermute, dass da Geld dahintersteckt. Sehen Sie, in den Vereinigten Staaten ist ja kaum einer richtig krankenversichert. Die meisten Leute zahlen Medikamente und Operationen privat. Ich denke, die Ärzte werden ordentlich zulangen. Und glauben Sie denn, dass ein Patient, wenn er schon so viel ausgegeben hat, auch noch zugibt, dass das ein Fehler war? Und Eltern, ich meine Eltern von Kindern, die vielleicht doch anders sind, suchen ja immer auch nach Lösungen und greifen dann gern in die Tasche.« – »Es bringt also nix?«, folgerte Loni. Frau Leisegang antwortete: »Es ist ja noch nicht raus, wer gewinnt. Vielleicht schafft es diese Regierung, der Sache Einhalt zu gebieten. Vielleicht auch nicht. Auf jeden Fall denke ich schon, man sollte sich gründlich erkundigen, bevor man so ein Riesending wie eine Geschlechtsangleichung einrührt.« Loni sagte: »Das meine ich auch.«

Sie schauten unschlüssig auf den Bildschirm. Loni fragte: »Gibt's noch mehr davon?« Während Frau Leisegang erneut auf der Tastatur klapperte, unterbreitete sie: »Das ist schwierig. Es gibt mehr Für als Wider. Aber auch das Für ist nicht ganz uninteressant, weil es doch Einblicke gewährt.« Sie öffnete einen anderen Film.

Dieser Streifen erzählte die Geschichte eines etwa vierzigjährigen hochrangigen Offiziers der Bundeswehr, der auf den Kommandohöhen der Armee angekommen sich als Frau outete und ganz komplikationslos die neue Identität bekam und annahm. Freilich hegten einige seiner Zeitgenossen Vorbehalte, aber im Großen und Ganzen verlief die Geschlechtsangleichung über seine bereits mehrfach erprobten und daher erfolgreichen Phasen wie am Schnürchen und zum Gefallen aller Beteiligten. Die nunmehr entstandene Frau blieb fester Bestandteil ihres sozialen Umfeldes, fand sogar eine passende Partnerin, ging unter dem Beifall aller eine gleichgeschlechtliche Ehe ein und lebte fortan in Glück und Frieden. Die Kamera begleitete die Transfrau zu ihren Vorgesetzten, zu ihren Kollegen, zu ihren Eltern, zu ihren Freunden, zum Psychologen, zum Betriebsarzt, zum Chirurgen und in den Operationssaal. Bis ins Kleinste hinein war jeder Fortschritt beschrieben und vor Augen geführt. Ein sympathischer Film in anheimelnder Aufmachung, noch dazu ein erfrischender Film, da diese Berufssoldatin gebildet, mit ausgezeichneten Manieren und recht unterhaltsam herüberkam.

»Tja, wenn man das so sieht«, sagte Loni nachdenklich und angenehm bewegt, »möchte man es Tom ja schon wieder gönnen. Ende gut, alles gut. Steile Karriere beim Bund und dazu heimisches Glück. Was will man mehr. – Und wissen Sie, Frau Leisegang, unsereins musste als Kind auch so manches hinnehmen, bevor wir es geschafft hatten. Erziehung hat oft genug mit Härte zu tun. Da muss ich den Eltern des Jungen ja auch mal recht geben. Da muss der Junge einfach nur durch, auch wenn er es nicht versteht. Früh übt sich. Die Eltern meinen es gut, auch wenn es manchmal nicht so aussieht. – Und nicht zuletzt geht es uns ja eigentlich wirklich gar nüscht an, wie einer seine intimen Sachen regelt.« Frau Leisegang gab zu: »Stimmt. Eigentlich geht es uns nüscht an. – Lassen wir es dabei bewenden und bleiben die Bücher hier?« Loni antwortete: »Ich nehme die Bücher mit und ich denke noch mal nach. – Und danke, Frau Leisegang.«

Anderntags hatte Tante Loni nachgedacht, sie hatte sich entschieden und trat versöhnlich auf und an: »Wir müssen noch mal über dein Kind reden.« Vater Conni sagte: »Gern.« Sie setzten sich einander gegenüber. Loni lächelte entspannt, denn sie hatte die Lösung des Problems im wahrsten Sinne des Wortes in der Hand. Conni war ein wenig gehemmt, denn er scheute der Alten aufbrausendes Temperament. Loni hielt ihm ihre geöffnete Handfläche vor die Nase und fragte schulmeisterlich: »Nun, was habe ich hier?« Ein winziger grüner Knubbel mit fransigen Ausläufern war zu sehen. Conni rätselte: »Ein Keim, eine Frucht? – Ich weiß nicht.« Loni lobte überschwänglich: »Richtig! Das ist der Fruchtansatz der Haselnuss.« Sie hob die Stimme: »Und meinst du nun, dass aus dem abgerissenen Stück, jetzt noch eine anständige Nuss wachsen kann?« Ihr schwebte die schön gestaltete Frucht mit der mattbraunen, harten Schale und dem wohlschmeckenden, buttrig-knackigen Kern vor. Sie lächelte verzückt. Conni entgegnete beherrscht: »Tante Loni, lass die Spielchen! Was willst du?« Loni holte aus: »Genauso sicher und brutal, wie aus diesem Murkel jetzt keine ordentliche Nuss mehr herauswachsen kann«, sie zerquetschte das Gewächs hingebungsvoll zwischen ihren Fingern, »wird euer Tom an der Geschlechtsangleichung eingehen. Blast die Sache ab, pfeift die Leute zurück. Ihr seid die Eltern, ihr habt die Macht dazu. Lasst den Jungen nicht in sein Verderben laufen …« – Sie kam nicht dazu, ihr mühsam errichtetes Gedankengebäude zu entwickeln. Sie dachte an Vertagen, an Auswachsen, an körperliche und sittliche Reife. Conni wähnte sich längst angegriffen. Er giftete jede Silbe betonend: »Halt dich da raus!« Prompt fuhr Loni hoch:

»Du gibst doch auch nicht einem Zehnjährigen deine Wagenschlüssel in die Hand, damit er schon mal üben kann!« Die Vorstellung, einem Kind die Mächtigkeit über an die einhundert Pferdestärken anzuvertrauen und es derart auf seine Karriere als Berufskraftfahrer vorzubereiten, sollte zünden. Sie zündete nicht. Conni schüttelte den Kopf, schnellte in die Höhe und sprach von dort oben: »Tante Loni, es tut mir leid. Wir kommen nicht auf einen Nenner.« Er ging und sie blieb arg geknickt zurück.

Inzwischen verstand Loni Bruck die Anpassung des kleinen Tom an das andere Geschlecht als eine unermessliche Katastrophe. Eine Katastrophe, die von allen mitgetragen und forciert wurde. Anstatt die Kindheit, diese wirklich kurze Zeit im Leben eines Menschen einfach nur zu genießen und sich daran zu erfreuen, krempelten diese Eltern alles um und zerfurchten das liebevoll angelegte Saatbett. Loni suchte verzweifelt und intensiv und fand den Ausweg dennoch nicht. Und wie alle Verzweifelten, Strauchelnden und Niedergeschlagenen wendete sie ihr verweintes Antlitz flehend zum Himmelsgewölbe und erblickte Gott. Wobei sie eigentlich nicht gläubig war und für die Kirche wenig übrig hatte. Allerdings empfand sie Hochachtung für das in den Kultstätten verewigte, erhabene Menschenwerk, und sie reflektierte die sinnstiftenden Tugenden der irdischen Sachwalter des Heiligen Geistes. Und wie jeder andere hatte auch Loni die Erzählungen über deren sagenhafte Rettungsaktionen gehört und verinnerlicht. In der größten Not spendete die Kirche nicht nur wortreich Trost, sondern sie hob die Geknechteten, die Verlassenen und die Verdorbenen vom Boden auf und führte sie dem Licht entgegen, widersetzte sich zuweilen mutig und mit Erfolg dem herrschenden Gesetz und den gängigen Auffassungen. Nun mochte die Kerkower Pastorin Annemarie Hecht ihre Worte von Mildtätigkeit einlösen, ihren Einfluss geltend machen, die Eltern und die Lehrerin besänftigen und dem armen, kleinen Kind Frieden bringen. – Loni betrat der Pastorin Amtsstube im Gemeindehaus. Frau Annemarie Hecht bot sehr freundlich Platz an und forderte die Besucherin zum Reden auf. Während Loni all ihre Sorgen und ihre Sichtweise ausbreitete, ließ Annemarie ein Stück weit Religionsgeschichte Revue passieren.

Geschlechtsumwandlung oder, wie man derweil beschwichtigend und verfälschend sagte, Geschlechtsangleichung war keine Erfindung der Neuzeit und auch keine zivilisatorische Errungenschaft. Genitalverstümmlung war das zwangsläufige Nebenprodukt aller auf Ausbeutung beruhenden Gesellschaften und gerade im christlich geprägten Kulturraum entfaltete sich der Missbrauch von und Gewalt an Kindern von jeher ungehemmt. Das begann schon mit der Christianisierung und mit der Auflösung der naturwüchsigen, polygamen Familienverfassung. Ja, wie anders und wie viel wirksamer hätten die Kirchenfürsten seinerzeit die eroberten Stämme auch unterwerfen können? Unterwerfung fruchtet am besten durch den nachhaltigen Eingriff in die Familie. Eine Familie, die sich bis dato als eine an jedes individuelle Bedürfnis angepasste Versorgungseinrichtung und als Wirtschaftsunternehmen bewährt hatte und dem Einfluss Roms auch vehement widerstand. Und zwar genau so lange widerstand, bis die Hohen Priester mit der

Pression aus Lüge und Terror die Monogamie und das Zölibat einführten. Allerdings erzeugten Monogamie und Zölibat nicht nur absolute Hörigkeit, sondern sie beförderten sozusagen als Korrektiv die Prostitution. Die käufliche Liebe genügte all jenen, die daheim ihre natürliche Lust nicht mehr befriedigen durften und konnten. Sie griffen aber auch und liebend gern nach den Kindern. Das unschuldige, unbefleckte, wehrlose Kind wurde zum Sexualobjekt. Mehr noch. Es wurde zum Probanden für alle möglichen perversen Praktiken, welche durch die Unterdrückung des natürlichen Triebes massenhaft ins Kraut schossen. Damit delegitimierte sich die Kirche unweigerlich moralisch und provozierte den eigenen Untergang. Und um nun genau das zu vertuschen beziehungsweise zu verhindern, billigten und förderten sie die Knabenliebe mithin die Genitalverstümmelung. Der Kastrat wurde salonfähig und ersetzte größtenteils die inzwischen zum Haustier herabgewürdigte Frau. Der Kastrat diente als erster Höfling und nahm seinen zweifelhaften Siegeszug in der darstellenden und bildenden Kunst auf. Der schöne Jüngling mit der zauberhaften Stimme ward zum bejubelten Mittelpunkt von Malerei, Bildhauerkunst und Theater. Bis zu fünfhundert, sechshundert Jahre dauerte dieses Regime an. Renaissance, Aufklärung und bürgerliche Revolution brachen das Sexualmonopol der Kirche auf. Der Kastrat trat ab, die Knabenliebe wurde verpönt und Kindesmissbrauch kam auf den Index. Allerdings blieben die modernen Kodizes halbherzig, so dass unterschwellig alle möglichen krankhaften Auswüchse immer mitliefen, ja mitlaufen konnten, weil es nach wie vor nur eine Frage des Geldes war, wie intensiv sich einer in den gesellschaftlichen Randzonen bewegte. Neuerdings bot der Markt der Absonderlichkeiten und der Perversion Manipulation, Missbrauch und Genitalverstümmelung sogar wieder ganz offiziell und legitim an. Der Transgender betrat die Arena.

Die Pastorin Annemarie Hecht hörte sich also die Klage der Loni Bruck geduldig und mit zunehmender Ergriffenheit an. Nur, was konnte sie tun? Als Inhaberin eines öffentlichen Amtes waren ihr die Hände gebunden. Die Kirche hatte sich zur Loyalität gegenüber dem Staat verpflichtet und die Eltern des kleinen Transgender bewegten sich vollkommen im gesetzlichen Rahmen. Selbstredend sah Annemarie die Schieflage, aber sie war machtlos. Sie erwog und sie spürte ihre Fesselung, die sie nicht aufzusprengen vermochte. Dümmlich lächelnd und unverbindlich versicherte sie: »Frau Bruck, ich verstehe Ihre Sorge um das Kind. Nur, meinen Sie nicht, dass das die Aufgabe der Eltern ist? – Nun ja, wir werden den Kleinen beobachten und dann schauen, ob man nicht doch mal auf die Mutter oder den Vater beschwichtigend einwirkt.« Loni horchte, stutzte und drehte sich langsam vom Stuhl hoch. Sie bellte: »Weißt du was? Du bist ja auch völlig meschugge. Du erfüllst die normalsten menschlichen Aufgaben nicht. Steck dir dein Gesülze einfach nur in den Arsch!« Sie wendete sich ab, knallte die Tür ins Schloss und wogte heim. – Annemarie stützte den Kopf in die Hände und weinte. Sie weinte nicht ob der Beleidigung. Sie hatte schon ganz andere Dinge hinnehmen müssen. Sie weinte auch nicht wegen des wörtlichen Inhaltes der Botschaft. Im Grunde gab sie Frau Bruck ja recht. Sie weinte ob der Erschütterung.

Und sie hatte Angst! Sie hatte Angst vor der eigenen Courage.

Nicht zehn Tage brauchte es, um in der Schule die notwendigen Vorkehrungen für Toms Rückkehr zu treffen, sondern wesentlich länger. Direktorin Neitzel hatte derweil ausgiebig zu tun. Nach reiflicher Überlegung sowie nochmaliger Rücksprache mit Berufskollegen hatte sie den Sonderstatus des Kindes erkannt. Eine separate Toilette und ein zusätzlicher Umkleideraum in der Turnhalle absorbierten monetäre Mittel, die so nicht eingeplant und aus dem ohnehin schmalen Budget nicht zu stemmen waren. Sie beantragte beim Schulamt die Aufstockung des Etats. Ein solcher Antrag wollte begründet sein. Frau Neitzel leistete auch das. Sie schilderte die konkrete materielle Situation in der Schule, charakterisierte das betreffende Kind und bezog sich auf die einschlägige Literatur. Der Antrag wurde geprüft, so etwas dauerte, und als gegenstandslos abgewiesen. Frau Neitzel klemmte sich ans Telefon, fragte nach und musste sich nun sagen lassen: »Zusätzliche Mittel werden nur Kindern mit erwiesener Behinderung gewährt. Tom Bruck ist aber nicht behindert, sondern ein ganz normales Kind. Geschlechtsangleichung erheischt niemals den Status einer Behinderung. Wo kämen wir da hin? Das würde sämtliche Sozialkassen sprengen, weil grob betrachtet, mal übertrieben gesagt, die Hälfte der Bevölkerung dieses Landes Ansprüche geltend machen könnte. Wer hat sich denn nicht schon mal transsexuellen Fantasien oder Praktiken hingegeben?« Derart alleingelassen und schmerzhaft verhöhnt stümperte das Lehrerkollegium halbwegs praktikable Lösungen zurecht. Eine

Toilette ward in einem Verschlag in der Nische unter der Treppe eingerichtet und auch für das Umkleiden wurde eine Lösung gefunden: Das Kind konnte sich, wenn alle anderen draußen waren, in Ruhe im Klassenraum umziehen und dann fertig angekleidet zum Sportunterricht nachkommen. Ein Schüler der vierten Klasse bewältigt den Weg über den Schulhof allemal. Lehrerin Maurer wurde befugt und beauftragt das Kind entsprechend einzuweisen. – Nach mehrwöchiger Diskussion harrten angespannte Lehrer und neugierige Schüler des verwandelten Kindes.

Ja, Verwandlung war inzwischen eingetreten und deutlich zu erkennen, denn der Autor Jens Schmittke und sein Verleger Nico Popper hatten die Initiative in die Hand genommen. Jens setzte seinen Hilferuf ab, um dem Wunsch der Brucks nach einem Film über ihren kleinen Transgender stattzugeben. Nico Popper fuhr einmal quer durch das Land, orderte ein Technikteam und scheute weder Kosten noch Mühe, das Kind in seine Rechte einzusetzen und freilich auch etwas Geld dabei zu verdienen. Die Journalisten machten sich im Hause der Brucks und in Kerkow breit, führten reichlich Interviews, fädelten Berichterstattung nach allen Regeln der Kunst ein und wirkten aufklärend. Diese Aufklärung rückte das Kind zunehmend in den Fokus der Öffentlichkeit. Alsbald gab es praktisch keine Bewegung, keine Aktivität und keine Äußerung mehr, die nicht wahrgenommen und kommentiert wurde. Viele Kerkower drängten hinzu, wobei einige, sehr wenige, sich auch ganz klar an den Kopf griffen und den Rummel mieden. Im Wesentlichen entspann sich jedoch ein regelrechter Zirkus, schwebte eine faszinierende Aura über dem kleinen Jungen, der seine Rolle begriff und auszufüllen verstand. Sie belebte ihn sogar, denn anstatt alleingelassen, abgeschottet, stumm und vereinsamt am Fenster zu hocken und alle anderen frohsinnig zur Schule traben und später wieder heimkehren zu sehen, war er jetzt die Hauptperson und fühlte sich bestens unterhalten. Tom verwandelte sich in Esmeralda und kaum jemand zweifelte daran. – Die bangen Nächte mit wüsten Träumen waren derweil vergessen, und Tante Loni wurde als Seelentrösterin nicht mehr gebraucht, wobei die Eltern das Kind gekonnt auf Abstand hielten. Sie wollten einfach keine Verwirrung stiften. Allerdings fühlten sie sich auch schuldig oder irgendwie beschämt, Tante Loni nach so vielen guten Jahren derart abzuservieren. Nur leider mussten sie damit leben, und sie verstanden ja auch, dass alte Leute manchmal merkwürdig und unausstehlich werden und bei ihrem Abstieg von der Lebensleiter paranoide Geltungsgier entwickeln. Um des Kindes willen organisierten Pia und Conni Bruck diese Distanz.

Esmeraldas erster Auftritt in der Öffentlichkeit blieb dann auch nicht unbemerkt. An der Hand ihres Vaters betrat sie die Straße. Sie hatte ihr schönstes Kleid angezogen und trug an den Füßen die mit Perlen bestickten, weißen Sandalen. Die Fußgänger, das waren ihre Schulkameraden teils mit Eltern oder Großeltern, blieben stehen und betrachteten sie. Andere Passanten verharrten auch, denn wo es etwas zu sehen gibt, schaut ein jeder gern. Die Autos fuhren langsamer. Die Fahrradfahrer stiegen ab. Der Bus kam nicht durch. So schritt sie durch eine Gasse Anteil nehmender Menschen. Sie wurde von rechts und links begrüßt, befragt und aufgehalten. Ganz und gar den Augenblick genießend, erwiderte sie den Morgengruß und gab bereitwillig Auskunft. Es ging um ihr Wohlbefinden, das Kleid, die Schuhe und ihr langes Fernbleiben. Ganz behäbig kamen sie vorwärts. Am Schultor verabschiedete sich der Vater und lief heim. Esmeralda blieb nicht allein. Es hatte sich inzwischen ein Hofstaat Getreuer um sie versammelt. Einer trug ihr den Turnbeutel, ein zweiter bot ihr sein Pausenbrot an, ein anderer schenkte ihr seinen Talisman und so ging es in einem fort. Lachende, fröhlich zwitschernde Kinder. – Im Klassenraum warteten die aufgeregte Lehrerin Frau Maurer und das gewichtig und gelassen agierende Filmteam. Nico Popper und Jens Schmittke hatten sich auch hier festgesetzt. Die Kinder fluteten herein, gingen zu ihren Plätzen, entnahmen ihren Schultaschen die Schreibutensilien und plauderten.

Nur einer blieb still und stumm. Das war Felix. Er saß in der letzten Reihe und ganz allein. Frau Maurer hatte ihn einst dorthin beordert, weil er über ein lautes Mundwerk und ein raumgreifendes Temperament verfügte. Er war ein guter Schüler mit hohem Selbstbewusstsein und Durchsetzungsvermögen. Allerdings störte er damit den Unterricht. Die Außenseiterposition bekümmerte ihn nicht, im Gegenteil, sie bestärkte ihn, denn seine Lehrerin hatte ihm diese Bank als Beobachtungsposten zugeteilt und ihm aufgetragen, etwaige Auffälligkeiten zu vermerken und in kompakter Form auf Abruf mitzuteilen. Er war also in die ehrenwerte und herausragende Funktion des Wächters berufen und damit in gewisser Weise zugleich gezähmt. Freilich ging Frau Maurer nicht auf sämtliche Auslassungen Felix' ein. Sie hatte nicht vor, einen Denunzianten zu erziehen. Sie bremste ihn bei Übergriffen und Banalitäten. Der Junge verstand auch das sehr schnell und vermeldete nur wirklich brisante Vorkommnisse. Nunmehr registrierte er mit geschultem Blick und mit vernichtender Eifersucht das hirnrissige Brimborium um Esmeralda Bruck. Die war aber im Vorfeld ihrer Ankunft von Frau Maurer als völlig normal und gleichberechtigt eingeführt worden. Da durfte Felix nicht intervenieren, wenn er sich nicht selber hintenan stellen oder allen anderen widersetzen wollte. Tja, wäre die Aufschneiderin ein Junge geblieben, hätte Felix ihn in der Pause zum Zweikampf gefordert, ihm auf gut Deutsch mal richtig eine eingeschenkt. So aber hockte Felix stumm an seinem Platz, schwieg, schaute zu und grollte innerlich: Blöde, hässliche Tunte!

Die Lehrerin stand vorn, bat um Ruhe, die Gespräche verebbten, und sie begann zu referieren. Die Kinder lauschten. Die Kamera lief. Sie betrachteten die Frühjahrsblüher. Das war ein ergiebiges, bereits allseits bekanntes und abwechslungsreiches Thema. Frau Maurer wollte kein allzu schweres oder trockenes Gebiet betreten. Sie gedachte, die Kinder bei der Stange zu halten und sich vor allem nicht selbst zu blamieren. Die halbe Nacht hatte sie über den Vorbereitungen gesessen, wobei die zweite Nachthälfte ihr dann keine Erholung mehr brachte, und sie agierte jetzt wie im Fieber, denn die Kamera lief. Auch war sie angehalten, das Kind Esmeralda mehr als die anderen zu beachten und in ihren Unterricht einzubeziehen. Schließlich ging es ja um die Kleine. Die Kamera lief. Esmeralda war ein aufgewecktes Kind. Sie gab die richtigen Antworten, war hoch konzentriert und bestens konditioniert. Frau Maurer kam locker herüber, machte Späße, die Kinder schlossen sich auf. Der Inhalt wurde abgearbeitet. Die Stunde neigte sich ihrem Ende zu. Die Kamera lief. Die Lehrerin bedankte sich. Die Kinder trollten sich auf den Schulhof. Die Kamera wurde ausgeschaltet. Das Aufnahmeteam und die Berichterstatter verabschiedeten sich und verließen den Raum. – Frau Maurers Gesichtszüge erschlafften. Sie gab dem Zittern ihrer Knie nach. Sie schleppte sich zu ihrem Stuhl und sank zusammen.

Nachdem Conni Bruck seine Esmeralda am Schultor verabschiedet hatte, kehrte er heim. Seine Frau traf er in der Küche an. Sie räumte gerade den Frühstückstisch ab. Er sagte: »Der Auftritt war mir peinlich.« Pia fragte: »Wie? Dir ist peinlich, dein Kind in die Schule zu bringen?« Er ergänzte: »Mir ist peinlich, wie die Leute so lüstern schauen.« Sie sagte leichthin: »Mein Gott, ob mit Lust oder nicht, das ist doch egal. Unsere Esma ist hübsch. Die Leute schauen eben.« Er fühlte sich unwohl, wusste es nicht zu deuten und griff verlegen nach den zu spülenden Gläsern. Sie arbeiteten ohne Worte weiter und jeder mit seinen eigenen Gedanken beschäftigt.

Des Kindes Verwandlung war wie ein Sterben und eigentlich unerträglich. Tom war fortgegangen und statt dessen zog ein fremdes Kind hier ein. Es sprach nicht wie Tom, es spielte nicht wie Tom, es moserte und drängelte nicht wie Tom, es war einfach anders. Nicht, dass Pia und Conni ihr Kind ablehnten oder lange vor seiner Geburt festgelegte Vorstellungen hinsichtlich seines Geschlechts hegten – das ja nun gar nicht. Sie nahmen es, wie es kam, und sie freuten sich darüber. Ihnen wurde ein Junge geboren und daraus ergab sich die Aufgabe, einen kräftigen, furchtlosen, feschen Kerl aus ihm zu machen. Dem Windelhöschen folgte eine derbe Jeans, dem Laufrad folgte das Fahrrad und den schmusenden Zärtlichkeiten ein harscher Knuff in die Seite. Die Erziehung übernahm alsbald und ganz selbstverständlich der Vater und realisierte sie mit Geradlinigkeit und wenig Federlesen. Aber dann wurde alles anders. Tom entschwand und Esmeralda kam. Der Vater war im Wesentlichen entbunden, und ihn schmerzte der Verlust. Die Mutter war in der Pflicht. Eine Pflicht, die sie arg belastete. Sie hatte sich plötzlich um ein Kind zu kümmern, das sie im Grunde gar nicht mehr kannte und das sowieso äußerst schwierig und mit besonderer Rücksichtnahme zu behandeln war, weil ein Transgender eben nicht ein ganz normales Kind ist, sich anfühlt wie ein Kranker oder Behinderter. Wo sie alle Normalität predigten, hatte niemand ein wirklich praktikables Rezept. So schwammen denn beide Eltern im Ungewissen und sahen wie ein Ertrinkender das nahe Ufer nicht.

Pia und Conni räumten den Tisch ab, stellten alles Verderbliche in den Kühlschrank, reinigten die Gläser, befüllten den Geschirrspüler und sinnierten ein jeder für sich und vor sich hin. – Sie schraken hoch! Die Tür flog auf, und Tante Loni stand im Raum. Sie zischte: »Mir langt's! Ich kündige!« – »Wie? Was?« – Sie feuerte mit nachdrücklich abweisender Geste einen Zettel mit ihrer neuen Anschrift auf den Tisch – für etwaige Betriebskostennachzahlungen für das von ihr genutzte Haus. Sie geiferte: »Ich ziehe aus. Den Blödsinn, den ihr hier veranstaltet, schaue ich mir nicht länger an. Ich bin weiß Gott nicht verklemmt, aber was ihr dem Kind antut, kann keiner mit ansehen. Ich gehe.«

Böse und laut schob Loni Altruismus vor, wo sie eigentlich nur zutiefst gekränkt und verletzt war, denn Pia und Conni und die Leute aus deren Dunstkreis machten ihr das Leben unglaublich schwer. Alles wäre für die Alte auszuhalten gewesen: Kinder werden nun einmal älter und gehen eigene Wege, Erwachsene haben unterschiedliche Meinungen. Wenn jedoch einer den anderen nicht einmal mehr grüßte, der kleine Plausch mit den unmittelbaren Nachbarn ausfällt, selbst die zufälligen Begegnungen tunlichst umgangen und penibel vermieden werden, was soll einer dann noch auf dieser Welt? Hatten sich die Brucks seinerzeit geeinigt, gemeinsam zu wirtschaften und getrennt zu wohnen, also Nähe und Distanz gleichermaßen und ausgewogen zu praktizieren, so fühlte sich Lonis Hiersein derweil wie Isolationshaft mit bewachtem Freigang an. Conni stellte ihr nahezu klammheimlich die Einkäufe vor die Tür, Pia arbeitete im Garten grundsätzlich auf einer von Loni entfernten Fläche, und dazu kam die Mauer. Diese elend hohe Mauer mit dem Stacheldraht oben drauf, die der Peter Bruck seinerzeit in seiner Abschottungsparanoia um das Anwesen herum hatte errichten lassen, verhinderte Weitblick und vermittelte Gefängnisgefühle. Tante Loni war zunächst ausgewichen. Für sie gab es immer Alternativen. Sie war auch nicht sonderlich empfindlich oder nachtragend. Sie schnitt sich ihre Verwandtschaft aus dem Herzen, klammerte das Kind Tom alias Esmeralda aus ihrer Gefühlswelt aus. Sie ging einfach im Ort spazieren. Sie suchte sich anderweitig Gesprächspartner und Unterhaltung, und nicht zuletzt hatten andere

Eltern auch Kinder, denen man sich eventuell zugesellen konnte. Doch da erlebte Loni, dass es nur noch ein Thema gab: die Transsexualität ihres kleinen Neffen. Knüpfte sie nun daran an und stellte ihre eigene Sichtweise dar, wurde sie abgelehnt, verpönt und sogar beschimpft. Am Ende mieden fast alle Kerkower die alte Bruck, folgten ihr mit scheelen Blicken und nahmen ihre Kinder beiseite. Das war ein die Seele vergiftender Prozess. Loni weinte lange und sie dachte viel nach. So konnte und wollte sie den Rest ihrer Tage nicht verleben. Sie entschied sich, fernab und wie auf einer Insel mit einer Handvoll Gleichgesinnter ihr Dasein zu fristen. Sie raffte ihr bisschen Zeug und ihren ganzen Mut zusammen, brüllte Pia und Conni lauthals die Kündigung ins Gesicht – das war ihr Akt mühsam und qualvoll aufrechterhaltener Selbstachtung und Selbstbestimmung.

Sie drehte sich um, schlug die Küchentür zu und war draußen.

Pia und Conni fielen die Kinnladen herunter. Das Glas rutschte ihm aus der Hand und zerschellte. Sie stierten auf den Fußboden. Sie standen in einem Scherbenhaufen. Augenblicke erschütterten Schweigens folgten. Conni beendete sie mit bissigem Resümee: »Tja, da hilft ja nun nüscht. Das war ja schon lange fällig.« Pia nahm Besen und Kehrschaufel zur Hand, bückte sich und fegte die Scherben aufs Blech. – Später, als der Tag fortgeschritten und sich Conni und Pia mit ganz anderen Dingen beschäftigten, hörten sie Motorgeräusche und Gesprächsfetzen auf dem Grundstück. Sie unterbrachen ihr Tun, traten vor das Haus und sahen, wie zwei junge Männer unter Lonis Regie emsig Kisten und Bündel auf die Pritsche eines kleinen Lasters wuchteten. Schon war die Arbeit getan, wurden die Klappen geschlossen, der Motor heulte auf, und Loni Bruck sauste davon. Stille breitete sich aus. Pia und Conni verharrten ein paar Minuten und lauschten. Die Stille war erdrückend.

Gegen fünfzehn Uhr kam Esmeralda heim. Sie war glücklich. Sie hätte die Welt umarmen mögen, und ein jeder sollte ihre Freude teilen. Die Eltern fragten wie aus einem Munde: »Wie war's?« Das Kind strahlte: »Prima. Onkel Jens und das Fernsehen waren da.« Esmeralda ließ die Tasche fallen und schleuderte die Sandalen vor das Regal. »Aufräumen!«, murrte der Vater. Esmeralda sprudelte: »Mache ich später. Muss gleich zu Tante Loni und ihr alles erzählen.« Sie streifte das Kleid herunter, schlüpfte in Hose und Gummistiefel und war schon fast wieder zur Tür hinaus, als der Vater sagte: »Tante Loni ist nicht mehr da.« Esmeralda stockte: »Wie jetzt? Nicht mehr da?« – »Loni ist ausgezogen. Auf und davon.« Esmeralda greinte: »Das lügst du. Das stimmt doch gar nicht.«

Das Kind lief in den Garten. Alles blühte wunderschön, die Wege waren geharkt, die Beete lagen ordentlich eingefasst und abgezirkelt und am Haselstrauch wiegten sich die winzigen Früchte in ihren noch grünen, samtigen Hüllen. Alles war wie bisher. Das Kind stürmte zum abgelegenen Haus. Die Tür stand offen, die Stube gähnte leer, nur die ausgediente Gardine und die alten Stöckelschuhe lagen auf den blanken Dielen. Esmeralda lief herum. Sie suchte. Sie rief. Sie weinte. Endlich sank sie nieder, nahm den löchrigen Stoff vors Gesicht und wimmerte: »Loni! – Meine liebe, liebe Tante Loni, wo bist du?«

Nico Popper und Jens Schmittke stellten einen anständigen Film mit umfangreicher Berichterstattung zusammen – das Kind, die Eltern, die Klassenlehrerin und versierte Fachleute kamen zu Wort – und sie verkauften den Streifen an das zweimal wöchentlich ausgestrahlte Wissenschaftsmagazin des öffentlich rechtlichen Fernsehens. Der finanzielle Gewinn war leidlich, es floss also nicht ganz so viel Geld auf das private Konto der Filmproduzenten, wie sie erwartet hatten, aber die Erfüllung der hehren Mission als Retter einer bedrohten Spezies rechtfertigte den Einsatz allemal. Die Reportage flimmerte über die Bildschirme und wurde ohne nennenswerte Kommentare in den sozialen Netzwerken durchgereicht. Jeder oder fast jeder hatte derweil begriffen, dass Transgender ganz normale Menschen sind und auch Kinder ein Recht auf Geschlechtsangleichung haben. Damit legten sich dann aber auch sämtliche etwaigen Aufregungen, Bewegungen und Erschütterungen. Des Lebens Fluss glitt wieder in sein altes Bett. Jeder kümmerte sich um seine eigenen Angelegenheiten und war in gewisser Weise sogar froh darüber.

DIE VERTREIBUNG

Hin und wieder lärmten die Sirenen durch Kerkow und die Leute reckten die Hälse: »Ist was passiert?« Doch wenn klar war, dass sich die Bewohner des Ausländerheims nur wieder einmal prügelten und sich gegenseitig abstachen, winkten die Zaungäste gelassen und mit dem Wort »Mafia« ab, traten beiseite, riefen die Kinder herein und verriegelten ihre Türen. Nach kurzer Intervention entfernten sich dann auch Polizei, Rettungswagen, Notarzt oder was auch immer gerufen worden war, Ruhe trat wieder ein und der Alltag nahm seinen Lauf. Nur einer rieb sich mächtig an dieser Entwicklung. Das war der Hausbesitzer selbst. Jens Schmittke war weder hier noch da richtig angekommen. Sein sportlicher Ehrgeiz war längst erloschen und die Umtriebigkeit seiner Jugend hatte sich erschöpft. Nach Wohnen in der Mansarde und Duschen bei Freunden stand ihm ebenso wenig dauerhaft der Sinn. Er sehnte sich nach gediegenen und repräsentativen Verhältnissen. Die kurzzeitigen Aufgaben, die ihm das Leben stellte, füllten ihn auch nicht aus. Er war alles in allem mit sich und der Welt höchst unzufrieden. Sicher hätte er das eine oder andere zu seinen Gunsten verändern können, denn er hatte Geld und war geistig wach. Aber er war eben auch bequem, lebte den Schwebezustand, ohne sich so recht zu entscheiden oder sich gar in seine existenziellen Belange zu vertiefen. – Der Zufall half ihm aus und ebnete seinen Weg.

Eines Tages wurde der Klempnermeister Hugo Geißler ausgeraubt. Geißler war ein Mann alter Schule und deshalb allseits beliebt und auch unentbehrlich. Er lieferte nämlich Qualität und erledigte jeden Auftrag prompt. Er war nicht einer, der kam, sich in Ruhe den Schaden besah, genauso ruhig wieder abzog, die Ersatzteile umständlich einkaufte und die Leute tagelang ohne Wasser oder mit einem leckenden Abflussrohr hängen ließ. Nein. Geißler hatte eine gut sortierte Vorratshaltung, und wenn ihn einer rief, war er sofort bestens ausgestattet zur Stelle. Auf seinem Hof diente ein riesiges Lager zur Aufbewahrung des Notwendigen. Vom Handwaschbecken bis zur kleinsten Dichtung war alles vorhanden. Ein Griff und es konnte losgehen. Nun hatten ihn Diebe am helllichten Tage ungeniert erleichtert. Geißler ward zu einem Kunden gerufen worden, über Stunden nicht daheim, und als er sich anderntags umsah, lagen nur noch Reste verstreut in den Regalen.

Geißler alarmierte die Polizei, die kam auch sofort, er berichtete erschüttert, klagend, was sich ereignet hatte. Derweil liefen die Nachbarn zusammen, nahmen Anteil und trösteten ein wenig. Ein paar jugendliche Ausländer standen auch dabei, hielten die Nasen neugierig ins Geschehen. Freilich verstanden sie schlecht, man redet ja auch nicht mit ihnen, und sie mussten sich die Zusammenhänge aus Bruchstücken zusammenreimen. Einer mag gelächelt haben, wie man eben lächelt, wenn der Groschen endlich fällt. Schon wussten die Kerkower, wer die Täter sind. Die Spur führte deutlich zu den Ausländern. Die Kerkower schlugen entsetzt die Hände überm Kopf zusammen. Die Ausländer seien zu allem fähig, und wieder fiel das Wort von der Mafia! – »Das Kriminelle liegt den Südländern im Blut. Himmel hilf, bewahre uns vor solchen Gaunern!« – Flüche flogen hin und her, Gerangel entstand,

Drohungen wurden laut, wobei keine Seite der anderen etwas schuldig blieb. Am Ende trennte der inzwischen verstärkte Trupp aus uniformierten, wehrhaften Ordnungshütern die aufgeregte Menge gewaltsam. Sie nahmen vorsorglich ein paar unbelehrbare Randalierer fest. Allerdings flammte der Tumult immer wieder auf, sobald die Polizisten ihren Abzug signalisierten. Also blieben sie und bildeten einen Schutzwall um das Gemäuer. Drinnen hockten die Ausländer, böse Verwünschungen ausstoßend, draußen krakeelten die Kerkower, die Wiederherstellung der althergebrachten Ordnung fordernd. Der Schmittke-Hof glich einer belagerten Festung. – Allein, so konnte es nicht weitergehen.

Der Gemeinderat tagte stundenlang und konstatierte: »Die Wachmänner haben versagt, die Predigten der Pastorin verhallten ungehört, der Vermieter brachte bei aller Toleranz nicht den notwendigen Schneid auf, die Dinge ordentlich zu regulieren. Schmittke ist deutlich zu nachgiebig. Das Domizil im alten Ortskern ist augenscheinlich nicht das Rechte, unübersichtlich, verbaut und in beengender Nachbarschaft zu den sensiblen Bürgern.« Sie beratschlagten unentwegt, hörten die Fürsorgerinnen und den Polizeisprecher an, fühlten sich zuletzt jedoch restlos außerstande, hier wieder Frieden und Anstand hineinzubringen. – Endlich zeichnete sich eine Lösung ab: Die Unterkünfte aus Wohncontainern nahe Nordstadt, im Winkel zwischen Autobahn und Klärwerk, standen mittlerweile schon halbleer. An diesem Platz könnten die Ausländer unter sich sein, sie würden niemanden stören, und der fachkundige Rat sowie die Aufsicht von extra geschultem Betreuungs- und Wachpersonal wäre ebenfalls gewährleistet. Der Gemeinderat nahm Kontakt zur dortigen Verwaltung auf und bekam die entsprechenden Zuweisungen in die Hand. Jens kündigte seinen Mietern, orderte Transportmittel, aller persönlicher Besitz wurde aufgeladen, und sie schoben die unerwünschten Männer, Frauen und Kinder in den alten Zuständigkeitsbereich ab.

Jens ging in seinem Haus herum, betrachtete die Räume und begeisterte sich zunehmend. Alles war aufs Feinste ausgebaut. Die Fußböden waren in überlieferter Manier abgeschliffen und versiegelt, die Wände akkurat verputzt und gemalert, die Fenster gut abgedichtet und notfalls ersetzt. Es gab weder Ecken oder Kanten, noch irgendwelche Nachlässigkeiten. Jede Kleinigkeit war mit hoher Kunstfertigkeit ausgeführt. Eine Augenweide für den Laien und selbst für den Fachmann ein Wunderwerk. Was Jens sah, befriedigte ihn durchaus. Freilich war hier und da etwas zurückgelassen oder verschmutzt. Doch das konnte mit geringem Aufwand behoben werden. Er stiefelte in die Schule, befragte die Putzfrau Nele Winkler, welchem Arbeitgeber sie sich angedient habe, ermittelte den Firmensitz und akquirierte Reinigungskräfte. Denen gab er auf, das Haus herzurichten, die Müllberge zu beseitigen und die Außenanlage zu säubern. Die hatten jedoch Mühe mit dem Auftrag, weil kein Strom da war und das Wasser nicht lief. Selbstverständlich schaffte jede Firma, auch jede noch so geringe Reinigungsfirma, die notwendigen Energieträger und Hilfsmittel von sich aus heran, doch so etwas trieb die Kosten in die Höhe. Da musste der Vorarbeiter Rücksprache nehmen. Jens trat augenblicklich in Verhandlung mit den Stadtwerken. Bevor deren Verwaltung jedoch auch nur einen Federstrich tat, hielt sie ihm die längst fälligen Strom- und Wasserrechnungen vor. Jens bezahlte seine Schuld anstandslos, inklusive einer nicht geringen Gebühr für seine Säumigkeit. Hier etwa einen Zusammenhang mit dem Elendsdasein seiner Mieter herzustellen, fiel ihm gar nicht ein. Er trug die selbstherrliche Überzeugung mit sich herum, dass er stets und ständig das Beste getan habe, man ja mit ihm hätte reden können. Wer nicht an ihn heranträte, hätte eben keine Wünsche und bedürfe seines Einsatzes nicht.

Das Anwesen ward ans Netz angeschlossen und ordnungsgemäß versorgt. Haus und Außengelände passten sich alsbald wieder ansehnlich in ihre Umgebung ein. Derweil die Putzleute arbeiteten, sichtete Jens die Angebote der exklusiven Möbelproduzenten. Er klickte hier und da auf »bestellen und kaufen« und gab sein Geld aus. Zwar erkrankte sein Konto nicht an der Schwindsucht – Jens war ein reicher Mann – aber ein nicht ganz unbeträchtlicher Teil ging für seinen Wohlstand drauf. Riesige Ladungen mit Kisten und Kartons trafen ein, und Monteure und Tischler begannen mit dem Aufbau. Hingebungsvoll widmete sich Jens der Aufsicht über den Fortgang der Dinge, und sein Heim gefiel ihm immer besser. Genießend schritt er die Räume ab: ein Wohnzimmer, ein Schlafzimmer, ein Arbeitszimmer, ein Speisezimmer, eine Bibliothek, ein Ankleidezimmer, ein Gästezimmer, ein Wintergarten und so weiter, dazu eine Küche, ein Bad und mehrere Austritte sowieso.

Wie alles soweit gerichtet war, verfiel er wieder in den alten Trott, vergammelte seine Zeit und langweilte sich. Das machte ihn traurig, inwendig sogar ein wenig aggressiv. Missmutig bilanzierte er seine Möglichkeiten. Seine ursprünglichen Pläne standen ihm nicht an, und Kerkow war ein wenig attraktives, rasch zu überschauendes Terrain, da gab es nichts mehr zu erkunden. Mit Spaziergängen auf immer den gleichen Wegen und mit den sich wiederholenden, alltäglichen Verrichtungen zu seiner persönlichen Versorgung brachte er nur wenige Stunden des Tages herum. Da hatte er sich nun so angenehm ausgebreitet, sogar die Putzfrau Nele Winkler fürs Grobe angestellt, auf dass er es gut haben möge, und lebte derweil doch in einer völligen Ödnis. Was sich so wunderbar fügte, kehrte sich in sein Gegenteil um, und er war dabei todunglücklich. Mit einem Wort: Ihm fiel die Decke auf den Kopf. Er hatte nahezu permanent schlechte Laune. Die einzige Abwechslung fand er in seinen Schäferstündchen mit Annemarie Hecht.

Annemarie zog sich schon an. Jens lag noch auf der Matratze und schaute an die Decke. Beiläufig fragte er: »Was machst du heute noch?« Sie antwortete: »Jobsuche.« Ihre Gedanken waren bereits ganz und gar in ihrem neuen Leben. Er stutzte: »Du hast doch eine Arbeit!« Sie wand sich: »Ja, sicher, nur noch was anderes.« Sie weihte ihn schon lange nicht mehr in ihre Gedankenwelt ein. – Sie trafen sich in regelmäßigen Abständen. Ihr derweil ausschließlich auf das Sexuelle beschränktes Verhältnis hatte sich bis zur rein technischen Triebbefriedigung abgeschliffen. Sicher war es Annemarie, die mit ihren Ansichten von einem breit gefächerten Lebensinhalt und ihrer permanenten Kritik an Jens' Lebenswandel ihrer Zweisamkeit die Wärme und damit jegliche Perspektive nahm. Aber auch

Jens stellte die ihm zugewiesene Rolle des Beschälers nicht mehr in Frage. Gewohnheitsmäßig, immer im gleichen Trott arbeiteten sie sich ab und mochten darauf nicht verzichten. Sie glaubten, sich etwas Gutes, ja ganz Normales anzutun – nicht zuletzt begriffen sie den Menschen als biologisches Wesen und zollten ihrem Körper den ihm zustehenden Tribut –, und deshalb glitt ihre Beziehung ins Animalische. Sie schauten einander nicht mehr in die Augen, sie sprachen kaum mehr ein Wort, ihre höflichen Umgangsformen, ihre gepflegte Äußerlichkeit übertünchte ihre innere Zerrüttung. Inzwischen hinterließ jedes Zusammensein ein schales Gefühl. Dem Beischlaf folgte irgendwann sogar eine winzige Spur Abneigung, eine bald nur noch schwer beherrschbare Gereiztheit, weil er die Erwartungen, nämlich den grenzenlosen und lang anhaltenden Höhenflug des glücklichen Herzens, eben nicht erfüllte. – Jens fragte: »Brauchst du Geld?« Annemarie antwortete: »Ja, auch.« Er zauderte kurz, richtete sich auf und sagte dann: »Ich kann dir was geben.« Sie drehte sich zu ihm, kniff ihre Augen zu schmalen Schlitzen und zischte: »Ich bin keine Nutte.« Jens prallte zurück. So war das nicht gemeint. Er liebte sie doch. Er liebte sie zumindest auf seine Weise. Aber wie sie jetzt so dastand, halb angezogen, mit aufgelöstem Haar, zerknittertem Gesicht und blitzenden Augen, durchfuhr ihn Hass, blinder, ohnmächtiger Hass, und er hätte sie würgen mögen. Er war kein gewalttätiger Mensch. Er unterdrückte seine Aufwallung. Er legte sich zurück und sagte gespielt gleichmütig: »Mach doch, was du willst, du blöde Gans.« Annemarie drehte sich weg, zog sich fertig an, richtete ihr Haar, stelzte zur Tür und spitzte: »Impotenter Volltrottel.« – So endete die Liaison zwischen Jens Schmittke und Annemarie Hecht. Und wenn sie sich zufällig im Ort begegneten, blickten sie stur aneinander vorbei.

Zu den Tagesaufgaben der Putzfrau Nele Winkler gehörte es mittlerweile, für den reichen Verschwender die Einkäufe zu erledigen und ihm die Mahlzeiten aus feinsten Zutaten und mit fürstlichem Ambiente zuzubereiten. Sie erledigte auch das, wie sie alles zu seiner Zufriedenheit erledigte. Sie war auf diesen Job angewiesen, klagte nie, diente ergeben und unauffällig. Jens Schmittke bezahlte sie gut. Das gefiel ihr. Aber er tat es nicht sonderlich gewissenhaft, so dass sie ihn hin und wieder ermahnen musste: »Herr Schmittke, wenn es Ihnen nichts ausmacht, würde ich gern mein Geld haben.« Jens fühlte sich unangenehm vorgeführt: »Was sagen Sie da?« Sie erklärte: »Es sind jetzt schon fast drei Wochen offen. Bei mir sieht es dünne aus.« Das war ihm zutiefst peinlich, wusste er doch, wie manche haushalten mussten, und diese junge Frau hier sah nicht gerade so aus, als würde sie das Leben einer Prinzessin führen. Er fragte: »Was hatten wir vereinbart?« Sie nannte die Summe. Er händigte ihr großzügig ein paar Scheine aus, nuschelte: »Entschuldigung«, und sie steckte das Geld weg. So ging es ein um das andere Mal, bis Nele sich eine Festanstellung mit einklagbarem Einkommen wünschte. Zwar lebte sie am unteren Rand der Gesellschaft, war aber nicht mehr dumm genug, um auf alle Sicherheiten zu verzichten. Er murrte: »Arbeitsvertrag?«, und schlug vor: »Wenn Ihnen das mehr zusagt, löse ich einen Dauerauftrag auf Ihr Konto aus.« Sie erwiderte: »Das allein genügt mir nicht. Tut mir leid, dann müssen sich unsere Wege trennen.« –

»Wie das? Habe ich Sie schlecht behandelt?« – »Das nicht, aber ich arbeite täglich zehn bis zwölf Stunden auf zwei, manchmal drei Putzstellen und verdiene gerade das Notwendigste. Ich muss auch an die Zukunft denken.« Ab und an ein Zusatzverdienst unter der Hand erleichterte zwar das momentane Los, garantierte jedoch keine angemessenen Sozialleistungen und keine ausreichende Rente. Er maulte: »Geben Sie den Wisch schon her«, und unterschrieb unbesehen. Nele trat mit stolz geschwellter Brust ab. Sie hatte soeben einen kleinen Kampf ausgefochten und einen Sieg errungen. Die Durchschrift des Dokumentes ließ Jens in den Papierkorb gleiten und vergaß die Episode augenblicklich. Es vergingen keine zehn Tage und Nele kam schon wieder: »Herr Schmittke, wenn es Ihnen nichts ausmacht, würde ich gern mein Geld haben.« Er war höchst erstaunt und erneut unangenehm berührt. Es lag ihm doch nichts daran, die kleine Frau um ihren Verdienst zu bringen. »Ja, habe ich denn nicht …?«, nuschelte er. Nein, er hatte den Dauerauftrag eben nicht eingerichtet. Er setzte sich brav vor seinen Laptop, öffnete den Zugang zu seiner Bank und erfragte Nele Winklers Daten. Nele stand dabei, blickte auf den Bildschirm und versicherte sich der korrekten Eingaben ihres Dienstherren.

In dem Moment, als Jens die turnusmäßigen Zahlungen ausgelöst hatte und Nele sich wieder ihrer Arbeit zuwenden wollte, zuckte er zusammen, wurde hochrot und gleich darauf aschfahl, schleuderte die Arme nach oben, krümmte sich, fiel längs über die Tischplatte und sackte wie in Zeitlupe vom Stuhl auf den Fußboden. Er bäumte sich noch einmal auf und blieb dann bewegungslos liegen. Nele schaute starren

Blicks, griff sich ans Herz, überwand ihren Schreck und beugte sich über den Ohnmächtigen. Kein Lebenszeichen, kein Laut, keine Regung, nur klebrige, wächserne Haut und ansonsten nichts. War er gestorben? Nele setzte den Notruf ab. Binnen Minuten gellten die Sirenen durch Kerkow, der Wagen stoppte vorm Haus, die Sanitäter sprangen in die Stube und untersuchten den Mann. Er war noch nicht ganz tot beziehungsweise es gab noch eine Chance, ihn eventuell zu retten. Punktgenau zupackend, mit unglaublicher Präzision und Konzentration hievten sie Jens ins Leben zurück und legten die erforderlichen Zugänge. Der eine strich sich den Schweiß von der Stirn, ließ Luft ab und sagte: »Kindchen, das hast du gut gemacht. In zehn Minuten wäre er hin gewesen.« Sie betteten Jens auf die Trage und brachten ihn hinaus. Sie sausten davon, und Nele blieb aufgeregt und fassungslos in der Haustür stehen.

Zwei Tage später wählte sie die Nummer der Anmeldung des städtischen Krankenhauses in Nordstadt. – Übrigens ein Krankenhaus, dessen Name nur noch äußerlich von der längst vergangenen Praxis als gemeinnützige, kommunale Einrichtung kündete, jetzt aber dem international vernetzten, privatwirtschaftlich organisierten Chilopoda-Konsortium angehörte und sich damit im Großen und Ganzen der Profitmaximierung seiner Besitzer verpflichtet fühlte. – Nele bekam Anschluss und Auskunft. Jens Schmittke war stehenden Fußes operiert worden. Erneut sagte man ihr, dass der rasche Einsatz ihn gerettet habe. Derweil war er außer Lebensgefahr und den Umständen entsprechend wohlauf. »Und können Sie bitte seine Versicherungskarte vorbeibringen«, bat die freundliche Stimme am anderen Ende. Nele hatte keinen blassen

Dunst, wo Jens seine Papiere aufbewahrte, und auch keine Lust, in seinen Sachen herumzuschnüffeln. Sie sagte: »Ich bin nur die Putzfrau.« – »Ah, ja?«, kam noch und der Teilnehmer schwieg. Nele setzte sich in die S-Bahn, fuhr nach Nordstadt, trabte ins Krankenhaus, spürte Jens Schmittke auf und stand neben seinem Bett. Sie fragte: »Versicherungskarte, persönliche Dinge, und was wird sonst noch gebraucht? Wo finde ich was?« Jens freute sich und war ob der Fürsorge berührt. Er antwortete: »Versicherungskarte hat sich erledigt. Ich bin privat. Wenn Sie mir gelegentlich mein Handy …« Er zählte ein paar Dinge auf, und sie nickte. Er bedankte sich, und sie ging heim. Von da an besuchte sie ihn täglich. Irgendwie glaubte sie, verantwortlich zu sein. Treu sorgend erfüllte sie ihm jeden Wunsch, und er nahm das mit der ihm eigenen Selbstverständlichkeit an. Seine Genesung vollzog sich schleppend, so dass er lange liegen musste, zumal Herzattacken keine Kleinigkeit sind. Die ganze Zeit war Nele für ihn da. Selbst als er zu seiner Rehabilitation in eine Kurklinik verlegt wurde, der unmittelbare persönliche Kontakt abriss und Nele nur ab und an per Telefon ein paar Anweisungen erhielt, sah sie gewissenhaft auf dem Schmittke-Hof nach dem Rechten, denn ein über Wochen leerstehendes, unbewohntes Haus verkommt rasch und lockt gemeinhin auch Diebe oder Randalierer an. Dies zu verhindern, war Nele nun zuständig, und es wäre ja auch absolut schofelig gewesen, Schmittkes Lohnzahlung ohne Gegenleistung einzustreichen.

Als Privatpatient war Jens Schmittke wer, und er erfreute sich ja auch eines gewissen Bekanntheitsgrades unter den emsigen Zeitungslesern und Internet-Benutzern. Er wurde bestens versorgt, ausgesprochen aufmerksam von Therapeuten und Ärzten betreut, und er genoss allen Komfort in einem lichten, weitläufigen Einzelzimmer. So weit, so gut. Nur, seine Laune strebte wieder auf ihren absoluten Nullpunkt zu. Er war einsam. Er sah stets und ständig immer die gleichen diensteifrigen Gesichter, in der Zwischenzeit klimperte er auf der Tastatur seines seelenlosen Laptops herum und schaute sich irgendwelche sinnentleerten Filme an. Alles Schrott!, vermerkte er, brach den Film in der Mitte ab und rief seine eigene Produktion auf. Genüsslich ließ er sein Werk Revue passieren, um sich dann an den Versagern der Konkurrenz zu weiden und aufzubauen. Da drängte sich ihm ein Beitrag ins Blickfeld, den er zunächst gar nicht glauben wollte.

Die Theologin Annemarie Hecht stand vor der Kamera und referierte: »In der Bundesrepublik Deutschland gibt es gegenwärtig an die fünfhundert amtlich bestätigte Transgender im Kindesalter. Zehn Prozent dieser offiziell gemeldeten, von Ärzten und Psychologen betreuten Fälle, meist Mädchen, werden als derart schwerwiegend eingestuft, dass an ihnen bereits im jungen Alter von sechzehn Jahren geschlechtsverändernde Operationen ausgeführt werden dürfen, um die spätestens seit dem zwölften Lebensjahr angewendete Hormonbehandlung zu ergänzen. Ärzte, Psychologen und Eltern berichten von starken psychischen und physischen Auffälligkeiten der als Transgender diagnostizierten Kinder. Nervöse Unruhe, Schlafstörungen, Leistungsminderung, Schulversagen, Appetitlosigkeit, Bulimie, Schmerzattacken, Autoaggression,

Ängste, Wahnvorstellungen bis hin zur Schizophrenie werden als Indikatoren für sexuelle Identitätskrisen angeführt und rechtfertigen konsequente Geschlechtsumwandlung. Statt ein einziges Mal danach zu fragen, was eventuell in der frühkindlichen Betreuung und Pflege dieses Kindes schieflief, greifen sie zur Droge und zum Messer. Seit Sigmund Freud ist bekannt, wie negativ sich Misshandlung und Vernachlässigung oder gar überbordender Kontrollzwang der Eltern auf die Persönlichkeitsentwicklung des Kindes auswirken, dass selbst längst vergessene beziehungsweise verschüttete Erlebnisse den gesund geborenen Menschen nachhaltig verbiegen, das Kind seelisch verstümmeln. Sich als Profis und Experten preisende und spreizende Psychiater missbrauchen das wertvolle Instrument der Psychoanalyse, um den kleinen, ohnehin verwirrten Menschen in ewig andauernden, bohrenden, nervigen Einzelgesprächen suggestiv in die gewünschte Richtung zu lenken. – Den Wert oder den Charakter einer Gesellschaft erkennt man an ihrem Umgang mit den Schwächsten. Vergreifen sie sich an wehrlosen, bereits angeschlagenen kleinen Kindern und strauchelnden Jugendlichen, ist es um die hochgelobten Menschenrechte in diesem Land arg schlecht bestellt. – Jedes einzelne Kind ist unserer Mühe wert. Wenn wir diese gewissenlosen Scharlatane entlarven und ihnen das Handwerk legen, ist alles erreicht.«

Jens sah gebannt auf den Bildschirm und auf Annemarie. Ihm stockte der Atem, sein angeschlagenes Herz pumpte heftig. Er griff zum Telefon und wählte die Nummer seines Verlegers. »Hast du das gehört?«, plärrte er. Nico wusste nicht sofort, wovon Jens sprach, doch als er verstanden hatte, sagte er entspannt: »Mach mal langsam. Reg dich um Himmels willen nicht auf. Das ist die übliche Tour. Erstens ist das für uns auch schon Werbung und zweitens habe ich die Frau schon im Blick. Die macht nicht mehr lange.« Jens fragte dumm: »Darf die das überhaupt?« Nico foppte: »Hast du was am Herzen oder am Kopf? – Hier kann jeder sagen, was er will.« Jens stöhnte und dachte: Ja, leider. Ihm war völlig klar, dass sich Annemarie jetzt an ihm persönlich schadlos halten wollte. Er hätte sich gern und sofort revanchiert. Nur lag er hier fest. Er fragte: »Was unternimmst du?« Nico antwortete: »Die Hecht ist ja nicht meine Hauptaufgabe, aber sei gewiss, ich habe meine Verbindungen. Der sperren wir den Kanal und machen sie unmöglich. Wir decken paar private Schweinereien auf, und sie ist weg vom Fenster. Ich habe gehört, die war mal Pastorin. Da findet sich was. Die sind doch alle nicht sauber.« Jens hakte mit Betonung auf dem Präteritum nach: »Sie war Pastorin?« Nico lachte bitter: »Tja, so clever ist das Mädel auch gewesen. Als Inhaberin eines öffentlichen Amtes hätten wir sie schon gleich am Haken gehabt. Nee, nee. Da organisierte die sich vorher einen sauberen Abgang. Jetzt macht sie irgendwas freiberuflich als Beraterin oder so. Aber das ist auch okay. Wir kriegen sie schon klein.« Jens wusste, wie das lief: Rufmord und Entzug der materiellen Existenzgrundlage. Schon tat ihm Annemarie leid. Er kannte ihre Anhänglichkeit an den Beruf und ihre Geldnot hatte sie ihm auch gestanden. Untergrabung der Existenzgrundlage ginge eindeutig zu weit. Er beendete das Gespräch: »Übertreibe es nicht«, und sinnierte: Wenn eine ihre sicheren Einkünfte an den Nagel hängt, muss sie entweder völlig verblödet oder vollkommen von ihrer Sache überzeugt sein. – Er betrachtete den Beitrag ein zweites Mal.

Jens' Zustand besserte sich merklich. Alsbald war er zu längeren Spaziergängen im herrlichen Park des Krankenhauses aufgelegt und von seinen Ärzten auch dazu angehalten. Er durchwanderte das Terrain und fühlte sich gut. Derart befreit, suchte er Anschluss zu den anderen Patienten, gesellte sich hier und da zu einer Gruppe und mischte im Gespräch mit. Allein, das langweilte ihn auch bald wieder, weil es nur um Krankengeschichten, um das Wetter und um das Essen ging. Er nahm sich zurück.

Auf einer Bank saß einer immer allein, er drehte auch seine Runden ohne jedwede Begleitung. Es war ein dunkelhäutiger, bärtiger Typ, etwa um die Mitte vierzig. Jens hatte bemerkt, dass die anderen Patienten diesen mieden. Ausländer! Aha, registrierte Jens und hockte sich zu ihm auf die Bank. Ayan strahlte auf und frohlockte: »Auch keinen Bock mehr auf Stuhlgang und Körpersäfte?« Jens fragte: »Gehen wir ein Stück?« – Es kam, wie es kommen musste. Sie verstanden sich wegen ihrer ausgesprochen außergewöhnlichen Biografien sehr gut und tauschten sich intensiv aus.

»… ja, und eines Tages kam ich heim und alles war hinüber«, setzte Ayan seine Lebensbeichte fort, »ich spürte herum, und meine liebe, wunderschöne Frau und meine fünf hoffnungsvollen Söhne waren tot. Das Haus und der Garten waren ein Loch mit Trümmern. Aus und vorbei! Ich kippte um und lag da und wollte nicht mehr aufstehen. Allah, was hast du mir angetan und warum? Ich begriff nichts und war auch wie tot. Aber ich war ja nicht tot. Ich wollte, dass Gott diesen letzten Streich auch noch tut. Ich hätte es gern gesehen, wenn er mich zu den Meinen in sein Reich oder wo auch immer hinschaffte. Er tat es nicht. Ein Treck kam vorüber und zog mich von den Trümmern fort. Sie versorgten mich. Es ging in Autobussen und in Zügen und manchmal zu Fuß von Camp zu Camp. Ich kannte die Richtung nicht, und ich wusste auch nichts von meinem Ziel. Ich war einfach nur dabei und allmählich auch froh oder ruhig, weil die anderen da waren und sich kümmerten. Es verging eine lange Zeit. Ich kam immer weiter und lief immer mit. Und wie ich zu mir kam, definitiv, ob du es glaubst oder nicht, war ich schon in Europa. Hier angekommen wurde ich wach und fragte mich: Was willst du hier eigentlich? Es ist kalt, es ist nass, es ist nicht dein Himmel und nicht deine Erde. Hatte ich nicht daheim ein Haus und einen Garten, eine Frau und Kinder? Freilich war alles ausgelöscht. Nur waren da nicht auch Nachbarn und Freunde? Hatte ich nicht die Aufgabe, die Toten zu bestatten und zu beweinen? Hätte ich nicht meine liebe Frau und die zarten Kleinen in die Hände unserer Ahnen geben müssen? War es nicht meine Pflicht, das Haus wieder aufzubauen und einzurichten? Legte mir Gott diese Heimat zu Füßen, damit ich sie verlasse? Also Rückkehr. Ich suchte den Ausgang. Ich brauchte eine Fahrkarte und ein Verkehrsmittel, denn niemand überwindet tausende Kilometer und Ländergrenzen ohne entsprechende Ausweise, Geld und eine anständige Führung, und sei es nur ein Schaffner, der dir sagt, in welches Abteil du einsteigen musst, damit du auch dort ankommst, wo du hin willst. Geld und Fahrkarte waren aber nicht vorgesehen. Arbeit, Geld sparen und abhauen, das waren meine ersten Überlegungen. Ich arbeitete wie besessen, ich nahm alles an, was ich kriegen konnte. Der Lohn war knapp und gerade so ausreichend, dass es langte. Ihr Deutschen kennt Abzüge, oh, kennt ihr Abzüge! Da bleibt am Ende ein Taschengeld übrig, das du im Grunde in den Gully schmeißen kannst. Weißt du, was so eine Fahrkarte kostet? Wenn du einigermaßen sicher vorwärtskommen und einigermaßen sicher versorgt sein willst, musst du was hinblättern. Mit dem Überlebenswillen und dem Vorsatz, wirklich etwas zu schaffen, steigt ja automatisch auch der Anspruch. Nicht viel, nicht allzu üppig, aber er steigt. Freilich geht es auch anders. Du benimmst dich daneben, verstößt gegen die Regeln, und zack setzen sie dich in ein Flugzeug und laden dich irgendwo in der Pampa ab. Ja, das geht auch. Nur die Wüste ist trocken und heiß und nachts eiskalt. Aber du willst ja nicht verrecken. Du willst nach Hause, umso mehr nach Hause, weil sie dich hier inzwischen mit Dreck beschmeißen und schlimmer als einen Aussätzigen behandeln. Du lässt dich bewerfen und frisst den Dreck, weil du auch nur ein Mensch bist, der täglich was essen muss, was zum Schlafen braucht und eine Hose und ein Hemd übers Nackte ziehen will. Es ist ein Wahnsinn, und du kommst nicht raus. Daheim war ich ein freier Mann. Hier war ich ein Gefangener. Umso schlimmer gefangen, weil es der andere neben mir mittlerweile auf mich abgesehen hatte. Du denkst, die Ausländer sind eine Masse: Alle braun und bärtig und haben alle nur das eine Ziel, nämlich euch Deutsche zu unterwandern und auszunutzen. Schüttele nicht mit dem Kopf. Klar, denkt ihr so was oder so in der Art. Glaube mir, wir haben keine solchen abstrusen Ziele. Nun ja, was du glaubst oder nicht, kann ich dir nicht vorschreiben. Und ich weiß ja auch nicht, was ich denken würde, wenn eine Horde Weißer vor meiner Türe gestanden und die Hand aufgehalten hätte. Ich weiß es nicht. Ich weiß nur: Wir sind keine Masse. Wir sind alle nur einer für sich, und jeder will irgendwie durchkommen. Und mir passierte dann Folgendes: Du ackerst wie verrückt wegen dem bisschen Geld, sparst dir einen Grundstock zusammen, und schon beklaut dich der Mann neben dir. Der hat nämlich schon lange einen Hals gegen dich, weil du bei der Verteilung von Hilfsgütern oder bei der Arbeitssuche oder wo auch immer einfach schneller warst, ein glücklicheres Händchen hattest oder so. Kaum hast du was, ist es auch schon wieder weg. Also wirst du aggressiv, weil der andere ja schon lange aggressiv und ein Dieb ist. Wir wurden misstrauisch, wir prügelten uns, wir fielen wie die Hyänen übereinander her oder wir gingen uns aus dem Weg. Da war es dann schon das Beste, wenn der andere mich ignorierte. Darüber verging viel Zeit, und ich begriff mit den Nachrichten von daheim noch etwas anderes: Sie haben sich zusammengerauft, die Toten bestattet und beweint, die Häuser wieder aufgebaut, Erde zusammengetragen und den Garten neu befruchtet. Wenn du jetzt wieder heimkehrst, musst du dich fragen lassen, wo du dich so lange herumgetrieben hast. ›Ah, du warst in Europa, hast es dir gut gehen lassen. Was willst du eigentlich noch hier? Jetzt kommst du an und steckst deine Nase in unsere Angelegenheiten? Nee, hau ab und bettele woanders.‹ Für die daheim bist du der abtrünnige Faulpelz, für die Hiesigen bist du der Nassauer und für den Mann neben dir ein Vogel, den er ab und an mal ausnehmen kann und sollte. Okay, dachte ich, hockte mich hin und tat nichts mehr. Ich hätte mir das Leben nehmen können. Keine Sau hätte es gemerkt oder sich aufgeregt. Zum Sterben langte es bei mir auch nicht mehr. Verbissen glotze ich um mich herum. Ich überlegte schon hin und wieder, nur, es kam nichts mehr dabei heraus.« Ayan hatte sich abgearbeitet. Er war fertig. – Sie schlenderten über den Kiesweg und schwiegen in Gedanken an das Zurückliegende.

Jens war betroffen und tief bewegt. Er sagte: »Das tut mir leid.«

Ayan wehrte unwirsch ab und lachte dann gelöst auf: »Kommen wir zum guten Ende. Ich will dir eine andere Geschichte erzählen.« Sie hockten sich auf die Bank, Ayan nahm ein Foto aus seiner Brieftasche, legte es Jens in die Hand und sagte: »Das ist meine Frau Christina. Sie ist ein wahrer Engel, ganz zart und durchscheinend. Du denkst, wenn du sie anfasst, müsste sie vergehen. Aber sie vergeht nicht. Im Gegenteil, sie kann hart sein, verdammt hart. Sie kam ganz dicht zu mir heran und sagte: ›Ayan Khalidi, wie lange willst du hier noch rumsitzen? Alle anderen schaffen bereits und du wälzt dich stumm in der Koje.‹ – Na ja, das muss man nicht lange erklären. Jeder weiß, was die Liebe aus einem macht. Ich kam zu mir, suchte mir wieder eine Arbeit und fand endlich ein neues Heim.« – »So einfach?« – »Ganz so einfach war es natürlich nicht. Wie am Theater gab es noch ein paar Szenen mit dem bösen Schwiegervater. Der sagte: ›Christina, Kind, ich habe nichts gegen Ausländer, wirklich nicht. Das weißt du. Aber muss es denn unbedingt ein Kanake sein?‹ Wir haben uns umgedreht und uns was Eigenes gesucht. So ging es. Es ist allerdings schwer, sich mit den Eltern zu überwerfen. Das hält keiner lange durch. Familienfeiern, Geburtstage, Weihnachten und so. Jeder steckte zurück, und knirschend fügten wir uns. Wir sollten dann noch mal Glück haben. Der alte Fischer ist Klempner, so wie ich auch einer bin. Und wie das bei jedem Handwerker eben so ist: Der Schuster trägt die schlechtesten Schuhe, der Maurer lebt im gammeligsten Haus und der Klempner verbaut bei sich selbst nur Schund. Wir waren zum Fest angetreten, die ganze Verwandtschaft war eingeladen, die Mutter hatte gut gekocht, die Zimmer waren geputzt, alles war aufs Beste hergerichtet. Der Vater hatte sich schon einen auf die Lampe gegossen, die Gäste waren vergnügt, da knallte das Spülrohr von der Toilette weg und setzte in Minuten das halbe Haus unter Wasser. Alles schrie: ›Himmel hilf‹, rannte los und wehrte irgendwie der steigenden Flut. Der Alte in seinem Dusel war zu keiner vernünftigen Reaktion mehr fähig. Ich krempelte die Ärmel auf und tat, was getan werden musste. Na ja, da lobte mich die Familie in den höchsten Tönen. Als Fischer Senior wieder halbwegs nüchtern war, hat ihn seine Alte mächtig rangenommen. Zwei Tage brauchte ich, um den Pfusch zu beseitigen, und seither bin ich Teilhaber der Klempnermeisterei Fischer.«

DIE ANKUNFT

Jens Schmittke kehrte nach wochenlanger Krankheit und Rekonvaleszenz endlich nach Hause zurück. Er zottelte die Heimkehr hinaus, fuhr sehr langsam, legte hier und da eine Pause ein und beschaute die Gegend. – Die Landschaft des Barnim ist wunderschön. Das flache Land breitet sich wie eine riesengroße Scheibe aus, und der Blick geht ungehindert von einem Horizont zum anderen. Der Reiz der karstigen Gegend liegt im Detail: vereinzelte, lichte Baumgruppen, schmale Fließe und kleine, spiegelblanke Seen, unscheinbare Flechten und Gräser, ganz zart eingefärbt und von bizarrer Form. Die karge Flora wird von einer genauso zurückhaltenden Fauna ergänzt. Fliegendes, springendes, schwimmendes und krabbelndes Getier ist nur selten zu beobachten und übt dann einen überwältigenden Zauber auf seinen Betrachter aus. Die Siedlungen der Menschen sind sparsam eingestreut, wenige Landstraßen und mitunter kaum befahrbare Wege stellen die notwendigen Verbindungen her, wobei verträumte Schläfrigkeit über allem liegt. Der von nur einer einzigen Autobahntrasse herrührende Verkehrslärm verliert sich rasch in der unendlichen Weite. – Jens sog den Atem der Heimat ein, dankte dem lieben Gott und allen schaffenden Geistern aus tiefster Seele für seine Rückkehr ins Leben. Er setzte seine Fahrt fort und hielt erst wieder am Supermarkt in Nordstadt an, um sich mit Lebensmitteln einzudecken. Den Eintritt in sein Heim fürchtete er derweil wie den Abstieg in die Hölle. Er hatte überhaupt keine Lust mehr darauf, denn er war wieder einsam. Die Gesellschaft seiner Mitpatienten vermisste er jetzt schon.

Er lenkte den Wagen auf den Hof, stieg aus, öffnete die Kofferklappe und langte das Gepäck und die Einkäufe heraus. Er schleppte Taschen und Tüten zur Haustür, stellte sie ab, fingerte nach dem Schlüssel, und während er noch spürte, öffnete sich die Tür wie von selbst. Seine Aufwartung Nele Winkler stand im Rahmen und strahlte ihm entgegen: »Da sind Sie ja! Ich habe alles vorbereitet. Essen steht in der Küche, der Kühlschrank ist aufgefüllt. Es reicht für ein paar Tage. Rufen Sie mich an, wenn was fehlt. Tschüss dann.« Jens war perplex, und Nele hastete über den Hof und die Straße zur Bushaltestelle hoch. Er schaute ihr hinterher und hatte plötzlich eine Eingebung: »Warten Sie! Warten Sie bitte!« Er jagte ihr nach. »Frau Winkler, wollen Sie nicht mit mir zu Abend essen?«, fragte er und pries: »Kommen Sie. Etwas Zeit haben Sie doch. Es ist auch genug da. Wir können ein wenig erzählen.« Nele antwortete: »Tut mir leid. Auf mich warten daheim meine Kinder.« Der Bus fuhr vor, hielt an, öffnete die Türen. Sie stieg ein. Jens rief: »Morgen. Morgen, ja? Und bringen Sie Ihre Kinder mit.« Die Türen schlossen sich, der Bus fuhr an, Nele nickte hinter der Scheibe und zeigte ein kleines Lächeln. Jens starrte auf den Bus, bis der in der Kurve verschwand. Dann trottete er heim.

Anderntags war er früh auf, erledigte alles, was er als restlos unterbeschäftigter Junggeselle zu seinem Wohlbefinden brauchte. Er war guter Dinge, lauschte alle paar Minuten nach der Haustür und schaute auf die Uhr. Die Zeit dehnte sich, und der Tag war lang. Nele kam am späten Nachmittag, und sie kam allein.

Zur Begrüßung sagte sie: »Da bin ich. Ich musste erst die Kinder unterbringen.« Jens fragte: »Warum haben Sie Ihre Kinder nicht mitgebracht?« Er konnte sich eine quirlige Bande in seinem hohlen Gemäuer ganz gut vorstellen. Sie antwortete: »Weil die ihre eigene Ordnung haben.« Sie sagte es nicht, aber sie meinte sehr wohl, dass die hiesige Pracht ihren Kindern unerreichbaren Wohlstand vorführen würde. Sie ahnte auch, wie der Mann seinen Eispalast mit Menschen aufzuwerten gedachte. Und genau das würde sie nicht leisten! Sie war zwar Arbeitnehmerin und ihm daher in gewisser Weise verpflichtet, nur glaubte er denn wirklich, dass alles käuflich sei?

Jens hatte sich sichtlich Mühe beim Anrichten der Mahlzeit gegeben. Er geleitete Nele zu ihrem Platz im noblen Speisezimmer. Er eröffnete: »Erzählen Sie von sich, von der Familie, von ihren Kindern.« Seine ausgedörrte Seele dürstete nach dem schönen Bild einer lebendigen Gemeinschaft. Sie spulte herunter: »Zwei Kinder, acht Jahre alt, Julia und Martha, unverheiratet und ohne Mann lebend, zwei Putzstellen, hier die eine und die andere in der Schule, manchmal auch gelegentliche Aufträge, wir kommen zurecht, es passt, uns geht es gut.« Sie lächelte. Allerdings war das erzwungene Freundlichkeit, die Jens ganz deutlich wahrnahm. Er sagte sanft, so sanft, wie es ihm irgend möglich war: »Frau Winkler, ich habe Sie doch nicht eingeladen, um Sie vorzuführen. Können Sie sich nicht vorstellen, dass unsereins Anteil nimmt oder Anteil nehmen möchte.« – »An was?«, platzte sie heraus, »etwa am Elend der Mittellosen, um es dann in einem ihrer Artikel breitzutreten?« Sie erschrak ob ihrer eigenen Heftigkeit und senkte den Blick. Er nahm den Angriff gelassen.

Schließlich kannte er die Vorlieben des billigen Journalismus und beschwor: »Nichts von dem, was Sie mir erzählen, werde ich irgendwo verwenden. Warum denn auch?« Bedauernd schob er nach: »Ich hätte mich nur gefreut, wenn wir ein paar Stunden plaudern.« Sie lächelte wieder und diesmal etwas wärmer: »Entschuldigung, das war nicht so gemeint.«

Er legte munter dar: »Nein, Frau Winkler, Ihnen möchte ich nichts Schlechtes nachreden. Warum denn auch? Außerdem, haben Sie eins meiner Bücher gelesen? Das ist doch nicht nur Gewäsch und Schund. Da sind doch herrliche Landschaften und Lebensbeschreibungen drinnen. Nun ja, ab und an auch mal was Kitzeliges, ganz harmlose Kritiken, um den Widerspruch herauszustreichen und die Spannung zu erhöhen. Die dichterische Freiheit soll den Leser unterhalten. Wenn man gründlich liest, findet man eine wunderbare Vielfalt an ausländischen Kulturen und Sitten. Ich bemühte mich eigentlich stets um Solidität.« So spreizte er sich, wobei seine Mundwinkel zuckten und sein Augenlicht flackerte. Er strauchelte nämlich zwischen dem ehrlichen Geständnis und seiner bereits zur Gewohnheit gewordenen Aufschneiderei. Nele bemerkte seine Verunsicherung und hieb mutig in diese Kerbe: »Klar, habe ich ein paar Ihrer Aufsätze gelesen, die Welt war ja voll davon, man kam ja nicht dran vorbei, aber ich kaufte keins Ihrer Bücher, die waren mir viel zu teuer. Ich schaute bei einer Bekannten rein. Die hatte sich die ganze Reihe zugelegt und sogar einen Ehrenplatz dafür eingerichtet. Die Hingabe dieser Bekannten zu Ihnen empfand ich auf der einen Seite als infantil und auf der anderen Seite als spirituell absolut überhöht. Ich war abgestoßen. Nicht, dass ich neidisch bin, weil ich mir Ihre Bücher nicht leisten kann, das nicht. Es ist etwas anderes: Sie bewegen sich in einer Sphäre, Sie bedienen ein Publikum, eben Leute, die nicht zu mir gehören und zu denen ich auch nicht gehören will. Ich verstehe schon, dass einer Geld verdienen muss, und wenn er nichts anderes als schreiben kann, dann tut er es eben auf diese Weise. Ich verstehe auch, dass man die Augen vor Missständen nicht verschließen darf, und wenn das einer anständig auflistet und engagiert vorführt, bekommt er nicht nur meinen Beifall, sondern auch meine ganze Achtung. Ich bin kein unkritisches Mauerblümchen. Doch was Sie machen, ist Manipulation, wenn nicht gar Demagogie. Sie betreiben nicht kritische Aufbereitung. Sie werten ab. Sie benutzen eine Darstellungsart, die nicht nur den Gegenstand kleinredet, sie beleidigt auch den Leser, indem sie ihn entmündigt und beschmutzt. Sie köcheln sowohl das Sujet als auch Ihre Adressaten auf kleinster Flamme. Was will einer damit? Will er sich selbst überhöhen, indem er die anderen erniedrigt? Glauben Sie, Sie sind groß, weil Sie ständig im Dreck anderer wühlen. War das Ihr Lebenszweck? Ihre Bücher sind meiner Meinung nach nicht das Papier wert, auf dem sie gedruckt sind, und der digitalen Version wünsche ich Hacker, die das Netz mal gründlich säubern. Tut mir leid, etwas Gutes kann ich bei dieser Art von Literatur nicht finden.« Jens' Selbstherrlichkeit hatte sie übermannt und ihr den Mund geöffnet. Jetzt fürchtete sie, sich um Kopf und Kragen geredet zu haben. Sie beobachtete ihn verunsichert. Er saß hochroten Kopfes da und wähnte sich wie ein Schulbub abgekanzelt. Zehn Jahre geistiger Arbeit hatte sie mit ihrem Wortschwall in den Staub gestoßen, seine Bücher geschreddert und seine

Auslassungen für null und nichtig erklärt. Er knurrte: »Na fein!« Sie forschte bange: »Habe ich Sie jetzt überfahren?« Das ungute Gefühl zerrte an ihr. Er riss sich zusammen: »Na ja, ich bin ja noch nicht ganz tot«, und ergänzte: »Was nicht ist, kann ja noch werden. Geben Sie mir eine zweite Chance?« Nele nickte. Sie war froh über sein Entgegenkommen.

Das Essen stand und war unberührt. Er zeigte über die Tafel: »Bitte bedienen Sie sich. Alles für Sie.« Nele war nicht hungrig. Sie nahm sich trotzdem. Die Höflichkeit gebot mitzuhalten. Sie aßen und betraten neutrales Terrain. Die kulinarischen Köstlichkeiten anderer Kulturen offerierten noch immer reichlich Gesprächsstoff. Sukzessive lockerer werdend wechselten sie von Thema zu Thema, näherten sich allmählich an, breiteten ihre Gedanken mit der Zeit immer freimütiger aus und widmeten sich hernach auch noch der Literaturtheorie und Publikationsstrategien. Sie fanden mehr Gemeinsamkeiten als Trennendes.

Zu vorgerückter Stunde fragte Jens unumwunden: »Nele, du Liebe, magst du nicht bei mir wohnen? Ich habe doch so viel Platz. Du kannst dir aussuchen, welche Zimmer für dich und deine Kinder das Richtige sind. Wir räumen alles um und so, dass es euch gefällt. Und dann: Sieh mal den große Garten an. Vielleicht könnten du und ich da bisschen was draus machen?« Er war bereit, all seine Schätze, sein gesamtes Vermögen in ihre kleinen abgearbeiteten Hände zu legen, und irgendwie mochte er auch mit dem verwilderten Grundstück endlich mal vorwärts kommen. Er sah in dieser bodenständigen und zugleich aufgeschlossenen Frau die rechte Partnerin. Nele stockte. Ihr Blick wurde kühl, und sie antwortete beherrscht: »So etwas will gut überlegt sein.« Sie traute dem Frieden nicht so ganz, wiewohl ihr der Mann mittlerweile sehr sympathisch war. Sie wiegte ihren schönen Kopf. Er buhlte: »Was muss ich tun, um dich zu überzeugen?« Sie empfahl ausweichend: »Bring doch erst mal deinen privaten Kram in Ordnung, bevor du dir andere Leute auflädst.« – »Wie jetzt?« – Sie erklärte: »Auf deinem Schreibtisch stapelt sich die Behördenpost. Da hast du genug zu tun.« Jens, der Post aus Papier grundsätzlich zu ignorieren pflegte, winkte ab: »Ach, das ist unwichtig. Jeder weiß, wie ich zu erreichen bin. Das haue ich nachher in die Tonne.« Nele meinte: »Das würde ich nicht tun. Ich würde wenigstens mal reinschauen. Solange die Digitalisierung noch nicht flächendeckend eingeführt ist, verschicken die Ämter ihre Drohungen per Briefpost.« Jens lachte: »Wer will mir was?« Er ging rasch sein Sündenregister durch. Das war klein, sehr klein, verschwindend gering. Allerdings verlangte es ihn nach der jungen Frau und er beschloss, sich ehrlich zu machen.

»Komm, Mädel«, er nahm sie bei der Hand, »schauen wir uns das Papier an.« Sie gingen hinüber in das Arbeitszimmer. Er legte ihr seine Post vor. Sie öffnete Brief um Brief, las, schob beiseite, las wieder, sortierte, schnaufte auch, und er schaute ihr amüsiert zu, malte sich nebenher sein Zusammenleben mit dieser zauberhaften Frau und ihren Kindern aus. Eine Familie, eine richtige Familie – wie wunderbar. Endlich hatte sie das Wichtige vom Unwichtigen getrennt und sprach: »Dann schau jetzt hierher. Du musst die Arztrechnungen und die von der Kurklinik bezahlen.« Triumph lag in ihrer Stimme, weil sie auch schon erlebt hatte, wie rasch und brutal ein Gerichtsvollzieher alle möglichen berechtigten und unberechtigten Forderungen eintrieb. »Ja, klar«, sagte Jens brav, klappte den Bildschirm seines Laptops hoch, rief die Seite seiner Bank auf, gab Kennwort und Code ein. Er überschaute sein Konto, der Bestand war respektabel, und bat: »Kannst mir gleich mal diktieren.« Sie nannte die Daten der Bankverbindung und den ersten Betrag. Er pfiff frohsinnig, tippte vergnügt und klickte auf »ausführen«. Sie las weitere Zahlenfolgen vor. Er tippte, trug den Betrag ein, klickte und schwieg.

Der letzte Posten: Sie diktierte. Jens tippte, klickte und erstarrte! – Sein Herzschlag setzte aus, seine Atmung war blockiert, seine Sinne schwanden. Er hörte von fern: »Jens, was ist um Himmels willen? Sag doch was!« – Er kam zu sich und konstatierte: »Ich bin pleite.« – »Das kann doch gar nicht sein. Wie geht denn das?« – In der Tat war durch die Aufwendungen für seine Operation, Pflege und Heilbehandlung sein gesamtes Guthaben bis auf einen winzigen Rest zusammengeschmolzen. Nele wiederholte: »Wie geht denn das?« Er stellte ernüchtert fest: »Tja, Mädel, da habe ich wohl mit Zitronen gehandelt.« Sie forschte: »Bist du denn nicht krankenversichert? Oder hast irgendeine Zusatzversicherung?« – »Nein«, antwortete er, »ich war nie krank. Außerdem ist dieser ganze Behördenquatsch absolut nicht mein Ding. Was soll's?, dachte ich, das ist unnötig aufreibend und anstrengend. – Dumm gelaufen.« – Sie echote: »Dumm gelaufen«, und war jetzt froh, daheim ihre kleine, geordnete Welt zu wissen.

Es war spät geworden. Sie musste zu ihren Kindern. Er erbot sich: »Darf ich dich nach Hause fahren?« Sie antwortete: »Ich weiß nicht, ob es nicht angebrachter wäre, etwas Sparsamkeit walten zu lassen, wenn man

soeben die Pleite registriert hat. Ich nehme den Bus.«
Sie lachte. Er stimmte ein und brachte sie zur Haltestelle. Dort fragte er noch: »Kommst du wieder?« Sie antwortete: »Na klar! Einer muss ja deine Stuben putzen und deine Behördenpost lesen.« Sie zollte dem so abrupt abgestürzten Menschen ihr ganzes Mitgefühl, seine naive, derweil ehrliche und hingebungsvolle Art beförderte ihre Zuneigung und nicht ganz unwesentlich war Nele eine Frau mit sinnlichen Bedürfnissen und Jens aus diesem Blickwinkel betrachtet ein durchaus anziehender Mann.

Noch in dieser Nacht analysierte Jens seine Lage und sichtete seine Möglichkeiten. Sein Guthaben würde bei sparsamer Einteilung ein paar Wochen hinlangen. Allerdings durften keine Ausgaben wie etwa die reguläre Inspektion des Wagens, Steuern oder Betriebskosten für das Grundstück anfallen, dann sähe es verdammt eng aus. Er entschied, das Auto umgehend zu verkaufen, und suchte weiter. Er gewahrte unnütze Stromfresser. Er pirschte durch das Haus, zog hier und da einen Stecker aus der Buchse, knipste das Licht aus. In seinem Wahn aus Wohlstand und Einsamkeit hatte er allerlei illuminierende Dekorationen angeschafft. Langfristig konnte er die Aufwendungen für die Stadtwerke minimieren, augenblicklich würde das nicht zu Buche schlagen. Nach Stunden unaufhörlichen Grübelns kam er endlich auf die einzig hilfreiche Lösung: Er sah sich nach Arbeit um.

Gleich in der Frühe des nächsten Tages wählte Jens die Nummer seines Verlegers. Nico Popper war recht aufgeräumt, hörte vom Engpass und entwickelte aus dem Stand: »Ich habe schon eine Weile darüber nachgedacht, wie wir in der Transgender-Sache weitermachen. Zunächst könnten wir den konkreten Fall mit Esmeralda Bruck bei dir in Kerkow sachlich verfolgen. Da ist eine Fortsetzung durchaus drin. Außerdem bin ich der Theologin Annemarie Hecht auf die Spur gekommen. Du erinnerst dich an diese hetzenden Beiträge gegen Geschlechtsangleichung? Was die da so dumm-dreist im Netz verbreitete? Die Frau wohnt in Nordstadt, also gar nicht weit von dir. Das ist für dich ganz leicht zu finden. Ich gebe dir die Anschrift. Du recherchierst da und befragst die Leute. Sie hat eine ganz kleine Wohnung angemietet. Das ist ein alter Plattenbau und ohne alle Extras. Das sagt ja schon mal alles. Die Hecht knickst du.« – »Stopp!«, herrschte Jens entschieden, »Frau Hecht lass raus!« Nico konterte derb: »Was ist denn mit dir los? Haben sie dir ins Gehirn geschissen. Kein Elan mehr und kein bisschen Biss.« Jens gestand murmelnd: »Ich kannte Annemarie. Ich hatte mit ihr ein Verhältnis.« Nico schwieg abrupt und für Sekunden. Dann breitete er jubelnd aus: »Na, umso besser. Das ändert die Sache enorm. Da kannst du ja aus erster Hand berichten. Hat sie dir von irgendwelchen Praktiken erzählt? Hast du Fotos gemacht? Hat sie weitere Liebhaber genannt? Die nehmen wir uns vor. Das Doppelleben einer Pastorin. Weißt du, die in der Kirche, die sind doch alle so drauf. Wir steigen mit der Enthüllungsgeschichte auf. Nach dem Knabenmissbrauch jetzt die Hure im Talar.« Jens spie: »Du bist geschmacklos.« Nico blieb in der Spur: »Willst du jetzt den Moralisten spielen? Du wolltest doch der Hecht eine reinwürgen. Es waren doch deine Worte. Ich mach doch nur, was du willst. Denk doch mal …« Jens tippte die Aus-Taste. Den Rückruf ignorierte er.

Er setzte sich vor den Bildschirm und vertiefte sich zum x-ten Male hingebungsvoll und schmachtend in Annemaries Beiträge. Es war in erster Linie ihr Bild, das er betrachten wollte. Er sah ihre strahlenden Augen, die hübschen Fältchen rechts und links davon, die straffe Haut über dem Jochbein und den sich vor den ebenmäßigen Zahnreihen öffnenden und schließenden Mund. Ein Mund, der berauschend kosen konnte. Er mochte auch so gern ihre Stimme hören und den weichen Klang erlauschen. Das alles liebte er mit grenzenloser Ergebenheit und mehr als jemals zuvor.

In zweiter Linie verfolgte Jens ihre Ausführungen. Sie trug mitfühlend und gewinnend vor. Sie schilderte das Leid der mit Hormonen behandelten Kinder und der kastrierten Jugendlichen. Freilich konnte sie nur wenige Fälle aufführen, nur eine Handvoll Zeugen aufrufen, denn die meisten Transgender lobten ihre Geschlechtsumwandlung und es fanden sich auch kaum kritische Fachleute. Diejenigen aber, die sich zu Wort meldeten, berichteten recht eindringlich von irreversiblen Schäden und vor allem von Schmerzen. Schmerzen, die nicht etwa von Kurpfuscherei herrührten, sondern sich ganz normal als Folge der Operationen einstellten. Der Mensch ist nun einmal kein Stück Holz, das man schnitzend seinem Wunschbild anpasst und das dann fehlerfrei funktioniert. Kastraten oder, wie man neudeutsch sagt, Transgender wurden Dauerpatienten von Chirurgen, Neurologen und Psychiatern. Als Dauerpatienten absorbierten die Geschädigten nicht nur riesige gesellschaftliche Ressourcen an hochqualifiziertem medizinischen Personal und monetäre Sozialleistungen aus verschiedenen Quellen, sie sanken auch zu Almosenempfängern und damit zu

Menschen dritter oder vierter Klasse herab. Der mit der vermeintlichen Geschlechtsanpassung angestrebte Lustgewinn stürzte die Betroffenen unaufhaltsam und erst recht ins soziale Aus. Der Abwärtsspirale aus Operation, Schmerzmitteln, Leistungsversagen, neuerlichen Eingriffen und fortschreitend höherer Dosis an Betäubungsmitteln entkamen die wenigsten. Es war schon bezeichnend, wenn sogar offizielle Statistiken auswiesen, dass fünfzig Prozent der transformierten Männer und Frauen ihren Sozialstatus verloren, ihr bisheriges Umfeld verließen und fürderhin auf der untersten Stufe der Gesellschaft dahinvegetierten. Annemarie vertiefte: »… Deutschland ist zwar ein Land mit einer breit aufgestellten Kinder- und Jugendfürsorge und einer genauso wirksamen Sozialhilfe. Kinder haben also Rechte und niemand muss zwangsläufig unter der Brücke schlafen. Aber das genügt eben nicht, um Menschen glücklich zu machen oder wenigstens zufriedenzustellen. Wo Frauen ausgegrenzt werden, weil sie das falsche Geschlecht haben, wo Männer um ihren Arbeitsplatz bangen, weil Frauen billiger zu haben sind, vertraut einer rasch mal dem Fetisch des alles heilenden Messers. Das Messer«, betonte Annemarie hart, »gehört nicht an einen bis dahin gesunden Körper angelegt, sondern an die Grundfesten der kapitalistischen Gesellschaft.« Jens stöhnte. Den radikalen Part teilte er nicht und hörte schon wieder ihre freundlich werbende Stimme: »Da uns aber grundlegende soziale Umwälzungen von heute auf morgen nicht möglich sind, sollten wir doch wenigstens die Kinder schützen, ihnen Zeit zu ihrer Entwicklung lassen und Entscheidungen über Hormonbehandlung und medizinische Eingriffe an die sittliche Reife, nicht an die manipulierte Einstellung, sondern wirklich an die Reife von Erwachsenen koppeln.« – Jens sann ihren Worten nach und hielt sich vor, sie nie wirklich verstanden und ernst genommen zu haben.

Er hatte in Annemarie ein Spielzeug in seinem wunderschönen Puppenhaus gesehen. Freilich nörgelte sie manchmal, aber das hörte er nicht, denn er fühlte sich ihr beständig überlegen. Sie war für ihn im Großen und Ganzen die ansehnliche Frau mit der sie schmückenden Aura ihrer heiligen Stätte. Ihre prächtige Kirche, ihr altehrwürdiges Pfarrhaus und ihr Hofstaat aus Gläubigen – das alles faszinierte ihn und sollte seinen Status als Grundbesitzer unterstreichen und aufwerten, sozusagen den Schmittke-Clan in Kerkow aufs Neue verfestigen und ätherisch umrahmen. Er dachte auch an ein paar Kinder mit ihr, auf dass sich sein Samen vermehre und auf alle Zeiten erhalten bleibe. So hatte er denn seine Pläne und so ließ er die Sache laufen, ohne sich jemals damit zu beschäftigen, ob sie nicht eventuell sogar eigene Ideale, Ansichten und Pläne habe. Wie Jens nunmehr dämmerte, hatte sie solche. Ihre Worte von Mildtätigkeit und Nächstenliebe waren keine Phrasen, sondern entsprangen echten Überzeugungen. Das war ihre ganz tiefe Motivation, die sie dann sogar selbst ins Werk setzte, indem sie alles Schmückende aufgab, sich nahezu mittellos einrichtete und sich für die Kinder einsetzte, und zwar für fremde Kinder. Mochten ihre Argumente hier und da eventuell nicht stimmig sein, mochte sie irren oder an einigen Punkten übers Ziel hinausschießen, so beeindruckte sie doch durch ihren Opfergang, ihre Selbstlosigkeit und schlussendlich mit ihrem fundierten Wissen. Sie hängte sich nicht an den Mainstream und widmete sich nicht dem schönen Schein, sondern sie prüfte, bevor sie den Mund auftat, und sie erwog gründlich, bevor sie handelte. Vor dieser Biografie fühlte sich Jens inzwischen klein und mies. Was hatte er denn erreicht? Vor der Mühe und der Verantwortung war er ausgerissen, um seine Beine beständig unter einem gedeckten Tisch auszustrecken. Als Weltreisender kam er an, wurde bedient und verabschiedete sich ohne Gedanken daran, wer sich hinterher um das schmutzige Geschirr kümmere. Gleichwohl hatte er es nicht leicht gehabt und es sich auch nicht leicht gemacht. Er war höflich, anstellig und mit wenig zufrieden. Er schlief unter freiem Himmel, wanderte zu Fuß und bedankte sich ehrerbietig bei seinen Gastgebern. Doch er war eben dabei immer auch nur ein Nehmender, der sich ganz selbstverständlich vom reich gedeckten Gabentisch bediente. Und so sollte es weitergehen. Er kam heim und okkupierte, was er als das Seine wähnte, ohne zu schauen, wessen eventuell die anderen bedürftig seien. Er stellte sich über seine Zeitgenossen, und das Paradoxe war, dass die Welt den Egoisten sogar akzeptierte, ihm hofierte und ihn auch noch über sich selbst erhöhte, anstatt ihn anzupacken und ihn Mores zu lehren, bis er zur Besinnung käme. Er kam nicht zur Besinnung. Er kultivierte archaische, nutzlose Wertvorstellungen. Er lebte sein vermeintliches Geburtsrecht aus. Das Recht des Patriarchen auf seinem riesigen Anwesen. Ein Recht, das arg brüchig war. Jens resümierte fassungslos: »Da bin wieder ganz unten und fix und fertig!« Mit Annemarie hätte er zu den Sternen fliegen können. Mittlerweile flog sie ohne ihn, und er lag im Dreck. Er bereute und er bedauerte. Der einst so spielend hingelegte Abschied belastete ihn jetzt fürchterlich. Einen Neubeginn sah Jens nicht.

»Krisensitzung beendet?«, foppte Nele, betrat die Stube, und Jens war aus seinen Gedanken gerissen. Er klappte den Bildschirm herunter und parierte salopp: »Der Krisenstab registrierte die totale Pleite, hatte absolut keinen Plan und zog sich zur Innenschau zurück.« Nele setzte sich in den Sessel, nahm die Beine hoch, schlang ihre Arme um ihre Unterschenkel, schob ihren Kopf vor und konstatierte gespielt ernst: »Aha, wir wühlen also im Bodensatz. Da hilft nur eins. Ärmel aufkrempeln und von vorn anfangen.« Jens gefiel Neles forsche Art. Nur, er sah ja wirklich keine Perspektive. Die künftigen Rechnungen würde er nicht bezahlen können, ein neuerliches Einkommen hatte er nicht. Die auf ihn zukommende Grundsteuer würde ihn vielleicht sogar in den Knast bringen, mit Sicherheit aber mittellos der Straße ausliefern. Die Steuerbehörde war unerbittlich. Er senkte den Blick und grummelte: »Ich bin am Ende.« Nele sprang hoch, gestikulierte theatralisch und flötete: »Ein Riesenhaus, ein Riesengrundstück, tausende Wohnungssuchende, und du bläst Trübsal? Was ist denn das?« – »Das Problem ist, dass ich als Vermieter die absolute Fehlbesetzung bin. Ich kann mit den Leuten einfach nicht. Und dieser ganze Behördenkram macht mich krank. Ich will es nicht und ich kann es nicht«, trumpfte er wie ein störrischer Dreijähriger auf. Nele lächelte unwillkürlich. Mütterlich sanft sprach sie: »Junge, man kann fast alles lernen.« Sie trat zu ihm heran, strich ihm zärtlich übers Haar, glitt mit ihren Händen über seinen Nacken und seine Schultern. Er lehnte seinen Kopf an ihren Bauch, kuschelte sich an und koste. Sie schob ihn liebevoll-barsch zurück und sagte: »So und jetzt wird gearbeitet.« – Jens begab sich in ihre Hand.

In seinem Haushalt war absolut kein Schreibblock zu finden. Er moserte: »Wir haben doch den Laptop.« Sie sagte: »Fünfzehn Zoll grenzen das Gesichtsfeld aber extrem ein, und manche Dinge muss man einfach anfassen.« Begreifen im wahrsten Sinne des Wortes war ihr wichtig. »Ich flitze rasch noch mal los und du machst schon mal Kaffee.« Sie lief hinaus, und er ging in die Küche. – Sie kehrte mit einem Kuchenpaket und mit Papier zurück. Sie hockte sich auf den Boden und beklopfte mit der flachen Hand die Stelle neben sich. Jens kauerte sich dazu. Nele riss Blätter ab, betitelte sie einzeln mit »Einkommen«, »Ausgaben«, »Reserven«, »Hausordnung«, »Mietvertrag«, »Gartenpflege«, »Projekte« und dergleichen. Ihr schwebte eine alternative Wohngemeinschaft beziehungsweise eine Kommune vor, in der jeder von vornherein seine Rechte und Pflichten kannte und nach besten Kräften die Gesamtheit mittragen sollte. Sie verteilte die Blätter um sich herum, notierte hier und dort, befragte Jens und trug etwas ein, sie strich auch daran herum und markierte Querverbindungen wie Über- und Unterordnungen. Jens faszinierte ihr sprudelnder Aktionismus, und er taute auf. Einiges recherchierten sie im Internet, sie korrigierten oder verwarfen Ideen, um anderes zu beleben und zu vertiefen. Sie entwickelten das Organigramm ihrer Zukunft. Selbstredend vermochte Jens nicht ad hoc sämtliche Vorurteile und Berührungsängste abzulegen, zumal Nele ihn ständig mit ihrer nüchternen Betrachtungsweise und ihrer beweglichen, bestechenden Logik überrollte. – Nach mehreren Stunden hatten sie ihre Vorstellungen und das mögliche Reglement handschriftlich fixiert. Nele strahlte und sonnte sich selbstverliebt in ihrem Werk. Jens fand es genauso ersprießlich, am besten gefiel ihm die Führungsrolle der Frau.

Sie öffneten das Kuchenpaket, speisten ausgiebig und unkonventionell auf dem Fußboden. Sie tranken dazu den bereits erkalteten Kaffee und genossen die Pause. Jens lehnte sich innerlich schon zurück und meinte, die Dinge würden sich – und zwar so ziemlich von ganz allein – allmählich zum Guten wenden, bis Nele die nächste Runde einläutete. Sie formulierten die Wohnungsanzeige und trugen für den Kontakt Jens' Telefonnummer ein. Das nahm ihn erbarmungslos in die Pflicht. Nele lächelte unschuldig: »So kannst du gleich jeden Bewerber persönlich kennenlernen und schauen, ob es passt oder nicht.« Er schnappte nach Luft: »Ja, aber …« Sie sagte begütigend: »Kein Aber! Du wirst doch wohl merken, ob die Chemie stimmt, und die Stänker wirst du abwimmeln können.« – Sie schalteten die Anzeige frei und Jens übernahm die Verhandlungen. Er war gehemmt. Er war überhaupt kein Geschäftsmann. Seine Misserfolge und sein gesundheitlicher Zusammenbruch hatten ihn auch nicht gerade gestählt. Trotzdem brachte er einen Trupp lebensbejahender, lichthungriger Leutchen zusammen, die den Schmittke-Hof frohsinnig lärmend bevölkerten und befruchteten. Es waren auch Ausländer dabei.

Ihr Reglement pinnten sie an die freie Wand im Stiegenhaus, und immer freitagabends fand sich die Mieterversammlung zum Planungsgespräch zusammen. Anfangs knirschte es ein wenig im alternativen

Wohnprojekt, weil ein Mieter Jens' friedfertige Zurückhaltung mit Dummheit verwechselte. Jens regierte ja auch gar nicht autoritär. Er meinte, insofern sie alle lesen könnten und die Eingangsbestimmungen mitgetragen hätten, mochten sie sich auch dauerhaft daran halten. Nun ja! Wenn Jens jetzt eine geläuterte Lebensauffassung an den Tag legte, bis zum Umfallen fleißig und selbstlos wie kein zweiter war, hieß das noch lange nicht, dass alle anderen automatisch mitzogen. Egoisten gab es nach wie vor. Dem einen stellten sie die Koffer vor die Tür. Ansonsten kamen sie gut miteinander aus. Wobei überbordender Luxus nicht in Aussicht stand und auch von niemandem erwartet wurde. Es waren weder Trendsetter noch Aussteiger zusammengekommen. Die Mieteinnahmen deckten gerade einmal die laufenden Kosten, und für Reparaturen und Ausbau mussten sie sich tüchtig nach der Decke strecken. Freilich rieb sich der Kerkower Kleingeist am alternativen Wohnprojekt. Die örtlichen Gewerbetreibenden riefen unverschämte Preise für ihre Dienstleistungen auf und Dunkelmänner luden ihren Unflat vor Schmittkes Haustür ab. Da waren Fantasie und Langmut gefragt. Die Kommune brachte das auf. Alles in allem lebte es sich nicht schlecht, denn sie sicherten sich gegenseitig ab und stärkten einander. In ihrer Versammlung tauschten sie locker ihre Gedanken über Gelungenes und Missratenes, Vergangenes und Künftiges aus, und mitunter offerierte einer einen Traum, der das Bild noch schöner malte.

Eines Tages inspizierte Jens den Dachboden. Der Raum musste nicht leer stehen und konnte eventuell als Speicher genutzt oder als weiterer Wohnraum ausgebaut werden. Etliches war aufzuräumen und wegzuschaffen. Er zog seine Kinderzeichnungen aus ihrem Versteck, überflog sie und erinnerte sich wehmütig seines hoffnungsvollen Aufbruchs in die Welt der schönen Künste und der vernichtenden Schläge auf seine junge Seele, wiewohl er mit seinen Eltern längst Frieden geschlossen hatte, ihm ihre Wünsche, Ziele und vor allem ihre Nöte durchaus verständlich geworden waren. Er legte die Bilder auf dem Treppenabsatz ab und werkelte weiter. Ein Luftzug ergriff die Blätter und wirbelte sie im Stiegenhaus herum. Die Kinder Julia und Martha sprangen herbei, fingen den Papierregen auf, betrachteten die Malerei und jubilierten: »Ein Sonnenaufgang! Und noch einer! Hier noch ein anderer!« Sie zwitscherten wie die Vögelchen: »Dürfen wir das haben?« – »Ja gern, nehmt nur«, sagte Jens, winkte ab und lächelte versonnen. Julia und Martha trollten sich.

Er lächelte immer noch versonnen und wehmütig, als Nele hinzutrat. Sie fühlte seinen Kummer und erahnte die Ursachen seines heimlichen Schmerzes, wobei es absolut nicht ihr Ding war, verflossener Liebe oder verpatzten Gelegenheiten nachzutrauern. Nur, Jens war halt ein Gefühlsmensch, ein Idealist und ein Feingeist. Sie hielt ihm auffordernd und schelmisch schmunzelnd ein Blatt Papier vor die Nase, auf das sie in fetten Lettern »Reisetagebuch« gepinselt hatte. Dieser Zettel mochte das Deckblatt seines neuen Buches werden. Ja klar, es gab tausende Gründe, eine Aufgabe nicht anzugehen: die rote Linie, mangelnde Angebote, fehlendes Geld, das Desinteresse der Leser und so weiter. Nele sagte: »Setz dich hin und schreib dein Buch.« Sie scheuchte ihn an seinen Laptop, legte das Deckblatt neben die Tastatur und noch eine ihrer Weisheiten dazu: »Wer nicht kämpft, hat doch schon verloren.« Jens berührte ihre naive Betulichkeit, er hatte längst verstanden, dass ihre zur Schau getragene Unbekümmertheit und Derbheit einen edlen Kern barg. Er begann, die Welt so zu beschreiben, wie er sie erlebt hatte.

Das erste Kapitel war fertig. Jens fragte: »Darf ich dir vorlesen oder magst du lieber selber.« Er hatte den Text ausgedruckt und hielt ihr den Stapel hin. Sie kuschelte sich in seine Armbeuge und antwortete: »Lies du.« Sie wollte ganz und gar genießen, seinen Herzschlag spüren und seine Stimme hören. Er las, und sie lauschte: Ganz langsam öffnete sich der Vorhang. Das Licht der aufgehenden Sonne hob die wundersamsten Landschaften aus der Dunkelheit. Das farbige Morgenland erstrahlte. Ein Weg, ein Baum, ein Haus entstanden und die Silhouette eines Menschen tauchte auf. Der Mensch reckte und streckte sich, kam näher, wurde plastisch und füllte den Raum … Ohne Pathos trug Jens vor. Seine Sprache war einfach, ein wenig spritzig und entbehrte jener Hintergründigkeit, dieser Häme, mit der gewöhnlich europäische Berichterstatter auf den Rest der Welt herabzuschauen pflegen. Sie belehrte nicht, sie zeigte. Sie führte aufmerksam vor. Diese Sprache regte an und legte Wort für Wort den reinen Sinn frei … Jens endete, senkte das Blatt und wartete. Nele kehrte aus dem Orient zurück, sagte: »Fein«, und sonst nichts. Da überfiel ihn wieder seine althergebrachte, hemmende Prätention. »Du meinst, für den Hausgebrauch ganz nett?« Sie spitzte: »Ist dir unsereins als Publikum nicht gut genug?« Er wand sich: »Das nicht. Ich dachte nur.« Was er dachte, sagte er nicht, und es war ja auch irrational. Nele konnte ihm das Rückgrat stärken, ihn aber nicht auf den Sockel eines anerkannten Dichters heben. Sie fasste hart zusammen: »Weiter so! Und ohne Fleiß kein Preis.« Sie lächelte und entfernte sich. Er lächelte auch, nahm das nächste Kapitel in Angriff und war endlich angekommen.

DAS TRANSMÄDCHEN

Für Tom Bruck alias Esmeralda galten neue Regeln. Ihr wurde eine eigene Schülertoilette in einem Kabuff unter der Treppe zugewiesen, und das Umziehen vor und nach dem Turnunterricht sollte sie, wenn alle anderen draußen waren, diskret und abgeschirmt im Klassenraum erledigen. Selbstverständlich würde sie das bewältigen. Sie war ja schon groß. So nahm sie an diesem ersten Schultag als Esmeralda gelassen hin, wie die anderen nach ihren Turnbeuteln griffen, johlend die Treppe hinuntertobten, über den Schulhof jagten und in den Umkleidekabinen der Turnhalle verschwanden. Lehrerin Maurer raffte ihr Zeug zusammen und hetzte hinterher. In der Tür nickte sie Esma kurz zu. Esma nickte zurück. Sie wusste Bescheid. Die Tür ging zu, und Ruhe kehrte ein. Esmeralda war allein. Sie sog die Stille auf und fand diese kleine Pause recht angenehm. Sie besah sich die Schautafeln an den Wänden und blickte träumend aus dem Fenster. Sie genoss nicht nur ihr Alleinsein, sondern sie wähnte sich auch aufgewertet. Der ganze Klassenraum mit all seinen Herrlichkeiten war ihr zur Verantwortung übergeben, und dazu durfte sie uneingeschränkt über ihre eigene Person verfügen. Da musste sie sich ja groß fühlen. Irgendwann erinnerte sie sich ihrer eigentlichen Aufgabe, entledigte sich ihres Kleides, schlüpfte in ihr Turnzeug und sprang vergnügt die Treppe hinunter, durch das Foyer und an der Pförtnerloge vorbei, aus dem Haus, über den Schulhof und zu ihren Klassenkameraden hin. Sie kam zu spät! Das Turnen hatte längst begonnen, die Riegen waren eingeteilt, die Kinder tummelten sich, der Unterricht war bereits in vollem Gange. Frau Maurer schaute mit krauser Stirn auf die Uhr und reihte Esmeralda bei den anderen ein.

Das ging so eine ganze Weile. Doch wie sich das Zuspätkommen zum Dauerzustand auswuchs, nahm Frau Maurer Esmeralda beiseite, verwarnte sie und ließ sie den Rest der Stunde auf der Sünderbank absitzen. Das schmerzte arg, denn Esmeralda war eine wendige Turnerin, und sie mochte den Sportunterricht. Allein, hier schien nichts zu helfen. Sie war verbannt. Noch mehr schmerzte sie freilich, wie dann die anderen »Trödeltante« zischten und abfällig grienten. – Übrigens: Felix, der von Frau Maurer beauftragte Ordnungswächter, murmelte ganz leise und dicht an Esmeraldas Ohr: »Tunte!« – Da war Esmeralda froh, sobald die Stunde zu Ende und sie entlassen war. Rasch rannte sie in den Klassenraum zurück, zog sich um, setzte sich brav an ihren Platz, und als dann die anderen lärmend hereinstürmten, war die Episode vergessen. Anderntags wiederholte sich die Szene und grub sich erneut brennend in Esmeraldas kleine Seele. Das Kind begriff, dass es gar keine Chance hatte, regulär am Turnunterricht teilzunehmen und dem beißenden Spott auszuweichen. Es hatte nämlich absolut keinen Plan, wie es richtig zu machen wäre. Also beschloss es, die Sportstunden gänzlich zu meiden. Esmeralda blieb im Klassenraum zurück, zog sich gar nicht mehr um, sondern nahm ihr Malheft hervor und beschäftigte sich still. Das war soweit ganz in der Ordnung und fiel auch überhaupt nicht weiter auf. Wenn die anderen wieder in den Klassenraum kamen, Frau Maurer etwas später ebenfalls eintrat und all ihre Schäfchen artig an ihren Plätzen vorfand, lobte sie sogar die Fügsamkeit des unauffälligen Kindes – und alle waren zufrieden. Das setzte sich so fort.

Als Esmeralda wieder einmal allein im Klassenraum war, ging ganz leise die Tür, und Sophia, ein Mädchen von neun Jahren aus einer anderen Klasse, huschte herein. Sie hatte aufmerksam beobachtet und suchte jetzt eine Verbündete. Sie kam heran und flüsterte: »Magst auch kein Turnen?« – »Doch, schon«, erklärte Esmeralda, »nur, ich mache ja alles falsch. Da bleibe ich hier.« Sophia gab an: »Bei mir liegt es so: Ich kann nicht springen, kriege es einfach nicht hin. Also gibt es immer Mecker, und wenn ich draußen bleibe, halten sie den Rand.« Esmeralda bestätigte: »Hast recht, dann halten sie den Rand. – Nur, springen ist doch kein Problem.« Sophia zog einen Flunsch: »Sagst du!« Esmeralda lenkte ein: »Ich kann es dir zeigen. Es ist ganz leicht.« Die beiden Kinder stahlen sich über stille Gänge und Treppen nach draußen. Hinter verschlossenen Türen wurde emsig gelernt. Nur ab und an waren gedämpft Stimmen von Schülern oder Lehrern zu hören. Sie schlichen geduckt am Fenster der Pförtnerloge vorbei und traten vors Haus. Sie liefen hinüber zum Schulgarten, dorthin, wo eine von hohen, dichten Büschen gesäumte Freifläche war, und hopsten um die Wette. Ihr Fernbleiben wurde nicht bemerkt. Sie kehrten pünktlich zur nächsten Stunde zurück und hatten ihren Frieden. – Nach dem Unterricht passte Sophia ihre neue Freundin am Schultor ab: »Magst du noch ein wenig bummeln, oder musst du gleich heim?«

»Iwo«, antwortete Esmeralda, »auf mich wartet niemand.« Sophia schlug vor: »Dann lass uns da lang gehen.« Sie verließen die Siedlung, überquerten einen Damm, nahmen den Weg in die Wiesen hinein und steuerten auf den an umgeknickten Stämmen, wild wuchernden Weiden und einem schmalen Bachlauf liegenden herrlichen Spielplatz zu. Unterwegs berichtete Esmeralda von ihrer veränderten Familienkonstellation und entdeckte in der anderen eine verständnisvolle, geduldige Zuhörerin. Als sie ihren Bericht herunter hatte, stellte Sophia sachlich fest: »Schön und gut. Deine Tante Loni ist ausgezogen, und deine Eltern sagen nicht, wo sie jetzt wohnt. Nur, wer verbietet dir, nach ihr zu suchen?« Esmeralda staunte, und Sophia setzte fort: »Es kann ja wohl kein Problem sein, deine Tante hier zu finden. Kerkow ist ein Dorf. Das sagt mein Papa auch immer. Drei Häuser und zwei Spitzbuben. Jeder kennt jeden, sagt mein Papa. Wir gehen systematisch vor. Haus für Haus, Straße für Straße, und ich verspreche dir, in zwei, drei Tagen hast du sie wieder.« – »Du meinst, das klappt?« Sie hatten die Weiden erreicht und legten die Schultaschen ab. Sophia sprach im Brustton tiefster Überzeugung: »Klar, klappt das!«, und fragte: »Klettern wir erst oder wollen wir gleich los?« Esmeralda überschaute den Weg zurück zur Siedlung, das war ein ordentliches Stück, und entschied: »Lass uns erst noch eine Weile klettern.«

Die Kletterei ermüdete. Die Kinder legten sich ins Gras und blickten in den Himmel. Wolkenberge türmten sich, rissen auseinander, und die Stücke drifteten von dannen. Das gab ein hübsches Schauspiel, Bild auf Bild reihte sich und heizte die Fantasie an. »Siehst du den da?«, fragte Sophia und pikte einen Finger in die Höhe. Esmeralda folgte und erkannte: »Ja, ein König. Ein richtiger König.« – »Äh, nee«, wandte Sophia ein,

»wo siehst du denn die Krone?« Esmeralda lachte: »Hat er vergessen. Die Krone hat er zu Hause liegen gelassen. Ein König ist auch ohne Krone ein König.« Sophia lachte ebenfalls und dachte nach. Das Bild zerstob, und ein anderes tat sich auf. Sie zeigte dorthin und sagte: »Das ist auch ein König.« Esmeralda suchte den Himmel ab, fand keine einem Menschen nur halbwegs ähnliche Figur, ausschließlich runde Ballungen: »Wo denn?« Sophia sprudelte: »Na, der da. Na, Mensch, der Froschkönig.« Esmeralda fand den Frosch und lachte wieder. Das spielten sie noch eine ganze Zeit lang. Sie entdeckten Schlangen, Einhörner, Elefanten, und auch Prinzessinnen tauchten auf, wobei Sophia deutlich die besseren Eingebungen hatte. Esmeralda ließ ihr den Vorsprung. Sie war denkbar froh, eine so wunderbare Freundin gefunden zu haben. – Der Tag war fortgeschritten und mahnte den Heimweg an. Sie erhoben sich, schnappten ihre Schultaschen und zottelten Richtung Siedlung. Aufgeräumt erreichten sie die Kerkower Hauptstraße. Sie verabschiedeten sich voneinander mit den Worten: »Bis morgen nach der Schule.«

Esmeralda und Sophia suchten Tante Loni. Sie wurden nicht fündig. An die zehn Häuser waren schon abgeklappert, und nirgends entdeckten sie auch nur eine Spur. Daher schlug Sophia vor: »Lass uns erst mal auf dem Friedhof nachschauen, denn, sieh mal, deine Tante Loni ist alt. Alte Leute sterben manchmal. Was spricht dagegen, dass sie sie nicht schon längst eingegraben haben?« Das war schlüssig, und sie trotteten zum Friedhof hin. Dort wusste Esmeralda gut Bescheid. Die Brucks unterhielten ein großes Grab. Mehrfach war das Kind mit seiner Tante Loni hier gewesen, um Unkraut zu entfernen, Blumen zu pflanzen und den Stein zu putzten. Die Kinder standen vor dem Geviert, und Esmeralda erklärte: »Mein Uropa Fritz, meine Uroma Metha, mein Opa Peter, mein Onkel Arne, meine Tante Nora.« Sophia staunte: »Mensch, das ist ja prima, so eine große Familie und alle ausgestorben.« Esmeralda strahlte und ließ sich bewundern. Sophia bedauerte: »Bei uns ist der Stein nur ganz klein. Nur meine Oma Ella liegt da.« Esmeralda fragte: »Die anderen leben alle?« Sophia antwortete: »Ja, leider«, und litt ob ihrer Unterlegenheit sichtlich. Das währte jedoch nicht lange. Forsch übernahm sie wieder die Führung und konstatierte: »Deine Tante Loni ist jedenfalls nicht hier. Das wissen wir schon mal. Bleibt nur die Straße, systematisch Haus für Haus. – Vorher zeige ich dir noch, wo meine Oma liegt, okay?« Sie schritt voran.

Die Kinder tobten übers Gräberfeld, bis sie der alte Friedhofsgärtner einfing: »Das hier ist doch kein Spielplatz. Könnt ihr nicht lesen?« Esmeralda stammelte: »Entschuldigung. Wir wollten nur meine Tante Loni suchen.« Der alte Mann beschaute das Kind und fragte: »Bist du nicht der Tom Bruck?« – »Ich bin Esmeralda«, korrigierte das Kind eigenwillig, und Sophia bestätigte: »In echt: Esma.« Der Alte kannte den kleinen Bruck ganz genau und grummelte: »Bei euch sitzt ja wirklich 'ne Schraube locker. Da hat Loni also nicht übertrieben.« Esmeralda merkte auf: »Ja, hast du denn meine Tante Loni gesehen? Weißt du vielleicht sogar, wo sie wohnt?« Der Alte nickte. »Sage es!«, verlangte sie. Der Alte sprach streng: »Wenn ihr mir versprecht, gesittet auf den Wegen zu laufen, dann sag ich es.« Die beiden Kinder beschworen vernünftige Manieren, und der Alte erklärte: »Die Bahnhofstraße hoch bis zum Ende, unter der Eisenbahnbrücke durch, noch ein Stück, wo nichts mehr ist, da kommt rechts die Gärtnerei. Gärtnerei Öhme. Ist nicht zu verfehlen. Man sieht die Gewächshäuser gleich.« – Die Kinder trabten los und der Gärtner beugte sich kopfschüttelnd über seine Arbeit.

Der Weg dehnte sich. Noch nie hatte sich eins der beiden Kinder fußläufig und allein so weit von daheim entfernt. Der Tag war warm, die Frühlingssonne stach im Nacken, und die Schultaschen wurden schwerer und schwerer. Sie sahen sich um und gewahrten linksseitig eine Baustelle: ein halbfertiges Haus, Kieshaufen, aufgeschichtete Steine, ein Bauwagen, alles ordnungsgemäß mit rotweißem Band abgesperrt, und keine Menschenseele in der Nähe. Sophia schlug vor: »Wir legen die Taschen hierher und nehmen sie auf dem Rückweg wieder mit.« – »Und wenn die einer klaut?« – Sophia war sich sicher: »Iwo, ist doch alles abgesperrt. Da kommt doch keiner her.« Sie duckten sich unter dem Band hindurch, spürten herum, fanden am Bauwagen die geeignete Stelle und brachten ihre Taschen unter. Sie liefen erleichtert weiter und durchquerten die Eisenbahnbrücke. Was dahinter lag, war unwirtliches Gebiet: im Wesentlichen unbebaute Brache und das Autobahnkreuz mit tosendem Verkehr. Sogleich sahen sie die in der Nachmittagssonne glänzenden Glasflächen der Gewächshäuser. Ein Schild verkündete weithin: »Gärtnerei Öhme«. Die Straße verlor sich in einem breiten Sandweg. Die Kinder erreichten den Hof. Das Wohnhaus stand seitlich, etliche kleine Laster waren davor abgestellt, Kisten türmten sich zu ansehnlichen Stapeln. Bewegung gab es nicht, und es herrschte offenkundige Feierabendruhe. Sie traten näher. Neben der Haustür stand rechts eine Bank und links reihten sich Stiefel, Latschen und Hausschuhe. Esmeralda las die Namen auf den Klingelschildern: Familie Hans-Dietrich Öhme und Loni Bruck. Sie strahlte, und ihr Herz klopfte wild. Sie drückte den kleinen Zylinder. Es schellte im Haus. Der Ton verhallte. Nichts tat sich. Esmeralda wiederholte, hielt den Finger etwas länger auf der Klingel, ließ nach, lauschte. Wieder nichts. Esmeralda klinkte. Die Tür war verschlossen.

Sophia meinte: »Nichts zu machen, keiner da«, sie zog die Freundin am Arm, »müssen wir eben morgen noch mal herkommen.« Esmeralda murrte: »Schade. Ich hätte so gern meine Tante Loni getroffen.« Sophia drängte: »Lass uns heimgehen. Der Weg ist lang, und wir kommen zu spät.« Esmeralda war enttäuscht. Sie entschied: »Ich warte. Sie muss ja heimkommen. Irgendwann kommt sie. Kann ja nicht sein, dass sie nicht kommt.« Sophia schaute zur tief stehenden Sonne und auf den Weg. Sie zeterte: »Esma, so war das nicht ausgemacht. Komm jetzt mit! Du kannst mich doch jetzt nicht alleine laufen lassen.« Esmeralda überlegte, sah sich um und nölte: »Du alte Memme, erst alles versprechen und dann nichts halten.« Sophia versuchte ein letztes Mittel: »Wir machen das gleich morgen noch mal. Wirklich. Ich bin dabei.« Esmeralda trumpfte auf: »Jetzt oder nie! – Dann geh doch, du blöde Ziege.« Die Beleidigung traf Sophia mitten ins Herz. Sie kreischte: »Du hast 'se ja nich mehr alle«, zeigte der Freundin einen Vogel und zottelte tief gekränkt los. Die Kränkung verwandelte sich augenblicklich in maßlose Wut.

Esmeralda hockte sich auf die Stufen vor der Tür. Freilich blieb das Kind dort nicht lange sitzen. Das Betriebsgelände, dieses abseitig liegende, sichtlich unbemannte Terrain weckte seine Entdeckerfreude und verleitete arg zum Spielen. Das Kind stromerte herum, kletterte auf die Kisten, lugte in die Hallen, kroch unter die Laster, hüpfte über die Außenanlagen und fand so manches, was es vordem noch nie gesehen hatte. Es jubelte und war ob seiner grenzenlosen Freiheit vergnügt. Es erwog sogar einen Abstecher bis zur Autobahn und darüber hinaus …

Sophia trabte heim. Am Bauwagen hob sie ihre Sachen auf. Und wie sie sich gerade bückte, lärmte in Esmeraldas Tasche das Handy. Sie öffnete die Verschlüsse und kramte nach dem Telefon. Der Ton verebbte, kam wieder, wurde drängender. Sophia kippte kurzentschlossen den Inhalt aus und nahm das Gerät an sich. Der Apparat schwieg abrupt. Sophia wartete. Nichts regte sich. Mit verrauchender Wut, aber immer noch kräftig missgestimmt, schleuderte sie das Telefon über den Kieshaufen, gab der Tasche einen Tritt und trampelte auf den Büchern herum. Sie begutachtete ihr Zerstörungswerk und entfernte sich hastig.

Bei den Brucks herrschte irrsinnige Aufregung. »Wo ist Esma abgeblieben?« Nach der Schule war sie nicht heimgekommen. Für allzu große Sorge bestand zunächst kein Grund. Sie würde mit Klassenkameraden gegangen sein. Und es wäre ja auch gut fürs Kind, wenn es sich mit den Freunden abgäbe. Der Nachmittag ging in den Abend über, die Eltern blickten zunehmend nervös auf die Uhr und zum Hoftor. Esmeralda blieb aus. Irgendwann wählte Vater Conni die Nummer ihres Handys. Esmeralda meldete sich nicht. Er wiederholte. Esmeralda antwortete nicht. Conni telefonierte bei allen möglichen Bekannten herum und Mutter Pia befragte die Nachbarn. Niemand konnte Auskunft geben. Keiner wusste etwas. Das Kind war nicht gesehen worden.

Conni Bruck alarmierte die Polizei. Die Ortspolizei von Kerkow konnte nichts machen, der Posten war klein und für eine aufwendige Suchaktion nicht ausgestattet. Sie forderten Verstärkung aus Nordstadt an. Der Diensthabende nahm geistesgegenwärtig Esmeraldas Handynummer auf und übermittelte diese an die Fahnder. Augenblicklich orteten sie das Gerät auf einer Baustelle nahe des Kerkower Bahnhofs. Eine Funkstreife raste dorthin, untersuchte das Gelände und fand eine Schultasche, entleert, beschmutzte Bücher, und das Handy lag weit ab davon seitlich eines Kieshaufens. Die Kriminaltechniker kamen dazu und folgerten, dass wahrscheinlich ein Kampf stattgefunden und sich somit eine Verschleppung ereignet habe. Sie gaben die Anzeige an alle Dienststellen und Streifen weiter: »Ein kleines Kind von zehn Jahren wird vermisst. Mit einer Entführung muss gerechnet werden.« Mehrere Mannschaftswagen sausten in den Ort, und die Männer schwärmten aus. Ein Kind wird vermisst! Sie klingelten und klopften an allen Häusern. Die Kerkower mussten Dachböden, Kammern, Garagen und Schuppen öffnen und nachsehen, ob sich ein Kind darin versteckte, sich irgendwie verloren hatte. Nirgends fand sich das Kind. – Wenn in diesen bangen Stunden, da alles, wirklich auch alles auf den Beinen und sehr aufgeregt war, niemand die kleine Sophia ernsthaft befragte, dann nur deshalb, weil sie einen ganz unschuldigen, unbeteiligten Blick aufsetzte und sich zurücknahm. Das schlechte Gewissen nagte. Mit ihren ausgiebigen Nachmittagsausflügen dehnte sie ihre Freiheiten an sich schon über Gebühr aus. Ihr war nämlich aufgegeben, nach dem Unterricht gleich nach Hause zu kommen. Nur das kontrollierte ja Gott sei Dank kaum einer. Weil sie aber auf Esmeraldas Büchern herumgetrampelt hatte, rechnete sie mit Schelte. Also schwieg sie.

Hauptkommissar Erhard Tonrat, ein älterer, erfahrener Kriminalist, übernahm mit der Schultasche den schweren Gang zu den Eltern: Er musste das Kindeseigentum identifizieren lassen und die näheren Umstände des Verschwindens klären. Die Eltern erkannten Esmeraldas Sachen und hockten sich sprachlos, erschüttert nieder. Tonrat enthielt sich sämtlicher Vermutungen. So etwas machte die Tat nicht ungeschehen und träufelte nur Essig in die ohnehin schon klaffenden Wunden. Er begann vorsichtig: »Wer sind die Freunde, wer die Bekannten des Kindes? Bitte erzählen Sie von den besonderen Interessen. Gab es Konflikte in letzter Zeit? Geben Sie uns eine Personenbeschreibung.« Der Vater erklärte: »Ja, wie wir schon sagten, er, äh, sie ist zehn. Sie heißt Esmeralda. Nein. Er heißt Tom und wird Esma genannt. Also sie oder besser er fühlt sich als Mädchen. Und jetzt ist er ein Mädchen.« – »Aha«, quittierte Tonrat und dachte: Wie blöd ist das denn? Er fragte nach: »Wir suchen also ein Mädchen?« Der Vater antwortete: »Ja, Sie suchen ein Mädchen«, und ergänzte: »Aber inwendig, ich meine, wenn Sie genauer hinschauen, ist es ein Junge.« – »Okay«, sagte der Kriminalist, »ich habe verstanden.« Er trat beiseite, nahm sein Handy aus der Tasche und wählte die

Nummer der Einsatzzentrale: »Ich brauche dringend, sofort!, einen Psychologen. Die Eltern sind völlig neben der Spur. Mit denen komme ich nicht klar.«

Der Spezialist – Jan Goldberg, jung, gut ausgebildet und geistig beweglich – tauchte Minuten später auf, befragte, hörte und fasste zusammen: »Das Kind ist ein Transgender.« Erhard Tonrat ließ verblüfft Luft ab und fragte: »Was ist denn das?« Goldberg war genauso verblüfft: »Ja, haben Sie denn den Film von Popper und Schmittke nicht gesehen?« – »Nein?« – Des Langen und Breiten nahmen sie jetzt das Thema Geschlechtsangleichung durch. Der alte Kriminalist folgte willig. Er hatte in seinem Beruf schon viel gesehen und wusste, dass das Leben vielschichtig war und man sich zuweilen auf ganz neue Theorien einlassen musste. Der Fachmann argumentierte gekonnt, und die Eltern sekundierten. Tonrat lauschte konzentriert und beobachtete genau. Allerdings kamen von Seiten der Eltern keine nennenswerten Informationen mehr, sie wirkten irgendwie verklemmt oder beschränkt, und die lieblich säuselnde, monotone Stimme des Psychologen ging ihm allmählich auf die Nerven. Er konstatierte: »So kommen wir nicht weiter. Ich gehe jetzt und suche das Kind.« Er trat ab.

Er lief zu seinen Leuten und dachte verärgert: Die jungen Kollegen taugen nichts, aber auch gar nichts, reden sinnlos auf die geistesgestörten Eltern ein, statt solide Polizeiarbeit zu leisten. – Es war dunkel, es war feucht, es war kalt. Der Ort war durchkämmt. Es ging in die sumpfigen Wiesen hinein. Oh Gott, barmte Tonrat, der kleine Kerl hockt mutterseelenallein da draußen und friert. Im Lichtkegel starker Scheinwerfer betrachteten sie jedes Grasbüschel. Die Hunde strichen mit den Schnauzen über den Boden. Keine Spur, kein Anhaltspunkt. Tonrat hasste dieses Suchen, dieses Jagen um Rettung, dabei kamen sie oft, viel zu oft zu spät. Seit wie vielen Stunden war das Kind weg? Es lebte. Aber es konnte auch beim Klettern herabgefallen sein, lag verletzt, blutete aus oder war in eines der Wasserlöcher gefallen. Dann war es ertrunken. Dann war es vorbei.

Tonrats Telefon vibrierte. Er nahm ab. Der Psychologe meldete: »Das Kind ist wahrscheinlich bei Loni Bruck, eine Verwandte, geliebte Tante von dem Kleinen. Das Kind hing sehr an ihr. Die Frau akzeptierte die Geschlechtsangleichung nicht und hat die Familie verlassen. Es gab wohl einen mächtigen Krach. Sie wohnt jetzt Wiesenweg eins, in der Gärtnerei bei Öhme.« – »Woher wissen Sie das?« – Goldberg prahlte: »Solide Polizeiarbeit.« Der Psychologe hatte mühsam die gesamte Familiengeschichte aufgerollt und war derart auf Tante Loni gestoßen. Tonrat flapste erleichtert: »Wenn das stimmt, Kleener, dann haste was gut bei mir.« – »Ende.« – An den Wiesenweg oder die Gewächshäuser hatte niemand gedacht, denn das jenseits der Eisenbahntrasse liegende Gebiet und das Domizil der Öhmes waren weder auf den Karten noch im Bewusstsein der Kerkower als dem eigentlichen Ort zugehörig abgebildet.

Mit drei Fahrzeugen stoppten sie scharf vor dem Haus. Tonrat preschte vor. Er klingelte mehrfach und trommelte ungeduldig mit den Fingerkuppen an den Türrahmen. Endlich stand eine alte Frau geblendet im Scheinwerferlicht, hielt die Hand schützend über die Augen und murrte: »Was soll das?« – »Frau Bruck? Loni Bruck?« – Loni knurrte: »Ja?«, registrierte das

Aufgebot und mokierte sich: »Holen einen zu nacht-schlafender Zeit aus dem Bett. Wo brennt's denn?« – »Hauptkommissar Erhard Tonrat«, rasselte er, »ist das Kind bei Ihnen?« Loni erstarrte: »Was?!« Tonrat erklärte schroff: »Frau Bruck, das Kind ist weggelau-fen, die Eltern sind in heller Aufregung, mit einer Hundertschaft suchen wir seit Stunden. Ist das Kind bei Ihnen?« Loni sagte stumpf: »Das glaube ich jetzt nicht.« Tonrat winkte seinen Männern. Sie drangen in das Haus ein, erschreckten die Leute, durchsuchten sämtliche Nischen. Das Kind war nicht zu finden.

Loni stand mit hängenden Schultern dabei und stammelte: »So weit musste es ja kommen.« Tonrat bellte: »Wenn Sie wussten, wie es kommt, warum ha-ben Sie sich dann verdrückt!?« Ihn ödeten die Klagen maßlos an. Meistens behaupteten die Angehörigen der Opfer hinterher nach bestem Wissen und Gewissen gehandelt zu haben. In Wirklichkeit schauten sie alle weg! Gerade bei Kindesentführung und Kindesmiss-handlung spielte eine derart unverfrorene Gleichgül-tigkeit eine Rolle, dass einem speiübel werden konn-te. Den Gipfel dieser Unverfrorenheit lieferten dann solche Typen wie diese Alte hier ab, indem sie sich spreizten, vorher alles gewusst zu haben. Loni wand sich krampfig, und Tränen kullerten über ihre runze-ligen Wangen. Erhard Tonrat verschaffte sich Luft und trat noch einmal kräftig zu: »Beten Sie zu Gott, dass wir das Kind finden, ansonsten haben Sie sich sogar noch eines Verbrechens schuldig gemacht.« Er wandte sich ab und leitete die nächste Aktion an. Die Polizis-ten durchsuchten die Gewächshäuser und das Außen-gelände. Sie entdeckten das Kind auch hier nicht, und gegen Morgen stellten sie die großräumige und intensive Fahndung ein. Die regulären Streifen bekamen den Befehl, die Augen offen zu halten.

Voller Bangen warteten Pia, Conni Bruck und der Psychologe Jan Goldberg die ganze Nacht und hockten mit schrecklichen Visionen beieinander. Alle möglichen Optionen erwogen sie. In den Morgenstunden herrschte Stille, in der nur ab und an ein völlig irrationaler Satz gesprochen wurde.

Jan Goldberg konnte nichts mehr tun und auch die Stimmung nicht mehr heben. Er hätte heimgehen können, doch er blieb, weil er vom Leid der Eltern ergriffen und es letzten Endes auch egal war, wo er seine Bereitschaft absaß. Bitter registrierte er den Misserfolg. Misserfolg, den er nicht als persönliches Versagen, sondern als einen ohnmächtigen Kampf gegen eine überirdische Macht begriff und trotz aller Professionalität nur ganz schwer verkraftete. Längst wusste er, dass sich so ein kleines Kind nicht freiwillig aus dem Bund der Seinigen fortstahl. So etwas bedurfte einer Anleitung beziehungsweise eines heftigen seelischen Anreizes. Die Initialzündung legte entweder das organisierte Verbrechen oder ein genetisch verankerter Weglauftrieb, der sich aus den subjektiven Besonderheiten eines Transgenders hätte ergeben können. Diesen Trieb schloss Goldberg im Großen und Ganzen aus, noch dazu, da diese Eltern keinerlei Auffälligkeiten zeigten und sichtlich engagiert bei der Sache waren. Also blieb die Entführung. Esmeralda war höchstwahrscheinlich überredet, entführt und am Ende missbraucht und ermordet worden. Unfälle waren freilich auch nie auszuschließen. Aber ein Unfall ereignete sich selten ohne die Zeugenschaft Unbeteiligter. Da hätten sie schon Meldung erhalten. Das Kind wird auf Nimmerwiedersehen fortgebracht worden sein, und mit Sicherheit lebte es schon gar nicht mehr. Goldberg seufzte schwer und setzte dergestalt für sich einen erträglichen, weil logischen Schlusspunkt.

Vater Conni klammerte sich an den Gedanken, sein Kind doch noch wiederzusehen. Ein winziger Hoffnungsschimmer erhellte sein schmerzendes Gemüt. Er sagte: »Manche kehren erst nach Tagen oder Monaten zurück. Und die Sache erweist sich als völlig harmlos.« Im Fernsehen gab es ab und an spektakuläre Aufführungen von Spätheimkehrern. Goldberg antwortete: »Ja, so etwas gibt es. Manchmal, sehr selten, wobei auch da …« Den Rest ließ er aus, weil das körperliche und geistige Wrack, das den Eltern nach derartig grausamen, widernatürlichen Eingriffen in die Hände und ans Herz gelegt wurde, auch nicht mehr therapierbar war und der Unsinn, den sie im Fernsehen erzählten, die Realität nicht ansatzweise tangierte. Conni Bruck ließ Goldbergs Stimme verhallen und hakte nicht nach, denn er ahnte mit zunehmender Gewissheit, dass die Aussichten unglaublich trübe waren. Diese Erkenntnis brannte inwendig und mit lodernder Flamme. Er schaute zu seiner Frau und sah die kümmerliche, zusammengesunkene, faltige, entleerte Hülle eines einst so strahlenden, gütigen, lebensbejahenden Menschen. Freilich war Pia nie eine geistige Leuchte und ziemlich schwach, aber sie blühte in ihrem Zweiergespann und später in der Familie regelrecht auf und bildete für Conni den liebenswerten Mittelpunkt des Universums. Er bedauerte seine Frau in ihrem Kummer und fühlte, wie sie ihm nun auch noch entglitt. Nichts würde sie zurückholen. Ihre Sinne hatten sich wohl schon umnachtet. – Die Sonne erhob sich über Kerkow, die Menschen erwachten und gingen zu ihrem Tagwerk über und im Hause der Brucks breitete sich mit der Wahrheit fürchterliche Düsternis aus.

Mutter Pia drängte es hoch: »Ich mach uns mal Kaffee.« Sie schleppte sich in die Küche. Sie befüllte die Kaffeemaschine, sie stellte die Tassen heraus, sie nahm die Zuckerdose vom Regal, sie öffnete den Kühlschrank, sie langte nach der Milchflasche, und plötzlich verharrte sie: Das Kind ist hier! Sie spähte umher, irrte, suchte und spürte. Sie tastete sich von Indiz zu Indiz. Sie schwankte und strauchelte durch das Haus, und sie stand dann still und stumm im Kinderzimmer. In seinem Bettchen lag friedlich schlafend das kleine Kind. Pia tappte hinaus, sie schwankte zurück und über den Flur, sie hielt sich an der Wand aufrecht, sie krallte sich am Türrahmen fest und zog sich taumelnd ins Wohnzimmer. Betonungslos krächzte sie kehlig: »Esma liegt in ihrem Bett und schläft.« Die Männer lauschten.

Goldberg war betroffen. Er kannte solche Sinnestäuschungen. Er war vom Fach. Die Szene riss an seinem Herzen.

Conni Bruck stutzte, starrte, stemmte sich aus dem Sessel und schleppte sich ebenfalls wankend über den Flur. Er trat ins Kinderzimmer, stand vor dem Bett, starrte die Erscheinung an und ließ die Tränen rinnen. – Inzwischen war Esmeralda aufgewacht, erblickte den Vater und fragte arglos: »Aber Vati, warum weinst du denn?« Der brachte mühsam hervor: »Esma, mein kleines Mädel, wo hast du denn gesteckt?« Esmeralda antwortete: »Ihr ward alle beschäftigt. Ich habe mir Abendbrot genommen und mich hingelegt.« Schließlich wusste sie sehr genau, wie sich ein braves Kind zu verhalten hat.

Die kleine Ausreißerin wusste wirklich, wie sie sich zu verhalten hat. Sie hatte am vorangegangenen Abend noch lange zwischen den Gewächshäusern gespielt und war auf den Wiesen nahe des Autobahnkreuzes herumgestromert. Als es bereits fast dunkel war, zog es Esmeralda heim. Sie lief noch einmal am Gärtnerhaus vorbei und klingelte bei Tante Loni. Die meldete sich nach wie vor nicht, das ganze Gemäuer schwieg still. Da trottete sie nach Hause. Sie durchquerte die Eisenbahnunterführung und trabte vorwärts. Sie tastete sich über die derweil im Schatten der Nacht liegende Baustelle. Ihre Schultasche fand sie nicht. Möglich war, dass sie einer gestohlen hatte. Oder dass Sophia die Tasche vorsorglich an sich nahm. Und nicht zuletzt konnte die Tasche bei den momentanen Sichtverhältnissen einfach nicht auszumachen sein. War die Tasche samt Büchern, Schreibzeug und Handy weg, hatte Esmeralda ein ernsthaftes Problem, denn wie erklärte ein Kind seinen Eltern diesen Verlust. Die klare Ansage lautete, nach dem Unterricht sofort und auf dem kürzesten Wege nach Hause zu kommen, die Tasche abzulegen, gegebenenfalls die Mitteilungen der Lehrerin oder die Ergebnisse von Klassenarbeiten vorzuzeigen und sich zum Spielen abzumelden. Das kontrollierte freilich selten einer, Esmeraldas Eltern winkten sie oft nur so durch und erinnerten sich meist schon fünf Minuten später nicht einmal mehr an das, was sie ihnen erzählt hatte. Kam es allerdings zu Unregelmäßigkeiten, dann tobte der Aufstand und allerlei Maßnahmen prasselten auf das Kind nieder.

Wobei auch diese sehr selten konsequent durchgesetzt wurden, aber unangenehm war es allemal. Esmeralda lief weiter und mied geschickt sämtliche Passanten wie hell erleuchtete Plätze, weil sie nicht gesehen werden wollte. Auch das hatte sie längst gelernt: Die Kerkower schnüffelten gern herum und traten jede Kleinigkeit breit. Würden sie das Kind der Brucks bei Nacht und Nebel draußen entdecken, schäumten auch da wieder sämtliche Klatschbasen. Also huschte Esmeralda wie eine Katze oder wie ein Mäuschen heimwärts. Vor dem Haus und in der Einfahrt stand ein Polizeiwagen, und zwei Polizisten lümmelten an der Kühlerhaube. Das hätte sie nun doch brennend interessiert, und sie hätte auch gern ein Gespräch angefangen, zumal Polizeipräsenz nicht ganz alltäglich war und Esmeralda wie alle Kinder achtungsvoll zu den Hütern von Recht und Gesetz aufschaute. Wie sie aber bemerkte, dass die beiden hochkonzentriert das Display ihres Smartphones betrachteten, nahm sie sich zurück, denn ein Kind durfte einen Erwachsenen niemals bei seiner wichtigen Arbeit stören. Sie betrat leise das Haus. Die Wohnzimmertür war nur angelehnt. Esmeralda hörte die Stimmen von Mama und Papa und von fremden Leuten. Aha, sie sind ebenfalls ernsthaft beschäftigt, vermerkte das Kind und ging in die Küche. Sie bereitete sich ihr Abendbrot zu. Dabei kleckerte sie, verschmierte ein paar Tropfen Milch, schob dann Belag und Brot wieder in ihr Fach zurück, stellte die Milchflasche in die Kühlschranktür, klappte die Tür mit dem Ellenbogen zu, ließ das benutzte Messer achtlos in die Spüle gleiten und verschwand mit dem Brot und dem Glas Milch in ihrem Kinderzimmer. Dort aß sie einen gigantischen Berg Stullen und kippte sich die Milch mit großem Schwung in die Kehle. Sie hatte einen unglaublichen Kohldampf und Heißhunger. Gesättigt und zufrieden wedelte sie die Krümel vom Tisch und schob das leere Glas unters Bett. Sie entkleidete sich, zog ihr Nachtzeug über und ging ins Bad. Ihr Magen rebellierte. Esmeralda entleerte sich über der Toilettenschüssel, spülte gründlich nach, putzte sich die Zähne und ging wieder in ihr Zimmer. Sie legte sich nieder, löschte das Licht und schlief mit den Gedanken an ihre verschollene Schultasche ein. – Das alles erzählte sie ihren Eltern wohlweislich nicht.

Esmeralda schaute auf die Uhr. Es war an der Zeit aufzustehen und sich für die Schule fertig zu machen. Der Vater säuselte: »Magst nicht heute daheim bleiben, mit uns frühstücken, und wir lassen es uns ganz gemütlich einfach nur gut gehen?« Das kam für Esmeralda überhaupt nicht in Frage. Sie erwiderte betont harmlos: »Mitten unter der Woche? Und warum denn?« Ja, warum eigentlich? Es lag absolut kein Grund vor, einen Kranken- oder Urlaubstag einzuschieben. Die Sorgen der Eltern und die Befindlichkeiten des Kindes erhoben sie schon lange nicht mehr zum Gegenstand eines klärenden Gesprächs. Warum also sollten sie das gerade jetzt tun? Der Vater sagte: »Okay, mach dich fertig.« Esmeralda ging duschen, zog sich an, nahm sich Frühstück, und als sie ausgehfertig war, betrat sie das Wohnzimmer, um sich von ihren Eltern zu verabschieden. Da lag das Corpus Delicti! Unschuldig, leicht zerknautscht und wie nach einer durchtanzten Nacht lag die Schultasche da. Esmeralda griff sich ihre Sachen, inspizierte sie flüchtig und wollte gehen. Die Erwachsenen verlangten nun doch noch nach einer

Erklärung. Das Kind flüchtete in die erstbeste Lüge: »Die hat mir einer geklaut.« Damit rundete sich das Bild, zumindest das Bild der Erwachsenen. – Esmeralda zottelte los. Der Psychologe verabschiedete sich, die Polizei löschte den Fahndungsbefehl, und die Eltern nahmen ihr normales Leben wieder auf. Die Ereignisse und emotionalen Erschütterungen der letzten Nacht hatten tiefe seelische Wunden gerissen. Conni und Pia Bruck bedeckten diese Wunden mit der gewohnten Ordnung und den routinierten Abläufen ihres Alltags. Nicht zuletzt lebten sie die Überzeugung, dass man um ein zeitweilig aus dem Blickfeld geratenes Kind kein sonderliches Aufheben machen müsse. Und es war ja auch wirklich nichts Gravierendes passiert. Nur ein riesiger Irrtum halt und nichts weiter.

In der Schule empfingen sie Esmeralda mit lautem Hallo, denn der Polizeieinsatz hatte große Aufmerksamkeit erregt und war von vielen bis in die fortgeschrittene Nacht hinein in allen Schattierungen ausgewertet worden. Am Morgen hatte sich alles wieder beruhigt, die Erwachsenen erledigten ihre Tagesaufgaben und die Kinder trabten in die Schule. Wie Esmeralda unversehrt hier auftauchte, resümierten sie, dass alles nur Fehlalarm beziehungsweise nur laue Luft gewesen war. Die Lehrerinnen hakten das Thema sowieso gleich ab. Sie hatten an ihren Unterricht zu denken. Aber die Kinder neideten Esma ihren Ausflug. Augenblicklich fühlte sie, was sie erwarteten. Sie schilderte in epischer Breite, wie sie überfallen worden war, unter Einsatz ihres Lebens um ihre Schultasche kämpfte, diesen Kampf leider verlor, geknebelt und gefesselt auf einer Baustelle gefangen gehalten wurde und wie sie die Polizisten dann befreiten. Gierig erlauschten ihre Hörer die Details und trugen die Nachrichten weiter. Alsbald erschien Esmeralda diese erste Variante als viel zu schmal, und schon in der nächsten Pause präsentierte sie sich als eine, die ein anderes Kind seinen Entführern entriss, sich mit ihm auf der Baustelle versteckte, per Telefon die Polizei alarmierte und zuletzt sogar die Täter überführte. Auch das nahmen ihr ihre Kameraden bedenkenlos ab. Bei Schulschluss war sie die gefeierte Heldin. Nur einige, sehr wenige Kinder hielten sich heraus und abseits, tuschelten hinter vorgehaltener Hand, denn sie kannten ihre eigenen Übertreibungen, und die Schilderung der Ereignisse war ja auch nicht ganz schlüssig.

Am Tor stand Sophia. Esmeralda trat heran: »Gehen wir ein Stück?« Sophia nickte. Sie liefen schweigend in die Wiesen hinein. Sie legten ihre Taschen ab, sie hockten sich still ins Gras, und sie warteten eine ganze Weile. Sophia hob leise an: »Esma, warum erzählst du so einen Mist? Du weißt doch, dass das gelogen ist, und ich weiß es auch.« Mit einer kleinen Flunkerei, mit einem Spiel um Verzaubern und Verstecken lebte Sophia gern, aber sie duldete keine Hochstapelei. Außerdem spürte sie ihrer Freundin Not. Esmeralda traten die Tränen in die Augen. »Was sollte ich denn sagen?« – »Na die Wahrheit!« – Esmeralda weinte. Sie weinte bitterlich und herzzerreißend. Ihr kleiner Körper bebte. Sie schluchzte, japste nach Luft und greinte aus vollem Halse. Die ganze Welt schüttete soeben all ihren Kummer über ihr aus. Sie weinte ohne Unterlass. Sie weinte sich vollkommen leer, bis sie erschlaffte und nur noch tonlos zitterte. Sophia stockte der Atem. Sie schaute zu und harrte aus. Sie fasste sich, nahm die Freundin in die Arme, streichelte und wiegte. Allmählich kam Esmeralda zu sich und sagte: »Sophia, ich konnte doch unmöglich die Wahrheit sagen. Was bin ich denn für eine Memme, wenn ich meiner Tante Loni nachlaufe?« Sophia antwortete: »Da ist doch nichts dabei«, und verstand das Problem nicht. Esmeralda gestand: »Ich habe nur noch Angst, dass mir einer drauf kommt.« – »Wie das?« – Mit starrem Blick und voller Entsetzen hörte Sophia den Bericht:

Da hatten sie also in der Nische unter der Treppe im Foyer des Schulhauses eine eigene Toilette für das Transmädchen eingerichtet. Der Haushandwerker Herr Wacker mühte sich tagelang mit der passgerechten Ausführung ab. Der Verschlag musste sich diskret in die übrige Umgebung einfügen, denn ein Vestibül ist keine Bedürfnisanstalt, und eine Schule ist ein repräsentatives Institut. Als das Etablissement endlich sowohl seiner Funktion als auch den ästhetischen Anforderungen genügte, begutachtete Direktorin Neitzel das Werk, lobte den Mann und ergänzte: »Bauen Sie noch ein Schloss zum Abschließen ein. Wir geben dem Mädchen einen Schlüssel. Nicht, dass hier unten die halbe Schule pinkeln geht.« Sie lachte schmetternd. Schließlich kannte sie das Schülervolk, welches das Anstehen auf den Toiletten in der zweiten Etage scheute, rasch in die Pause drängte, das Austreten gern in die Unterrichtszeit verlagerte und so weiter. Herr Wacker besah sich die ebenmäßig und sehr fein bearbeitete Tür. Er hatte einen hübschen Knauf von außen und eine schlichte Verriegelung von innen angebracht. Er verspürte gar keine Lust, das Holz aufzubohren, auch noch ein Schloss einzusetzen, alles wieder zu glätten, es eventuell sogar zu verderben und von vorn anzufangen. Er sagte: »Iwo, das braucht es nicht. Ich bin ja da.« Er hielt sich meistens und in den Pausenzeiten sowieso in der kleinen Loge gegenüber dem Haupteingang auf und sah von dort aus nach dem Rechten. Den Austritt Esmeraldas würde er beobachten, wie er alles im Blick zu haben pflegte. »Und was Kinder nicht alles verbummeln. Wir rennen ewig dem Schlüssel nach«, so sprach er und spreizte sich in seiner Wichtigkeit. Frau Neitzel klopfte ihm auf die Schulter, trat ab und das Verhängnis nahm seinen Lauf.

In der ersten Hofpause tobte Esmeralda im Strom der Kinder die Treppe hinunter, scherte aus und steuerte ganz selbstverständlich auf ihre Toilette zu. Die Schar stockte kurz, vermerkte den Abweichler, und ein Witzbold blödelte lauthals: »Esma geht pinkeln.« Und ein anderer setzte noch eins drauf: »Oder kacken.« Die Kinder lachten, lärmten und stürmten ins Freie. Esmeralda hockte im Kabuff und grübelte: Was droben auf der Toilette niemanden auch nur ansatzweise bewegte, geriet hier unten zur Peinlichkeit. Selbst wenn sie in riesiger Traube anstanden und ob ihrer drängenden Notdurft Grimassen schnitten und dumme Bemerkungen machten, ward keiner unangenehm berührt. Allein, das Austreten im Foyer erregte entblößende Aufmerksamkeit. Esmeralda erledigte ihr Geschäft und überlegte, wie sie ungesehen wieder hinausgelangen könne. Sie öffnete die Tür ein ganz klein wenig und lugte durch den Spalt. Noch waren Schüler im Treppenhaus unterwegs. Sie zog die Türe heran und wartete. Sie probierte es erneut, gewahrte Schritte und angeregtes Plaudern und nahm sich wieder zurück. Sie war im Kabuff gefangen. Die Pause verging. Die Kinder trappelten schwatzend die Treppe hinauf und in ihre Unterrichtsräume. Stille breitete sich aus. Esmeralda trat vorsichtig hinaus, spähte umher und ward scharf angerufen: »Habe ich dich nicht vor Stunden aufs Klo gehen sehen?« Herr Wacker baute sich breit auf. Esmeralda schmolz zusammen. Sie stammelte: »Ich war, ich wusste nicht …« Herr Wacker dröhnte: »Eine Toilette ist kein Spielplatz!« – »Nein«, pflichtete Esmeralda bei. Herr Wacker bellte noch: »Immer diese Extras und dann nicht hören wollen. Wenn ich dich noch mal dabei erwische, dann sollst du was erleben!« Da war Esmeralda aber schon fort, die Treppe hoch gehastet und stand vor ihrer Lehrerin. Frau Maurer urteilte: »Esma, das geht so nicht. Austreten schön und gut, aber du hattest die ganze Pause Zeit. Das nächste Mal bitte gleich und dann pünktlich sein.« Esmeralda wusste nun endlich, dass es wirklich nicht so geht, und sie hielt sich daran.

Sie verkniff sich ihre Notdurft. Sie wimmelte sie ab, und sie vergaß. Das war zunächst gut ausgegangen, doch der Drang kam wieder, und Esmeralda schaukelte auf ihrem Stühlchen. Frau Maurer mahnte: »Sitz still! Du störst ja alle anderen.« Esmeralda riss sich zusammen, und sie hielt lange aus. Plötzlich durchfuhr sie ein derart unangenehm lähmender wie brennender Druck im Unterbauch, dass ihr Tränen in die Augen sprangen und ihr Schweiß ausbrach. Sie stürzte hoch, zur Tür hinaus und auf dem kürzesten Weg zur nahen Jungentoilette. Im letzten Moment erleichterte sie sich. Schwankend und mit einer unglaublichen Erschöpfung kämpfend, trat sie an das Handwaschbecken. Das Wasser lief und beruhigte. Esmeralda gab sich der Atempause hin. Prompt stand Herr Wacker neben ihr: »Erwische ich dich schon wieder!« Esmeralda duckte sich. Es nutzte ihr nichts. Ganz und gar getreu seiner Androhung schleppte er das Kind vor die Klasse und zu seiner Lehrerin und klagte an: »Eine Toilette ist kein Spielplatz! Die hier lässt ewig das Wasser laufen.« Frau Maurer strich Esmeralda über den Kopf und sagte kühl zu Herrn Wacker: »Danke, dass Sie mir Bescheid gegeben haben. Ich belehre Esma noch mal.« Frau Maurer schickte Esmeralda kommentarlos auf ihren Platz, und Herr Wacker trat zufrieden ab.

Wie er die Treppe wieder hinunter stieg, ging ihm erneut und empörend die Frage auf: Wozu sind Lehrer eigentlich gut? Die halten nur kluge Reden und können nicht auf ein einziges Kind aufpassen? Er meinte, dass ohne ihn der gesamte Schulbetrieb auf der nördlichen Hemisphäre zusammenbrechen würde. Nun ja, vielleicht nicht ganz und sofort, aber ohne Haushandwerker und das übrige technische Personal würde die Schule restlos verschlampen. So dachte Herr Wacker, nahm seinen Beobachtungsposten in der Loge wieder ein, legte seine Füße hoch und setzte die Lektüre seines Schmökers an der Stelle fort, an der er vorhin unterbrochen worden war, als er oben das Wasser rauschen hörte. – Nein, das Lesen in der Dienstzeit war ihm nicht untersagt und auch nur wenig geneidet. Jeder wusste, dass Herr Wacker morgens um sechs Uhr als Erster die Schule aufschloss, gegen halb fünf nachmittags als Letzter das Tor wieder zusperrte, zwischendurch tausenderlei Wege erledigte, in ständiger Bereitschaft war und niemals Ferien hatte. Er war praktisch mit der Schule, eigentlich mit dem Gebäude, verheiratet. Wo einer Feierabend machte und alles von sich abfallen ließ, konnte Wacker nicht einfach nach Hause gehen und alle Fünfe gerade sein lassen. Er war permanent gefordert und vertraglich auch derart gebunden, ergo durfte er in der Arbeitszeit lesen. Nebenher lauschte er mit einem Ohr nach dem Treppenhaus und den Fluren und ahnte nicht, nicht einmal ansatzweise, was in der Klasse 4A und in dem Kind Esmeralda Bruck vor sich ging. Und hätte er es geahnt oder gewusst, schlüge er erschüttert mit dem Kopf an die Wand und würde sich ein Schwein schimpfen. Er war nämlich ungeachtet seiner Selbstwertüberschätzung ein ausgesprochen kinderlieber, feinfühliger und geduldiger Mensch. Wie anders hielte es der Hausmeister einer Schule auf seinem Posten tagein und tagaus, über Monate und Jahre aus?

Esmeralda kannte den Zusammenhang von Nahrungsaufnahme und Ausscheidung längst. Sie bedachte ihre Verdauungsvorgänge und nahm sich vor, an Schultagen nichts zu essen und vor allem nichts zu trinken. Das war nicht ganz so einfach, denn Hunger schmerzt und Durst quält noch mehr. Aber sie hielt tapfer durch, denn sie wollte ja keine Memme sein, und sie war ja auch schon groß. Sie nahm nur winzige Mengen und nur in Ausnahmefällen zu sich. Tatsächlich gelang es ihr, sich so zu beherrschen, dass ihr das Bedürfnis nicht mehr ankam, jedenfalls nicht in der Schule. Allein, ihr Körper gierte nach Nährstoffen und steigerte die Esslust zu einer virtuellen Fressorgie. Am ersten Samstag nach diesem folgenschweren Entschluss langte Esmeralda am Familientisch kräftig zu und gönnte sich all das, worauf sie verzichtet hatte. Die Eltern lobten ihren gesunden Appetit, zumal das Kind bleich aussah, kümmerlich daherkam und offensichtlich immer schmaler wurde. Die Mutter kommentierte den Verfall: »Mädchen müssen schön schlank sein.

Frauen werden von ganz alleine fett. Unsere Esma wird eine hübsche, zierliche Dame.« Der Vater schmunzelte nachsichtig. Er mochte die üppigen Kurven seiner Frau. Außerdem wusste er es besser: Kinder verändern im Wachstum ihre Proportionen. Er ließ Mutter und Tochter machen und mischte sich nicht ein. Nach dem Essen verspürte Esmeralda ein derartiges Völlegefühl, dass ihr schlecht wurde. Sie legte sich ins Bett, drehte sich auf den Bauch, drückte an ihrem Leib herum, konnte nicht richtig atmen und sich nicht richtig bewegen. Endlich zog sich ihre Halsmuskulatur pulsierend zusammen, ihr Kopf dröhnte, ihre Kehle weitete sich und gab die Last frei. Freilich strengte sie der Ructus sehr an, und die anschließende Reinigung ihres Bettes war weder für sie noch für ihre Mutter ein sonderliches Vergnügen, zumal Esmeralda tiefes Mitleid mit ihrer erschrockenen, sorgenden Mutter empfand. Hernach lernte sie schnell, dem Essen beliebig zu frönen und sich anschließend unauffällig und mühelos ihres Mageninhaltes zu entledigen. Ganz froh war sie darob jedoch nie.

Esmeralda berichtete freimütig, und Sophia saß neben ihr im Gras auf der Wiese. Niemand war dabei, niemand hörte zu, so ging es leicht, und Sophia verstand auch alles. Als Esmeralda ihr Geständnis herausgebracht hatte, weinte sie wieder. Es war eine zermürbende Macht über sie gekommen. Sie hatte nicht die Kraft zu entweichen, und sie litt ihren Zustand. Sophia nahm sie in die Arme. Was konnte sie tun? Sie hätte so gern geholfen. Sie liebte ihre Freundin von ganzem Herzen. Esmeralda fasste sich und stöhnte: »Das alles nur, weil ich einen Schniedel habe.« – Sophia horchte.

Sie wunderte sich. Sie hakte nach: »Du hast einen Pimmel?« Esmeralda sagte: »Ja.« Sophia war damit restlos überfordert. »Zeig mal.« Esmeralda lüftete ihr Kleid und den Schlüpfer. Sophia fragte verblüfft: »Der ist dir einfach so gewachsen?« – »Ja, klar. Was denkst du denn?« – Sophia überlegte scharf und kam auf die einzig richtige Lösung: »Dann kommt der Pimmel eben wieder ab.« Auch in dieser Hinsicht war sie bereits bestens informiert. Haare, Nägel, Zähne, Gewächse aller Art konnten gekürzt, gezogen, entfernt werden. – An ihres Opas rechtem Augenwinkel wucherten dereinst ganz hässliche Dinger, so dass der gute Alte eigentlich fürchterlich aussah, auch stark gehemmt war und sich nicht mehr aus dem Haus traute. Nach einiger Diskussion mit Sophias Eltern begab sich der Mann zum Chirurgen und ließ sich die Warzen abnehmen. Heimgekehrt sah der liebe Opa wieder hübsch aus. Ein kleines Pflaster klebte an der Stelle, und er sagte: »War gar nicht schlimm. Hätte ich das früher gewusst, wäre ich auch schon früher hingegangen. Klackssache, und es tat auch gar nicht weh.« – Sophia wusste daher Bescheid und unterbreitete: »Du gehst mit deinen Eltern einfach zum Doktor, und der schneidet den Pimmel wieder ab. Das ist eine Kleinigkeit. Pflaster drauf und fertig.« Sie strahlte ihre Freundin an. Aber Esmeralda war schon weiter und weinte wieder. Sie bäumte sich eruptiv auf: »In zehn Jahren! Und bis dahin?« Sie schrie sich die Pein von der Seele. Punkt für Punkt brüllte sie das geplante Prozedere heraus: »Medikamenteneinnahme, Ärzte, Behandlung, Krankenhaus, Narkose, Einschlafen, Operation, Aufwachen, Kur … in zehn Jahren!«, und sie schlug sich dabei rhythmisch mit der Faust vor die Brust. Sie schrie und trommelte.

Es war wie ein Abhacken oder wie dumpfe Glocken-
schläge. – Sophia nahm die Bewegung auf und wippte
mit der Freundin im Takt. Jeden Schlag fühlte sie bei
sich. Sie wusste, wie lang eine Woche ist, ein Monat
andauert, sich ein Jahr hinziehen kann. Zehn Jahre!
Zehn Jahre – das war einfach zu viel. Zehn Jahre konnte keiner aushalten. Zehn Jahre? Nein! Als Esmeralda
wieder ruhig war, sagte sie: »Und wenn wir gleich?«
Esmeralda stutzte. Wie sollte das gehen? Sophia wiederholte: »Wenn wir gleich?«, und erklärte: »Ich meine, wir nehmen ein Messer oder eine scharfe Schere
und schneiden ihn einfach ab.« – Esmeralda zögerte,
taumelte, fing sich und stellte mahnend fest: »Das blu-
tet doch, und das tut doch weh.« – Sophia erwiderte:
»Freilich ist das nicht wie Haareschneiden, aber du
bist doch keine Memme.« Ein Memme war Esmeralda
nicht. Sie dachten nach. Sie erwogen still: Das bisschen
Blut und das bisschen Schmerz – das waren viel weniger als zehn Jahre. Das wäre auszuhalten. Sophia fuhr
nachdenklich fort: »Wir brauchen ein scharfes Messer,
Pflaster und außerdem noch Halsbonbons zur Sicherheit. Die lindern nämlich Schmerzen, und was oben
wirkt, rutsch automatisch bis unten durch.« Esmeralda
nickte. Das wusste sie auch. Sie seufzte. Sie atmete auf.
Sie war erleichtert. So war es. Die beiden Kinder – das
eine neun Jahre alt, das andere schon zehn – beschlos-
sen die Selbstkastration. – Sie schnappten sich ihre Taschen und trödelten von den Wiesen heimwärts.

Ein Messer war leicht beschafft und in der Schultasche versenkt, aber die Hausapotheke hielten sowohl
Esmeraldas als auch Sophias Eltern unter Verschluss.
Verbandszeug und Halsbonbons waren demnach
unerreichbar. Damit wurde der Akt verschoben.

Die Kinder mussten erst Taschengeld sparen, um das Notwendige in der Apotheke einzukaufen. Auch das schafften sie alsbald. Die Apothekerin fragte empfindlich nach, wozu und weshalb Pflaster und schmerzlindernde Bonbons gebraucht werden würden: »Ist jemand krank geworden? Kann man helfen? Warum kommen Mutti oder Vati nicht selbst?« Da erfasste die beiden ein mulmiges Gefühl – Kindern war ja viel verboten, und eine Apotheke gehörte nicht in ihren üblichen Aktionsradius –, und sie verdrückten sich. Sie entschieden, im Supermarkt die Angebote zu eruieren. Manchmal lagen dort entsprechende Sonderposten aus. Zunächst trabten sie täglich nach der Schule die lange Straße bis zum Bahnhof hoch und suchten den Laden auf. Verbandsmaterial gab es nicht und Halsbonbons ebenso wenig. Später reduzierten sie ihre Einkaufstour auf einmal pro Woche, denn der Weg war wirklich weit, doch sie kamen derart erst recht nicht zum geplanten Erfolg. In der Zwischenzeit spielten sie ausgelassen, zauberten, erzählten sich gegenseitig ihre größten Geheimnisse und wuchsen immer mehr zusammen. Esmeralda jauchzte vor Glück und Sophia nicht minder. Sie verdrängten ihre Probleme, sie vergaßen und verbummelten ihre Sorgen. So verschoben sie denn den entscheidenden Schnitt von Tag zu Tag, von Woche zu Woche. Allein, der feste Vorsatz blieb.

Esmeralda plagte ein schlechtes Gewissen. Keins ihrer Probleme hatte sie gelöst, indessen den Bogen restlos überspannt. Das Schuljahr lief auf sein Ende zu und die Zeugnisse standen ins Haus. Nun musste sich offenbaren, dass sie über Monate die Turnstunden schwänzte.

Ihr waren die Folgen völlig klar: Die nicht erbrachte Leistung würde mit einer Fünf honoriert werden. Eine einmalige Entgleisung konnte man sühnen, aber ein Versäumnis, wie sie es sich erlaubt hatte, bewirkte die gnadenlose Abstrafung. Ganz unmöglich konnte sie ihren ohnehin sichtlich leidenden Eltern ein Zeugnis mit einer Fünf vorlegen. Die Mutter würde still weinen und der Vater sich abwenden. Früher tobten die Eltern, langten auch mal zu, schlossen das Lieblingsspielzeug weg oder erteilten Handy- und Fernsehverbot. Inzwischen führten sie ein verkrampftes, tristes Familienleben, etwa wie Fremde, die sich vorsichtig beschnuppern müssten und doch nicht zueinander finden könnten und schon gar keinen Spaß mehr haben dürften. Nichts wurde mehr ausdiskutiert oder nur ansatzweise erklärt. Alles wurde hingenommen. Esmeralda, die sich fest an Sophia angeschlossen hatte, litt den häuslichen Zustand eigentlich kaum, nur jetzt stand die Sache anders, denn den Schuljahresabschluss krönte eine sechswöchige Ferienzeit, und Sophia trat mit ihrer Familie eine lang geplante, intensiv vorbereitete Urlaubsreise an. Sie machten derzeit schon den Wohnwagen flott, montierten die Fahrradständer hinten dran, hatten das Zelt gelüftet und verpackt, die Sommerkleidung und das Badezeug gesichtet und studierten die Karten. Sophia schwärmte von goldigen Stränden und tiefgrünen Wäldern und von abenteuerlichen Ausflügen. Esmeralda war noch nie verreist, und dereinst hatte ihr das Hierbleiben auch nichts ausgemacht, weil sie ihr daheim genügend Abwechslung boten beziehungsweise sie sich ihren Teil freimütig aussuchte. Doch inzwischen war ihre Lage fatal, ihre liebste Freundin würde auf Reisen sein, während sie sich mit einem Sack ungelöster Probleme, tieftraurigen Eltern und ihren Schuldgefühlen herumschlagen musste. In diesem saugenden, klebrigen, belastenden Sumpf stapfte sie umher, bis sie rasende Umtriebigkeit erfasste.

Sie wuchtete einen Stuhl vor den Schrank, kletterte hoch, öffnete sämtliche Fächer und häufte ihre Kleidung in der Mitte des Raumes auf dem Teppich. Sie sortierte Brauchbares von Unbrauchbarem. Die Kleider mit den Rüschen, Schleifchen, Schleiern und so weiter hielt sie für eine längere Wanderung und dauerhaften Aufenthalt im Freien für gänzlich ungeeignet. Sie warf sie beiseite. Dafür wählte sie Hosen und T-Shirts in gedeckten Farben. Sie mochte nicht unbedingt wie ein bunter Vogel draußen herumlaufen und von jedem über Ziel und Zweck ihrer Wanderung ausgefragt werden. Ähnlich erging es den Schuhen. Bunte Sandalen mit Perlen und Strasssteinchen würden wohl einer durchgängigen Benutzung auch nicht standhalten. Sie entschied sich für ihre Turnschuhe und die Gummistiefel. Sie legte auch noch ihre alte Kappe als Sonnenschutz dazu und kramte die derbe Stoffjacke vom Vorjahr heraus. Sie überschaute ihr Werk und resümierte halb bedauernd und halb erleichtert: »Tja, Esmeralda, da wirst du wohl zu Hause bleiben müssen.« Bedenkenlos legte Tom Bruck seine Esmeralda einfach ab. Er hatte ja schon lange keine Freude mehr mit ihr. Außerdem schwanten ihm neue Unannehmlichkeiten, die sich aus seinem Zwitterwesen ergeben könnten, und er hatte von Sophia erfahren, dass einer verreiste, um alte Sorgen daheim zu lassen und sämtliche Kümmernisse zu überwinden. Esmeralda sortierte er also leichten Herzens aus.

Im Schuppen am Haus und beim längst verwaisten Angelzeug lagerte der große Rucksack. Tom zog ihn hervor, öffnete ihn und späte hinein. Schachteln, Schnüre und die korrekt gefaltete Regenplane befanden sich darin. Er kippte den Inhalt aus, die Regenplane nahm er zu sich, den Rest schob er mit dem Fuß zusammen und unter das Regal. Mit dem Rucksack kehrte er in sein Zimmer zurück und verpackte gewissenhaft seine Reiseutensilien. Er zählte sein Spargeld und verstaute es in der Seitentasche. Derart gerüstet und vorbereitet, räumte er sein Zimmer auf, indem er Esmeraldas Kleider in den Schrank stopfte und sein Gepäck in die Nische zwischen Bett und Schrank wuchtete. Der Tag ging in den Abend über und Tom bereitete sich auf die Nachtruhe vor. Er entkleidete sich, wusch sich, putzte die Zähne, zog sein Nachtzeug an, legte sich nieder und träumte ganz lieblich davon, wie er den Zugvögeln folgte beziehungsweise ihnen vorauseilte.

Die Sonne stand schon hoch am Himmel, als Tom erwachte. Er schaute auf die Uhr. Es war bereits neun vorbei. Höchste Zeit aufzubrechen! Er fühlte sich müde und abgeschlagen, wiewohl das Reisefieber nach wie vor glühte. Schleppend erledigte er seine Morgentoilette und zog sich an. Nichts ging ihm von der Hand. Auf Frühstück hatte er sowieso keinen Appetit. Das ließ er ausfallen, packte aber dann doch noch eine Rolle Kekse ein, denn ganz ohne Nahrungsmittel das Haus zu verlassen und auskommen zu wollen, wäre ja auch Unsinn. – Er nahm sein Gepäck hoch. Das wog schwer, verdammt schwer, es zwang ihn auf die Knie und beugte sein Köpfchen. Er stöhnte und fiel vornüber.

Zehn Minuten später entdeckten Pia und Conni Bruck ihr bewusstloses Kind neben dem Bett auf dem Teppich liegend. Pia eilte zum Telefon und Conni nahm das Kind auf seine Arme. Er wog es und meinte flüchtig, dass ihm Esmeralda seinerzeit viel schwerer erschien. Hatten sie gerauft, ihre Kräfte gemessen, war das Kind gerade im letzten Jahr seinem Vater nicht nur immer geschickter, sondern tatsächlich aufgrund seiner zunehmenden Masse immer heftiger entgegengekommen. Jetzt war es der Schatten seiner selbst. Er legte es vorsichtig ab, kniete sich neben das Bett, hielt die kleine Hand und redete zärtlich: »Esma, mein Engelchen, wach doch auf.« Tom schlug die Augen auf und fragte mit brechender Stimme: »Papa, was ist mir?« – »Nichts«, tröstet der Vater, »du bist nur sehr müde.« Er bemühte sich, das Kind wachzuhalten, und redete immer weiter. Schon trat die Mutter mit dem Notarzt ein. Der war ein junger Mensch, ein gewissenhaft und überlegen wirkender Arzt. Er untersuchte und stellte knapp fest: »Fieber«, und ergänzte beiläufig: »Es sind ja heute viele mutierte Viren in Umlauf, manche greifen ziemlich stark. Kinder reagieren darauf besonders sensibel. Lassen Sie den Kleinen ein paar Tage fiebern. Das stärkt das Immunsystem.« Er sprach mit jener gleichmütigen Arroganz, mit der junge Ärzte das gemeine Volk wie Kassenpatienten abzufertigen pflegten. Mokant lächelnd verabschiedete er sich. – Hatten die Eltern soeben versäumt, den Arzt über das Transmädchen aufzuklären? Sie hatten es nicht versäumt. In stiller Übereinkunft verschwiegen sie die tiefer liegenden Tatsachen. Sie waren es einfach leid, vor jedem und wiederholt ihre Lebensumstände aufzublättern. Außerdem vermochten sie in ihrer augenblicklichen seelischen Not die eisige Hürde zu dem Arzt auch gar nicht zu überwinden. Und war es nicht völlig unwichtig? Gleicht nicht ein kleines Kind jedem anderen? Gleicht nicht ein Junge einem Mädchen, zumindest rein körperlich – bis auf den winzigen, unwesentlichen Unterschied – und aus biologischer mithin medizinischer Sicht sowieso? Für den Arzt mochte das also irrelevant sein. Für die Eltern war es das in diesem Moment auch.

Sie wachten im Kinderzimmer. Sie wachten Stunde um Stunde. Tom schlief, wälzte sich von einer Seite auf die andere, er schwitzte und zitterte, er sprach auch wirres Zeug und im Traum, er weinte, schrie wie ein gehetztes Tier und stöhnte und gurgelte. Abwechselnd nahmen der Vater und die Mutter ihr Kind hoch und trugen es wie ein Baby im Raum herum. Sie streichelten, wippten und schaukelten. Tom wurde ruhig. Sie legten ihn wieder ab und wachten weiter. Gegen Abend schlief er ganz entspannt. Die Mutter sagte: »Wir sollten Esma waschen und frische Sachen anziehen.« Der Vater ergänzte: »Sie muss auch was trinken.« Er ging in die Küche, und sie kümmerte sich um die Wäsche. Wie sie den Schrank durchsah, bemerkte sie die Unordnung darin und dass etwas Kleidung fehlte. In dem zunächst achtlos beiseitegeschobenen Rucksack fand sie Hosen, T-Shirts, Turnschuhe, eben all das Vermisste. Aha, Esmeralda hatte also aufgeräumt, dachte die Mutter und lobte sich ihre umsichtige Tochter. Als Conni mit dem Teeglas eintrat, sagte sie: »Die alten Klamotten können weg. Esma will die Jungssachen nicht mehr haben.« – »Okay«, quittierte der Vater, »mache ich später«, zwängte den Rucksack wieder in seine Ecke zwischen Schrank und Bett und vergaß die

Aufgabe sofort. Seine ganze Sorge galt den Seinen und überlappte Nebensächliches. Und das war gut so!

Sie weckten Tom, sie wuschen ihn, sie gaben ihm zu trinken, und sie betteten ihn in frisches Zeug. Das Kind schlief wieder ein. Die Eltern kauerten sich vor das Bett und wachten weiter. Es gab nichts zu tun, als nach den Atemzügen des Kindes zu lauschen und etwaige Bewegungen zu registrieren und darauf zu reagieren. Vater Conni stand auf, schob seine Arme unter das zarte Körperchen seines Kindes, hob es behutsam hoch und sagte leise: »Lass uns rübergehen.« Pia ging voraus, öffnete die Türen, bahnte derart den Weg und Conni folgte. Im elterlichen Schlafzimmer legte Conni sein Kind in der Mitte des Bettes ab und schob sich daneben. Pia streckte sich auf der anderen Seite aus. Sie strichen über Tom die Decke zurecht. Ihre Hände trafen sich, spürten ganz sacht, fühlten etwas intensiver und griffen endlich wieder ganz fest ineinander. So ruhten sie und schlummerten sanft ihrer Genesung entgegen.

Eine Woche später fanden sich die drei Brucks wieder am Familientisch ein. Während die Mutter ein Festmahl vorbereitete, vertrieb der Vater seinem Kind die Zeit mit Lieblingsgeschichten. Tom strahlte zwischen seinen Eltern und sog die Zuwendung wie ein Labsal auf. Verständnisvoll und geduldig registrierte er deren Übertreibungen in dieser oder jener Richtung. – Eltern können wohl nicht anders, als ständig das Höchste und Beste anzustreben. – Am Familientisch gab es für Mutter und Vater ein Schnitzel mit einem Spiegelei oben drauf, dazu Stampfkartoffeln und in Butter gedünstete Prinzessbohnen. Für Tom richtete Mutter

Pia einen Klecks Kartoffelbrei und ein Glas frischgepressten Möhrensaft an. Der Geruch von gebratenem Fleisch lag in der Luft, kitzelte auch des Kindes Gaumen, und es starrte seinen Teller an. Die Mutter erklärte vorsichtig und eindringlich: »Esma, Engelchen, du warst sehr krank. Du musst dich ganz langsam erst wieder an Essen gewöhnen. Sei so lieb und schmolle nicht, sondern iss, was die Kelle gibt.« Der Vater meinte: »Frau, das war unklug. Wir hätten verzichten sollen. Man kann doch dem Kind nichts vorenthalten.« Er war schon im Begriff sein Fleisch in die Pfanne zurückzulegen, da sagte Tom: »Lass nur. Wenn ich wieder fit bin, kochst du mir jeden Tag Schnitzel.« Er lachte. Die Eltern stimmten ein. Sie langten zu.

Tom war wieder gesund und lebte weiterhin als Esmeralda. Zu Hause brachte er es nicht fertig, den lieben Eltern zu widersprechen. Nachhaltig erschöpft fügte er sich. In der Schule nahm er die Extras, die sie für ihn eingerichtet hatten, mit stumpfer Demut hin. Kommentare, Sprüche und Gemecker ließ er über sich ergehen. Was sollte denn nun aus der Fünf im Turnen werden? Tom wusste es nicht. Er hatte einfach nicht mehr die Kraft, irgendwelche Gegenstrategien zu entwickeln und auszuleben. Und Sophia, die liebste Freundin, war ja auch noch da. Mit ihr überspielte er seinen Kummer und tauchte in seine wunderbare Märchenwelt ein.

DER FROSCHKÖNIG

Inzwischen hatte Lehrerin Maurer endlich bemerkt, dass Tom Bruck die Turnstunden schwänzte. Sie rekapitulierte den Vorgang und identifizierte die Nische, in der sie das Kind verloren hatte. Eine Turnhalle war ein unübersichtlicher Raum, noch dazu, wenn sich zwei oder drei Klassen gleichzeitig darin tummelten, und ein einzelnes Kind, sich selbst überlassen, war in seinen Handlungen immer unberechenbar. Mehr noch. Das natürliche Gleichgewicht, die Gruppendynamik, die alle Störenfriede, Säumigen und Bummelanten in die Reihe zurückschubste beziehungsweise mitzog, war ausgeschaltet, denn Tom galt als ein von allen akzeptierter und zugleich wenig fasslicher Sonderling. Er betrat die Schule, war wichtig und wurde allmählich unauffällig. Abgeschirmt und auf sich gestellt, trug er tapfer sein Kleid und geriet aus dem Blickfeld. Das gab jetzt ein böses Erwachen. Als Frau Maurer die Ergebnisse der zum Schuljahresende fälligen Leistungskontrollen aus ihren zahlreichen Kladden zusammensuchte, die Bewertung vornahm und die Zensuren ins Klassenbuch übertrug, klaffte bei Tom eine Riesenlücke. In diese Lücke fiel die Lehrerin, strauchelte, tauchte wieder auf und überlegte, was zu tun sei.

Vier Jahre lang hatte sie ihre Klasse sicher geführt. Viel hatte sich ereignet. Der Anfang war steinig gewesen. Die meisten Lernanfänger befreiten sich aus der ängstlichen, sorgenvollen Umklammerung ihrer Eltern nur schwer, so dass mit Eintritt in die Schule längst überwunden geglaubte Verhaltensweisen wie Nuckeln, Greinen oder sogar Einnässen hochschwappten, die eine Lehrerin zunächst als Mutter- oder Vaterersatz und als Pflegerin forderten, bevor sie ihrer wirklichen Aufgabe, nämlich Kulturtechniken zu vermitteln, überhaupt nachkommen konnte. Hatte sie zu den Kindern endlich ein sowohl vertrauensvolles als auch notwendig distanziertes Verhältnis aufgebaut, fielen neue Kümmernisse an. Kümmernisse, die umso schwerer wogen, weil ihr die Kleinen inzwischen wie die eigenen ans Herz gewachsen waren. Mit den Jahren wurden aus den zumeist zögerlichen, schwachen, unbeholfenen Winzlingen souverän agierende Schüler. Schüler, die halt auch für sich entschieden, ob sie zum Unterricht erscheinen oder nicht.

Traf so ein außergewöhnliches Ereignis ein, verlangte Frau Maurer von sich, nicht das autoritäre Zepter zu schwingen, sondern die Ursachen zu beseitigen. Selbstbewusst schritt sie zur Tat. »So, Kinder, mal alles andere vergessen«, begann sie die nächste Unterrichtsstunde, »wir arbeiten uns ab heute durch unser Märchenspiel für die Schuljahresabschlussfeier. Wir spielen das Stück vom Froschkönig.« Die Kinder jubelten. Statt zu lesen, zu schreiben und zu rechnen, würden sie nun nur noch Märchen hören und Theater spielen. Schule konnte so schön sein! Frau Maurer gebot Ruhe, lächelte, nahm das Märchenbuch hervor, setzte sich auf die Kante ihres Schreibtisches, schlug das Buch mit großer Geste auf und ließ die allseits bekannte Geschichte des in einen Frosch verwandelten jungen Königs vor den Kinderaugen entstehen. Das brutale Ende der grimmschen Version, bei der die Prinzessin den Frosch an die Wand wirft und derart seine Kapsel sprengt, dichtete die Lehrerin in eine

Liebesszene um. Die Kinder lauschten hingebungsvoll.

Nach dem Vortrag legte Frau Maurer eine bedeut-
same Pause ein und fragte dann: »Nun, Kinder, jetzt
schauen wir uns mal den jungen König genauer an.
Wie kam der in seine Froschhaut?« Einige meldeten
sich aufgeregt, andere schwiegen nachdenklich, dritte schauten gleichmütig zum Fenster hinaus. Frau
Maurer drängte: »Alle! Bitte nachdenken!« Sie rief
Theo auf. Der sagte: »Der Frosch, ja, der Frosch war
eigentlich ein Prinz. Ein Zauberer tat seinen Spruch,
und schwupp, war er hin.« Die Kinder brüllten vor
Lachen. Frau Maurer zog die Augenbrauen hoch.
Ruhe trat wieder ein. Sie fragte weiter: »Und wie
kam er da wieder raus?« Selma antwortete: »Mit der
Prinzessin. Die liebte ihn nämlich, und beide heirateten.« Sie drehte die Augen zur Decke, wiegte sich, als
wähnte sie sich im Ballkleid auf einem rauschenden
Fest. Felix nölte lauthals. »Das ist blöd. In Wirklichkeit klatschte die Prinzessin den Frosch an die Wand,
und er konnte von Glück sprechen, dass er die Nummer überlebt hat.« Die Kinder johlten Beifall. Frau
Maurer gebot wieder Ruhe. »Nun mal nicht ganz so
heftig! Wir müssen ja auch immer an die Aufführung
denken, und da geht so ein mörderischer Akt schon
mal gar nicht.« Felix widersprach harsch: »Frau Maurer, kann schon sein, dass das stimmt, was Sie sagen.
Nur Fakt ist, dass die Prinzessin ihn nicht geliebt hat.
Erst will sie ihn nicht haben, und plötzlich liebt sie
ihn. Nee, so geht es nicht.« Er schmollte. Frau Maurer lenkte ein: »Wie hättest du es denn gerne?« Sie
mochte den kleinen Querulanten, der noch immer
die findigsten Lösungen parat hatte. Felix kam rasch

wieder aus sich heraus: »Na ganz einfach: Spruch rein, Spruch raus. Haut der Zauberer den Prinzen in die Pfanne, muss er ihn auch wieder rausholen.« Diese Variante gefiel Frau Maurer ausnehmend gut, sie nickte wohlwollend, lächelte sehr breit und erheischte Zustimmung. Nur, sie kam damit bei den meisten nicht an. Ihre Schüler protestierten: »Da können wir ja gleich was ganz anderes spielen. Das ist ja gar nicht mehr der Froschkönig!« Die erste Erzählung hatte sich bei den Kindern festgesetzt, und sie waren nur schwer davon wegzubringen. Wobei der Froschkönig vor allen anderen Märchen wegen der atemberaubenden Verwandlungen Vorrang hatte und weil am Ende ein rauschendes Hochzeitsfest mit glänzender Ausstattung gefeiert werden würde. Selma meldete sich: »Wir können ja die Liebesszene ein wenig ausschmücken, damit sie glaubwürdig wird.« Theo bemerkte kalt: »Du bist ja doof. Willst du Sex auf der Bühne zeigen?« Die Kinder lachten wieder und diesmal zulasten Selmas. Sie nahm es entspannt auf und konnte sogar mitlachen. Allmählich beruhigten sich alle wieder und schauten nach vorn. Frau Maurer ging nicht darauf ein, sondern entwickelte ihrerseits: »Wie wäre es nun aber, wenn wir den Frosch ganz und gar aus sich selbst heraus handeln ließen?« Sie führte vor: »Am Anfang ist er ein kleiner, gebückter, armer Frosch, und dann wächst er im Verlaufe des Stückes allmählich, wirft schließlich seine Hülle einfach ab und ist wieder der junge König.« Frau Maurer war eine hervorragende Komödiantin. Die Kinder folgten ihr fasziniert. Sie tauchten schon ganz und gar als Dramaturgen in das Theater ein. Sie applaudierten entzückt. Selma fragte enttäuscht: »Und die Liebe bleibt weg?« – »Kommt nicht zu kurz!« – »Und das Hochzeitsfest?« – »Spielen wir auch.« – Am Ende der Stunde hatte Frau Maurer eine Reihe guter Ideen beisammen, das Szenarium einigermaßen festgeklopft und ihre Truppe auf das Spiel eingeschworen. Sie erteilte noch den Auftrag: »Jeder bringt für morgen was Grünes mit. Shirt, Hose, Mütze oder so, gerade, was ihr daheim findet, und dann kostümieren wir unseren Frosch. Okay?« Die Kinder jauchzten »okay« und »toll«, etliche quakten angeregt und alle freuten sich auf die nächste Stunde.

Tags darauf häuften sich auf dem Lehrertisch grüne Sachen für an die zehn Frösche. Emsig hatten die Kinder gesucht und gesammelt und jeder etwas beigetragen. So konnte es gehen. Frau Maurer war zufrieden, und zugleich stieg ihre Anspannung. Sie arbeitete immer wie ein Magier, lavierte zwischen dem sichtlich Machbaren und dem scheinbar Unmöglichen, zwischen der Wirklichkeit und dem Ideal. Damit bewegte sie sich jedoch manchmal auf sehr dünnem Eis. Sie war sich dessen auch bewusst und geriet in hitzigen Schaffenseifer. Sie eilte, um das Tal zu durchschreiten, die Senke zu überwinden, den Nebel hinter sich zu lassen, und sie tat es nie um ihrer selbst willen, sondern stets für die Kinder. Kaum spürbar lenkte sie das weitere Geschehen. Begeistert wählten sie mehrere Frösche, auch Tom alias Esmeralda Bruck. Die Schauspieler kleideten sich um, probten eine Weile, und die Klasse hielt ein regelrechtes Casting ab. Kritisch wurde geprüft und beraten. Schließlich gab Esmeralda den besten Frosch. Die Rolle war besetzt. Nach dem gleichen Muster verfuhren sie beim alten König und der Prinzessin sowie bei den Leibdienern, den Mundschenks und dem übrigen höfischen Personal, bis das Ensemble vollständig und allen spielfreudigen Kindern eine Rolle zugewiesen war.

Und wieder saß einer still dabei und haderte mit seinem Schicksal. Felix passte die Wendung der Dinge nicht. Seine Idee vom maßgeblichen Einfluss des Zauberers war abgewürgt und die »Tunte« besetzte die Hauptrolle. Felix, äußerlich ruhig und innerlich empört, packte seine Federtasche in seinen Schulrucksack, lief nach vorn zum Lehrertisch, griff sich sein Mitteilungsheft vom Stapel und sagte: »Tschüss denn und schönen Tag noch«, und verließ den Klassenraum. Das Ganze war mit einer derart frappierenden Selbstverständlichkeit geschehen, dass sowohl die Kinder als auch Frau Maurer stumm dreinblickten. Wie sich die Tür hinter Felix geschlossen hatte, zündete der Lehrerin Instinkt. Sie stürzte zur Tür, riss sie auf und schrillte: »Felix! Felix, komm zurück!« Sie lauschte. Er war schon fort. Sie rief in den Klassenraum: »Kinder, benehmt euch anständig!«, und hetzte hinterher, den Flur entlang, die Treppe hinunter und stand atemlos vor der Pförtnerloge: »Haben Sie ein Kind vorbeiflitzen gesehen?« Hausmeister Wacker legte betont langsam und fürsorglich sein Buch beiseite und fragte süffisant grinsend: »Na, wieder einer entwischt?« Frau Maurer herrschte: »Haben Sie oder haben Sie nicht?« Der Hausmeister winkte die Lehrerin herein. Unter dem Arbeitstisch hockte vergrämt und mit Tränen in den Augen und auf den Wangen der kleine Felix. Seinen Rucksack hielt er wie ein Schild vor sich und sein Blick verriet: Das ist der Weltuntergang! Diesmal stand die Maurer ratlos vor dem Häufchen Unglück. Ja, sie war gewaltig von Blindheit geschlagen und überhaupt nicht einfallsreich. Sie legte den Harnisch an und baute sich bedrohlich auf. Meister Wacker hatte inzwischen genug Zeit gehabt, den Delinquenten zu verhören, den Sachstand zu erfassen und sprang nun ein: »Frau Maurer, solange Sie Esmeralda Bruck vorziehen, bekommt Felix bei mir Asyl. Neutrale Zone! Sie verstehen?« – »Ah, ja?«, stutzte Frau Maurer, brauchte einige Augenblicke zum Nachdenken, kam herunter und unterbreitete: »Friedensangebot. Ich entschuldige mich, hier vor Zeugen – Herr Wacker, Sie sind mein Zeuge –, und wir besetzen die Rolle doppelt.« Das war jedoch so ziemlich das Dümmste, was ihr einfallen konnte, denn ein Stück, das nur ein- oder höchstens zweimal aufgeführt werden würde, bedurfte keiner aufwendigen Zweitbesetzung. Der Ersatzspieler würde ewig auf der Reservebank hocken. So schlau war Felix schon lange. Er schüttelte den Kopf und ließ gleich noch ein paar Tränen fließen. Geschlagen und kläglich gestand Frau Maurer: »Was soll ich denn deiner Meinung nach jetzt tun? Esma absetzen und dich dafür nehmen? Das geht doch gar nicht.« Warum es nicht ginge, sagte sie nicht. Sie hatte ihren Plan und setzte ihn durch, wobei der Wust an notwendigen Begründungen und Erklärungen auf die Schnelle ja wahrscheinlich auch gar nicht herüberzubringen und zu durchdringen war. Felix schüttelte nur den Kopf. Die Kiste war verfahren und die Lage aussichtslos. Herr Wacker schaute von einem zum anderen, hin und zurück und wieder hin: »Tja, Frau Maurer, da hilft ja nun nur eins. Schreiben sie eine zweite Hauptrolle. Wie mir Felix sagte, haben Sie ja den Froschkönig sowieso schon restlos vermurkst. Da kommt es auf eine Änderung mehr oder weniger auch nicht mehr an, und Felix bekommt seinen Zauberer.« Er schmunzelte listig: »Okay?« – Hand in Hand stiegen Felix und Frau Maurer die Treppe wieder hinauf und Hausmeister Wacker fühlte sich ein weiteres Mal in seiner wichtigen Position bestätigt. Die Schüler der 4A und Frau Maurer erarbeiteten einen Prolog und einen Epilog für den Zauberer. Die Kinder bekamen ihre Texte, lernten und probten.

Felix und Tom alias Esmeralda standen auf der Bühne. Der Rest der Klasse langweilte sich. Frau Maurer führte Regie: »Mal nicht so lahm. Felix, du willst den jungen König verführen, verwirren, verzaubern. Wenn du das willst, musst du dich schon auch ein bisschen ins Zeug legen. Versprich ihm mit süßer Stimme das größte Königreich und die schönste Prinzessin. Okay? Und zum Publikum sagst du gehässig: ›Den kriege ich!‹ Da drehst du dich ein bisschen so rum.« Frau Maurer führte vor. Felix nickte. Frau Maurer wandte sich nach der anderen Seite: »Esmeralda, stell dir vor, du sollst etwas machen, was du nicht willst, auf keinen Fall willst. Du lehnst ab und sagst nein. Nein, nein, nein! Bis zu dem Punkt, wo das Höchstgebot kommt. Stichwort Prinzessin, und dann knickst du ein. Okay?« Frau Maurer setzte sich auf ihren Stuhl, die Künstler agierten, die Klasse schaute zu. Es wurde spannend. Felix beschwor. Tom blieb hart. Felix säuselte in lieblichen Tönen. Tom widerstand mit aller Macht. Frau Maurer sagte: »Stopp! Esmeralda, wenn du auf Stichwort nicht einknickst, macht die Szene keinen Sinn. Also noch mal.« Felix brillierte, und Tom blieb steif bei sich. Er sah nämlich gar nicht ein, wieso sie um eines einzelnen Kindes willen einen derartigen Aufriss veranstalteten. Die Szene fand er blöd und völlig überflüssig. Sie wiederholten ein drittes Mal. Tom konnte sich einfach nicht beugen und schon gar nicht vor diesem Angeber, der sich in das Stück eingeschlichen hatte. Geduldig erklärte Frau Maurer erneut den Hergang der Verwandlung. Sie gab die Bühne frei. Die beiden Kinder rangen mit Worten und mit Mimik und mit Gesten, die Dramatik nahm zu, und plötzlich neigte sich Felix ganz dicht zu Esmeralda und zischte: »Tunte!« Tom knickte ein, das Publikum applaudierte, die Szene war im Kasten. Frau Maurer lobte und schickte die Kinder in die Pause. – Auf der Treppe griff sich Tom seinen Gegner und forderte ihn: »Felix, ich hau dir eine in die Fresse, wenn du nicht dein Maul hältst.« Felix erwiderte gelassen und über die Schulter: »Mit Tunten prügele ich mich nicht«, und ging weiter. – Freilich hätte Tom aufstecken und sich aus dem Stück stehlen können. Er hätte auch Frau Maurer um Hilfe bitten können. Im Schlichten war sie alle Male gut. Nur, das alles waren für ihn keine Lösungen mehr. Er besetzte die Hauptrolle und er würde sie ausfüllen, und zwar so, dass der Zauberer am Ende dünne wie ein kaputter Luftballon herüberkäme. Fortan spielten die beiden Knaben wie die Teufel. Frau Maurer hielt den Atem an, und die Kameraden eiferten ihnen nach.

Spaßig und als hätte sie Mühe, sich an die wirklichen Namen zu erinnern, rief Frau Maurer ihre Schützlinge mit dem Rollennamen auf. Zunächst reagierten die Kinder irritiert und verstimmt. Sie mochten die Verwechslung nicht. Alsbald fanden sie das Spiel jedoch recht amüsant, zumal immer wieder mächtige Lacher daran hingen, und sie profilierten sich angeberisch und aufgedreht mit ihren Künstlernamen. Da grämten sich diejenigen, die keinen Part im Stück abbekommen hatten. Ihre Zurückhaltung bereuten sie jetzt. Frau Maurer zeigte auch hier den Ausweg: »Für den Rest des Schuljahres darf jeder mal in seine Traumrolle schlüpfen und sich anders nennen als bisher. Wollen wir das?« Alle wollten. Ein riesiges Tohuwabohu an Verkleidung und neuer Namensgebung entstand. Susi und Strolch, Harry Potter und Hermine Granger, Gandalf und Aragorn und viele andere tummelten sich in der 4A. – Den Turnunterricht verlegte Frau Maurer für die letzten paar Tage des Schuljahres auf den Schulhof und auf den Spielplatz, zumal ja das sonnige Wetter förmlich dazu einlud, so dass sich Umziehen und der Weg zur Turnhalle erübrigten. Sie nannte es Sportspiele. Auch diese Abwechslung kam bei ihren Zöglingen gut an. Tom Bruck alias Esmeralda lief, sprang, balancierte, wetteiferte gelöst zwischen den anderen und lebte förmlich auf.

Das bunte Treiben in der Klasse 4A blieb nicht unbemerkt. Die Kinder der Nachbarklassen schauten neidisch herüber. »Warum dürfen wir nicht auch so ein herrliches Spiel spielen? Warum hockt unsereins an Arbeitstischen und paukt Lektionen, während die da nur Spaß haben?« Missmutig hielten die anderen Lehrer ihre Gruppen bei der Stange. Entrüstet steckten sie die Köpfe zusammen: »Jetzt übertreibt die Maurer aber wieder mal maßlos. Man sollte ihr das Handwerk legen. Schule ist doch kein Kasperletheater!« Sie gaben Direktorin Neitzel einen vermeintlich beiläufigen Wink, hier doch einmal nach dem Rechten zu schauen. Die Chefin reagierte jedoch nicht. Noch nicht! Derweil traten die Eltern auf den Plan. Einige waren arg befremdet. »Ist das noch normal? Eine

Maskerade, die keinem Fasching nachsteht. Tägliche Verkleidung und dazu will kein Kind mehr auf seinen wirklichen Namen hören.« Sie verlangten, dem Spuk ein Ende zu bereiten. »Es ist nur fürs Schulfest. Wir proben ein hübsches Stück. Im neuen Schuljahr geht alles wieder seinen geregelten Gang«, wiegelte Frau Maurer ab, lachte froh, gab sich unbetrübt, wobei in ihr inzwischen ein ganz übles Bauchgefühl aufkeimte. Ihr Gefühl trog nicht. Eifrig intervenierten ein Vater und eine Mutter vorgeblich im Auftrag der gesamten Elternschaft bei der Schulleitung gegen das hanebüchene Unwesen in der Klasse 4A, verlangten sofortige Klärung und kündigten Beschwerde bei der Schulaufsicht an. Das brachte Direktorin Neitzel in Zugzwang. Schulaufsicht war noch immer so eine Art göttliche Instanz.

Die Direktorin zitierte die Lehrerin: »Warum nutzen Sie mit Ihrer Klasse die Turnhalle nicht? Haben Sie denn nicht begriffen, dass brachliegende Ausstattungen negativ zu Buche schlagen. Die Schulaufsicht kontrolliert akribisch sämtliche Belegungspläne, führt Stichproben durch und streicht am Etat herum. Das wissen Sie doch!« Frau Maurer wich aus: »Es ist so schönes Wetter. Bewegung an frischer Luft kann nicht schaden.« – »Kann nicht schaden«, echote Frau Neitzel unwirsch und bohrte weiter: »Nur sieht das nicht gerade nach Unterricht aus, was Sie da veranstalten. Wie ich überhaupt den Eindruck habe, dass Sie in Ihrer Klasse gar keinen Unterricht mehr abhalten. Rumhopsen in bunten Kostümen! Was ist denn das!?« Frau Maurer empfing den Schlag, sie konnte das Zittern in ihrer Stimme nicht ganz unterdrücken, und parierte: »Es ist wegen der Abschlussfeier. Wir proben das Theaterstück. Und außerdem sind wir mit dem gesamten Stoff längst durch.« Frau Neitzel spitzte: »Ich will Ihnen ja keine Vorschriften machen, aber glauben Sie nicht, dass Wiederholungen besser festigen als zügelloses um die Wette Blödeln? Auch in Ihrer Klasse gibt es nicht nur Einser. Kümmern Sie sich um die Schwachen. Haben Sie denn gar keine Problemfälle?« Frau Maurer realisierte, wie sich vage Befürchtungen zu einer vernichtenden Macht ballten. Sie schluckte, lächelte verkrampft, neigte den Kopf und sagte möglichst liebenswürdig, beschwörend: »Ich verspreche Ihnen eine fantastische Aufführung zur Abschlussfeier. Die Gäste, die Eltern, alle werden es mögen und lange davon zehren.« Das war nicht überzeugend. Das wirkte sogar ein bisschen paranoid. Die Schulleiterin empörte sich: »Wir sind doch nicht die Mailänder Scala!«, und entschied: »Ich verlange von Ihnen die Wiederaufnahme des normalen Unterrichts.« Frau Maurer überschlug ihre Chancen, und in einem irrsinnigen Rettungsversuch pokerte sie kühn: »Okay, ich blase alles ab.« Den scheinheiligen Rückzug wertete Frau Neitzel sehr richtig als glatte Erpressung! Woher nähme sie in der Kürze der Zeit ein neues Schülertheater? Welcher Kollege wäre mit seiner Klasse in der Lage, da einzuspringen? Frau Neitzel lenkte notgedrungen ein: »So war das ja nicht gemeint. Ich denke nur, man sollte das ein wenig herunterfahren. Nicht ganz so auffällig. Sie verwirren ja alle.« Ohnmächtig rudernd bemühte sie sich um Schlichtung. Frau Maurer verspürte leichten Aufwind. Sie versprach: »Ja, ich kümmere mich. Ich halte die Kinder zu mehr Zurückhaltung an«, und dabei hatte sie keine Ahnung, wie das gehen sollte. Würde sie jetzt die zugegebenermaßen etwas überbordende Begeisterung der Kinder ausbremsen, verlöre sie nicht nur ihre Glaubwürdigkeit, sondern würde auch die Kinderseelen vergewaltigen. Zu so etwas war Frau Maurer weder befähigt noch bereit. – Direktorin und Lehrerin trennten sich mit falscher Freundlichkeit.

Frau Maurer nahm ihre Schar zusammen und sagte unter geheimnisvollem Gebaren: »Heute habe ich euch was Schönes mitgebracht.« Die Kinder waren gespannt, wie sie immer gespannt waren, wenn ihre Lehrerin so anfing. Sie erklärte, was sich an einem richtigen Theater so alles hinter den Kulissen, in den Werkstätten und in der Werbeabteilung ereignete. Vor den Kinderaugen entstand das beeindruckende Getriebe emsig schaffender, niemals im Rampenlicht stehender Techniker, Schneider, Maskenbildner, Frisöre und Designer. »Deshalb wollen wir das Theatererlebnis noch ein wenig aufpeppen«, sie nahm große Bögen weißen Papiers, Pinsel, Farben und Stifte hervor, »und Plakate malen, Programmzettel entwerfen, sozusagen das Publikum auf die Aufführung einstimmen und sie informieren.« Alle drängten zu dieser neuen, reizvollen Aufgabe und zeigten als Werbegrafiker ihr Talent. Sie malten, schrieben, berieten, verwarfen, stritten auch und erlebten sich im Schaffensrausch. Wunderschöne Plakate und Programmzettel entstanden und schmückten rundherum auf sämtlichen Tischen, Ablagen, in den Regalen und auf dem Fußboden den Klassenraum. Frau Maurer hob ein besonders gelungenes Blatt hoch und fragte: »Von wem entworfen und gemalt?« Sarah meldete sich. Frau Maurer sagte: »Ich würde das noch signieren. Sieht doch besser aus, wenn es unterschrieben ist.« Sarah zögerte: »Mit meinem

Künstlernamen oder in echt?« Frau Maurer antworte-te: »Na, in echt. Schauspielerei ist das eine und rich-tiges Leben ist das andere? Du willst doch auch, dass die Leute wissen, wer das hier wirklich gemacht hat.« Sarah zeichnete mit ihrem bürgerlichen Namen. Die Kinder signierten eifrig ihre Werke. Frau Maurer ging durch die Reihen, beobachtete, blieb bei Tom stehen, beugte sich herab und flüsterte: »Mut, mein Junge.« Er kritzelte scheu und winzig klein ganz unten auf die Seite: »Tom Bruck«. Frau Maurer fiel ein Stein vom Herzen. Sie machten weiter und Tom unterschrieb zunehmend schwungvoller und raumgreifender. Die Programmzettel und Plakate hängten sie im Schulhaus auf, brachten sie im Ort in den Schaukästen an und legten sie bei den Gewerbetreibenden aus, drückten sie fast jedem Kerkower in die Hand und steckten sie in die Briefkästen. Und auf etlichen Blättern konnte der aufmerksame Beobachter lesen: »Entworfen und gemalt von Tom Bruck.«

Tom kam heim. Ihn bewegte eine ganz simple Logik. Er hatte sich etwas wünschen dürfen, nämlich Esme-ralda zu sein, und nun wünschte er eben zurück. Mit frappierender Leichtigkeit war ihm in der Schule der Tom Bruck aus der Hand geflossen und von den an-deren angenommen worden. Das übertrug er jetzt auf seine Eltern. Er berichtete ausführlich vom anstehen-den Schuljahresabschluss, von den Proben zum Thea-terstück, von seiner Hauptrolle im Stück »Der Frosch-könig« und von seiner graphischen Kunst. Mutter und Vater hörten gern und hingebungsvoll zu. Tom sagte: »Und dann habe ich mit Tom Bruck unterschrieben.« – »Ja, ja«, meinte Vater Conni überlegen, »das ist soweit ganz korrekt. Solange die Geburtsurkunde noch nicht geändert ist, müsstest du sowieso mit Tom unterschreiben.« Damit schien die Sache für ihn erledigt. Tom war jedoch noch nicht fertig. Er deklamierte: »Ich bin Tom.« Die Mutter starrte ihn an und der Vater war nicht minder verblüfft. Sie verfestigten schmeichelnd: »Du bist Esmeralda.« Das Kind wiederholte: »Ich bin Tom.« Der Vater hockte perplex auf der Szene. Mutter Pia schaltete schneller: »Esma, du warst sehr krank. Jetzt beruhige dich. Alles wird gut.« Der Vater fragte ein wenig spitz: »Was hast du denn für Anwandlungen?« Ganz langsam spulte er sich hoch. Tom hob seinen schmalen Brustkorb, schob das Kinn vor und bekräftigte: »Ich bin Tom und ich möchte nichts anderes sein.« – »Aber Esma?!« – Tom klagte: »Erst eine Sache versprechen und dann nichts halten.« Vater Conni erwiderte: »Wir haben nichts versprochen und dann nicht gehalten.« Er war sich keiner Schuld bewusst. Der Vorwurf kränkte ihn. Sie hatten sich so um Esmeralda bemüht. Tom trumpfte auf: »Doch, habt ihr! O-Ton: Wir regeln alles so, dass es passt. Du hast dein großes Ehrenwort gegeben. – Nüscht passt, nüscht habt ihr gehalten. – Dann bin eben wieder Tom.« – Die Eltern wehrten sich vehement. Sie erinnerten sich nicht. Vater Conni war inzwischen oben angekommen: »Erst so und dann wieder anders! Glaubst du, wir kaufen dir jede Woche neue Klamotten? Ich lasse mich doch nicht zum Popanz einer Zehnjährigen machen.« Erneut realisierte er die schwer verständlichen weiblichen Befindlichkeiten und Eigenheiten. Launen! Schlicht und einfach nur Launen. Den einen Tag so und den nächsten Tag wieder anders. Es war zum Aus-der-Haut-fahren. Er schnaufte wild und seine männliche Geradlinigkeit führte ihn gnadenlos vor. Seine Frau neigte sich ihm zu, strich ihm über den Arm und bat derart um Mäßigung. Sie waren doch gerade erst wieder zusammengekommen. Sollte das alles jetzt und so plötzlich wieder zerschellen? Conni beruhigte sich nur mühsam und forschte sanft: »Also, wie kommst du jetzt da drauf?« Tom schaute seinen Vater ernst an und antwortete überzeugend: »Meine Lehrerin hat das auch gesagt. Ich bin Tom.« Die Eltern wichen konsterniert zurück und hakten einstimmig dort ein: »Die Maurer unterdrückt Transgender?« Unsicherheit erfasste sie. Tom erklärte: »Nein, so war es nicht. Es ist vielmehr so, dass ich keine Lust mehr habe. Es ist, weil ich immer so alleine bin. Es ist …« Er stammelte. Er fand keine Worte. Die schwankende Unentschlossenheit seiner Eltern fesselte auch ihn. Was sollte er denn machen?

Es schellte an der Wohnungstür. Die Szene zerstob, und Conni Bruck öffnete. Er erblickte einen gewinnend lächelnden Nico Popper im Rahmen. Der Reporter hatte gerade noch gefehlt! Conni bellte: »Was wollen Sie denn noch?« An die Berichterstattung, an die Veröffentlichung ihrer Privatsphäre hatten die Brucks schon lange nicht mehr gedacht. Viel zu viel hatte sich ereignet und den einstigen Wunsch nach Popularität ausgelöscht. Jetzt stand dieser Typ da und drängte herein. Er setzte auch schon einen Fuß über die Schwelle, ergriff Connis Hand, schüttelte und sprudelte: »Wie ich mich freue, euch gesund und munter anzutreffen.« Conni erwiderte den Gruß schwach. Nico Popper stürmte an ihm vorbei und in das Wohnzimmer. Er begrüßte das Kind und die Mutter und redete unumwunden auf die Brucks ein: »Mal schauen, wie es so läuft, und paar Neuigkeiten einsammeln. Schließlich hat man ja noch einen Beruf, und der erledigt sich nicht von selbst. Ach, bin ich froh, dass es euch gut geht …« Er hockte sich ungeniert in einen Sessel und redete unbekümmert weiter. Während die Brucks ihm nun etwas zu trinken anboten und ihm wortkarg entgegenkamen, überlegte Nico krampfhaft, wie er das Ruder herumreißen könne.

Nico Popper war nicht der Mann, der eine einmal aufgenommene Spur sang- und klanglos aufgab. Dafür war das Geschäft viel zu hart, die Konkurrenz viel zu stark und das Geld viel zu sauer verdient. Versagte ihm sein einstiger Kompagnon Jens Schmittke die Zusammenarbeit, so machte er sich eben allein auf den Weg, um die Transgender-Geschichte fortzusetzen. Freilich bemühte er sich zunächst, Jens umzustimmen. Ein rüder Spruch oder ein abgebrochenes Telefonat waren für Nico kein Grund, die Flinte ins Korn zu werfen. Er klemmte sich hinters Lenkrad, fuhr erneut die mehr als fünfhundert Kilometer quer durchs Land und klopfte bei Schmittke an. Der empfing ihn zwar, erklärte jedoch fest: »Du siehst ja, hier hat sich einiges getan. Ich habe jetzt mein Tun auf dem Hof. Die Außenanlage ist noch längst nicht fertig. Ich muss mich um unsere Mitbewohner kümmern und habe Familie. Außerdem, so leid es mir tut, hast du hoffentlich mitgekriegt, dass ich nicht mehr für dich arbeite.« Nico sah sich um, fand bestätigt, was ihm der Hausherr offerierte. Mit seinem guten Riecher ging er herum und bemerkte, dass Jens an einem neuen Buch über Asien schrieb. Er bot dem Autor großzügig die Finanzierung seines Werkes an. Jens entgegnete: »Lieber bringe ich es im Selbstverlag heraus, wenn es denn irgendwann fertig wird, und begnüge mich mit einer Kleinstauflage, als mir noch einmal deinen Korrekturstift anzutun.« Nico war bis in die Grundfesten hinein erschüttert und enttäuscht. Zehn Jahre gemeinsamer Arbeit, Erfolge wie Misserfolge, Raufereien um des Zieles willen und die Freude nach dem gelungenen Einsatz – so etwas warf niemand leicht weg oder strich es aus seiner Biografie, und auch ein Nico Popper war nur ein Mensch mit Sehnsüchten, Gefühlen, Gewohnheiten und dem Wunsch nach Verwirklichung seiner Träume. Na klar, das Schicksal war mitunter launisch, und auch ein Schmittke rebellierte manchmal, aber im Wesentlichen waren sie doch immer ganz gut miteinander ausgekommen. Jetzt kehrte sich Jens ab, wollte von der ganzen Berichterstattung nichts mehr wissen, ließ die Beziehungen versacken und kümmerte sich um seine kleinkarierte Würstchenbude. Jens Schmittke war ein Bauer geworden, ein Bauer, wie er im Buche steht, und ein verdammt sturer Hund. Tja, da war ja nun nichts mehr zu machen. Nico trat gekränkt ab und sondierte seine Möglichkeiten bei den Brucks.

Er schnüffelte in deren Wohnzimmer herum und registrierte: dicke Luft! Er zog ein breites Lächeln auf und fragte: »Was ist los? Täusche ich mich oder ist euch wirklich eine Laus über die Leber gelaufen?« Vater Conni lenkte sein Kind: »Geh auf dein Zimmer. Wir reden noch.« Tom verdrückte sich. Conni erklärte: »Soeben erzählte uns Esma, dass sie doch lieber Tom sein möchte.« – »Wie das?!« – Pia und Conni wanden sich: »Nun ja, das hat ihr wohl die Lehrerin so oder so eingeredet. Wir wissen es noch nicht genau. Da müsste man erst noch mal nachhaken und vielleicht andere Kinder und Eltern anhören, was da vorgefallen ist.

Jedenfalls ist Esma ganz verwirrt.« Nico Popper sah sämtliche Felle davonschwimmen. Er sprach beschwörend: »Vielleicht sollte man erst mal mit der Lehrerin reden. Es liegt eventuell ein Irrtum vor. Kinder verstehen ja auch noch nicht alles. Erst ein kleines Gespräch, bevor man große Wellen macht.« Conni Bruck nickte, und das Wort von den großen Wellen schleuderte ihn erbarmungslos in den Abgrund. In der Tat hatte er sich restlos verhoben. Blitzschnell realisierte er nämlich, dass er ohne die vorherigen Presseberichte dem Kind nun einfach hätte nachgeben, die Verwandlung als eine Grille seines Sohnes vor den Leuten hätte bagatellisieren können, die Transgender-Geschichte würde allmählich auslaufen und vergessen sein. Dann würde das Kind nach den Ferien eben in Hose und T-Shirt und ohne weibischen Krimskrams in die Schule gehen. Was soll's? Kinder reden ja viel, und ein kleines Versehen oder ein vorübergehender Spleen sind allemal verzeihlich. Mit der Presse war diese Strategie aussichtslos. Er hatte sich als Vater eines Transgenders gebrüstet und würde sich nachher vor aller Welt unmöglich machen, zumal in den Sommermonaten kaum andere Nachrichten durch den Äther liefen. Conni Bruck fühlte sich denkbar unwohl. Nico Popper spürte auch das. Er erbot sich: »Wenn es euch hilft, würde ich bei der Lehrerin mal vorfühlen. Ich bin neutral. Das hat ja auch seine Vorteile. Und dann schauen wir, was sie gesagt hat und was sie nicht gesagt hat und was sich da machen lässt.« – Der Journalist setzte sich in Trab und klingelte bei Frau Maurer.

In dem kleinen Haus auf dem schmalen Grundstück hatte sich die Lehrerin gleich neben dem Eingang eine

Art Besucherraum eingerichtet. Eine Sitzgruppe mit Tischchen und drei Sesseln und einer Hausbar füllten den Raum fast vollständig aus, den Fußboden bedeckte glatter, leicht zu reinigender Belag, und die Wände schmückten ein paar hübsche Landschaftsbilder. Frau Maurer führte, als Lehrerin in ihrem Wirkungskreis wohnend, von jeher ein offenes Haus. Bis vor einigen Jahren hörte sie ihre Gäste in ihrem Wohnzimmer, manchmal in der Küche an, wie es am Land halt üblich war. Allerdings bemerkte sie irgendwann, wie sich die Zeiten, die Ansichten und der Umgang änderten. Eine neue Generation wuchs auf und mit dieser nahmen auch Tratsch und Klatsch ihren Lauf. Das war nicht jenes leichtfüßige Geplänkel, wie es ehedem unter guten Nachbarn gang und gäbe war, sondern tatsächlich rufschädigende Indiskretion. Die Besuche ihrer Schüler und derer Eltern konnte und wollte Frau Maurer nicht verhindern, aber sie sperrte sie aus ihrer Privatsphäre aus. Ein Empfangszimmer ward aus dem knapp bemessenen Wohnraum herausgetrennt und mit den Gästen genutzt. Hier saß sie nun dem Journalisten Nico Popper gegenüber.

Der legte reichlich Köder aus, indem er freundlich auseinandersetzte: »Ich habe gern mit Ihnen gearbeitet. Unser Film ist gelungen und hoch gelobt worden, nicht zuletzt deshalb gelungen, weil Sie, gnädige Frau, eine hervorragende Referentin sind. Ich erinnere Ihres souveränen Auftretens und Ihrer sachlichen Art gern.« Frau Maurer nickte. Er steigerte sich: »Fachleute aller Art interessierten sich dafür. Wir bekamen viele Anfragen um Fortsetzung. Kommentare sind auch eingetroffen. Alles sehr löblich und immer wieder wurden Sie herausgestrichen.« Sie nickte und er lauerte. »Ich würde ja gern mit Ihnen ein paar Details für den nächsten Film durchgehen, als da wären verschiedene Einstellungen mit dem Kind und mit Ihnen, gnädige Frau, und selbstverständlich auch Ihre Erfahrungen in der Praxis und wie Sie die Schwierigkeiten, vor allem die Vorurteile der Leute überwunden haben.« So lockte und schmeichelte er in einem fort. Sie nickte immer wieder und blieb stumm. Er drängte: »Nun, was meinen Sie?« Frau Maurer holte tief Luft, öffnete den Mund und sprach: »Herr Popper, Ihr Engagement ehrt mich. Ich schlage vor, Sie legen mir die Anfragen und Kommentare der Zuschauer vor, damit ich mich auf das Publikum einstellen kann. Ihre eigenen Vorstellungen formulieren Sie vorab auch schon mal. Ich bereite mich anständig vor und dann drehen wir den Film.« Sie spielte auf Zeit und lächelte. Nico glotzte dümmlich. Er hatte sich sofort wieder im Griff, erhob sich, grüßte, verbeugte und entfernte sich.

Auf dem Rückweg zu den Brucks realisierte Nico die unglaubliche Abgebrühtheit und die Kälte dieser alten Lehrerin. Sie demonstrierte Überlegenheit, wo im Grunde nur Desinteresse vorhanden war. Für derartige Scheinheiligkeit hatte er ein sensibles Organ, und er empörte sich. Trugen sie nicht alle auch Verantwortung? Verantwortung für ein kleines Kind, das seine Rechte naturgemäß gar nicht selbst durchsetzen konnte. Und war Nico als Medienvertreter deshalb nicht mehr als jeder andere gefordert? Er verspürte nicht wenig Lust, die Maurer mit einem gepfefferten Artikel der Vernachlässigung der Fürsorgepflicht anzuklagen. Nur leider schafften derartige Attacken manchmal böses Blut und konnten als Bumerang, nämlich als Verleumdung empfindlich zurückschlagen. Die Hiesigen und die Älteren, so rückständig sie sich auch gebärdeten, nutzten mitunter die Gerichte recht geschickt. Da war es schon besser, die Abfuhr zu schlucken und die größeren Geschütze aufzufahren: die Öffentlichkeit und das Schulamt. Die Öffentlichkeit von Kerkow würde den Transgender behutsam in ihrer Mitte bergen und sicher forttragen. Und im Schulamt saßen ebenfalls mit Sicherheit hohe und höhere Bedienstete, die ihren Sprung in die Regierungsetage des Landes oder sogar des Bundes gern mit einem Fachvortrag vor laufender Kamera abfedern würden.

Mit diesen Überlegungen überwand Nico Popper jegliche Hemmungen und trat unvermindert großspurig bei den Brucks ein: »Sage ich doch! Kleines Missverständnis. Was Kinder so alles zu hören glauben! Frau Maurer ist unserer Sache gar nicht abgeneigt. Im Gegenteil. Wir besprachen schon den neuen Film. Freilich wird sie sachdienliche Hinweise für den Umgang mit Transgendern geben. Sie ist ja die erste Fachfrau vor Ort. Sie kam auch entspannt und freundlich rüber. Da müssen wir uns gar keine Sorgen machen.« Die Eltern zeigten sich erfreut und hofierten ihren Gast. Der breitete sich wieder im Haus aus, trug allerlei Wünsche vor und legte die Szenarien fest. Tom schwieg und ließ sich dirigieren. Die Eltern spielten mit, wobei sie das zum Selbstläufer gewordene Transgender-Geschehen sowohl willenlos als auch missmutig unterstützten.

Die Abendsonne tauchte Kerkow in weiches Licht und wieder huschte ein Kind, wie ein Wiesel durch Strauchwerk schlüpfend, im Schatten der kleinen Häuser und von Baumstamm zu Baumstamm springend, zu seinem Ziel. Das Kind war Tom Bruck. An der Zaunecke und verdeckt vom Müllstand hielt er an, spähte umher, fasste in das Gitter, zog sich hoch und war mit einem Satz drüben. Er duckte sich und wartete. Wie ein Blitz jagte die Hündin Kira auf ihn zu. Sie stoppte, fletschte die Zähne und knurrte wie ein Feuerdrachen. Tom hob eine Hand und raunte: »Still Kira! Lass gut sein.« Das kluge Tier schnupperte, ließ sich streicheln und drehte ab. Tom lief gebückt zum Haus, das Fenster stand offen, und er klopfte leicht mit den Fingerkuppen auf das blecherne Sims. Sophia steckte den Kopf heraus und fragte leise: »Was ist los?« Tom nickte zum Holunderbusch und verschwand. Augenblicke später stand Sophia neben ihm. »Nun mach schon«, drängte sie, »Mutti ist noch nicht durch.« Sophia war durch das Fenster entwichen und hatte es eilig, denn solange ihre Mutter noch nicht »Gute Nacht« gewünscht hatte, war die Luft nicht rein. Wobei es immer Alternativen gab. Sophia konnte durch das Badezimmerfenster einsteigen und vortäuschen, noch einmal auf der Toilette gewesen zu sein. Oder sie kehrte offiziell durch die Haustür zurück und gab unschuldig an, nach dem Hund geschaut zu haben. Das waren aber alles nur Notlösungen, deren Gebrauch sparsam eingeteilt werden musste, denn auch Sophias Eltern bestanden auf Ordnung und Gehorsamkeit und waren schließlich nicht ganz blöd. Tom erklärte: »Die Maurer steht mir bei. Die weiß längst, dass ich Tom bin, und macht keinen Zirkus. Aber meine Eltern, halleluja!, die drehen völlig frei. Die bleiben bei Esmeralda und drücken das durch. Ich hätte sie ja vielleicht noch gekriegt, da tauchte dieser Heini vom Fernsehen auf. Jetzt sitzen die zu dritt und planen den nächsten Film.« Mit hängenden Schultern resümierte er: »Ich werde das nicht mehr los.« Sophia legte ihm einen Arm um die Schultern: »Tom, du musst jetzt stark sein. Du sagst jetzt jedem: ›Ich bin Tom.‹ Dann müssen sie früher oder später nachgeben.« – »Und wenn nicht? Sie machen diesen idiotischen Film und alles geht von vorne los und wird nur noch schlimmer«, stöhnte er. Sie erwiderte: »Dann machen sie eben ihren bekloppten Film mit Esmeralda. Ist doch egal. Weißt du, wie viel Quatsch im Fernsehen läuft? Das sagt mein Papa ja auch immer.« Tom nickte. Er neidete Sophia ein wenig ihren Papa und ihre Hartnäckigkeit oder besser gesagt: ihr Selbstbewusstsein.

Er umfasste sein Mädchen mit beiden Armen, zog sie ganz dicht zu sich heran, drückte sie zärtlich und flüsterte: »Sophia, wenn ich dich nicht hätte.« Sie schluckte vor Rührung und Mitgefühl. Sie legte ihren Kopf an den seinen und hauchte kaum hörbar: »Dann heiraten wir.« Tom schob sie von sich, schaute sie groß an, strahlte und fragte: »Wann?« Sie antwortete überzeugt: »In zehn Jahren.« Tom ließ die Hände sinken und kehrte sich mit einer flüchtigen Bewegung ab: »Äh, nee. Zehn Jahre!« Sophia hob zu einer Erklärung an und in diesem Augenblick rief ihre Mutter: »Sophia, wo steckst du denn?« Das Mädchen wisperte: »Warte hier!«, und flitzte davon.

Es dauerte nicht lange und sie war zurück. Sie hatte einen kleinen Korb dabei und kramte heraus: ein Spitzendeckchen, einen Kerzenstummel mit Halterung, eine Schachtel Streichhölzer, zwei bunte Plastikbecher aus ihrem Puppengeschirr, eine halbvolle Wasserflasche, ein Büchlein und noch andere Utensilien. Ein winziges Kästchen barg zwei Ringe. Sie breitete alles auf der Erde aus, richtete einen hübschen Altar her, befüllte die Becher mit Wasser und zündete die Kerze an. Die Kinder knieten nieder, fassten sich an den Händen und heirateten. Dem Schwur folgte das Aufstecken der Ringe, dann das schriftliche Festhalten des Gelübdes in dem Büchlein, dann der Kuss und abschließend stießen sie auf ihr Wohlsein und auf das der Ihren an. Die Runde war klein, die Hochzeitsfeier winzig, denn nur ein einziger Gast war gekommen: Die Hündin Kira lag interessiert zuschauend und zuweilen winselnd unterm Hollerbusch. Nichtsdestotrotz war es eine erhebende Stunde. – Der Mond tauchte das Blätterdach der Bäume in matt gelbes Licht, und Tom Bruck trödelte beglückt und gestärkt auf geradem und direktem Wege heim. Er hegte auch gar keine Bedenken ob etwaiger Beobachter. – Übrigens, das Familienstammbuch trug er unterm Hemd. Das hatte ihm Sophia beim Abschied noch zugesteckt: »Wir machen von Anfang an Gleichberechtigung«, sie war für übersichtlich geordnete Verhältnisse, »du kümmerst dich um unsere Papiere und um unser Geld, und ich kümmere mich um unsere Kinder und um unsere Mahlzeiten.« Tom küsste sie noch einmal, nahm das Buch an sich, sprang behände über den Zaun und stiefelte nach Hause.

Das Schuljahresende war für die Direktorin Neitzel immer nervig. Während sie sich ausgebrannt und abgearbeitet auf die Ferien freute, wurden ihr Statistiken, Abrechnungen und Kontrollen zugemutet. Die Schulaufsicht war unerbittlich, und Frau Neitzel war auch nur ein kleines Rädchen im Getriebe beziehungsweise nur ein Mensch. Drei Kreuze schlug sie, wenn sie nach der Jahresabschlussfeier einen letzten Blick über den leergefegten Schulhof gleiten ließ. Der Stress legte eine sechswöchige Pause ein. In diesem Jahr steigerten sich die Zumutungen jedoch zum Wahn, denn die Filmproduzenten waren wieder unterwegs. Nico Popper arbeitete an einer weiteren Reportage über Tom alias Esmeralda Bruck. Er wollte das Kind auf der Abschlussfeier in der Aula und mit großem Bahnhof zeigen. Er hatte sowohl die Kerkower Bürger als auch die Autoritäten vom Schulamt mobilisiert. Direktorin Neitzel geriet dadurch dermaßen in den Fokus der Öffentlichkeit und unter die Augen ihrer Vorgesetzten, dass es ihr schlaflose Nächte bereitete. Wo sie normalerweise in der Menge flanierte, vom Beifall angehoben die Bühne betrat, ein paar würdigende Worte sprach, sich bedankte und sich wieder zurücknahm, sollte sie sich nunmehr vor einem Millionenpublikum bewähren. Jeder wusste, jeder hatte schon einmal erlebt, wie vermeintlich unfähige Pädagogen in den Medien durchgehechelt wurden. Ein falscher Wimpernschlag, ein unsicherer Satz oder eine missliebige Geste, und schon war derjenige groß in Mode. Kaum einer ahnte und niemand mochte zugestehen, was im Schulbetrieb tagtäglich zu leisten war, und trotzdem erlaubte sich jeder ein Urteil. Ein besonders hartes, abwertendes Urteil, wenn es um derart diffizile Belange wie zum Beispiel die Integration eines Transgenders ging. Frau Neitzel wähnte sich außerstande, der geballten Kritik die Stirn zu bieten. Sie hatte nur noch Angst. Selbst wenn alles glatt lief – aber wo lief eigentlich jemals alles glatt? –, hielt sie schon im Vorfeld den Druck nicht aus.

Ihre Lage war fatal. Sie war auch deshalb fatal, weil sie gemäß ihrer Befugnisse den Fall Tom alias Esmeralda Bruck nach unten dirigiert hatte, sprich: Nach anfänglichem Engagement hatte sie sich in ihr abgeschirmtes Arbeitszimmer zurückgezogen und sich nicht mehr gekümmert. Nun sah sich Frau Neitzel schon vor offenem Mikrofon Rede und Antwort stehen ohne einen blassen Dunst zu haben. Fiebrig, fahrig, gereizt bestellte sie die Klassenlehrerin zu sich ins Büro.

Umständlich und langwierig fragte sie nach dem Stand der Vorbereitungen für die Abschlussfeier, und Lehrerin Maurer antwortete einsilbig und nichtssagend. Sie hatte nur den einen Gedanken im Kopf: Was will die Chefin? Endlich und wie beiläufig kam Frau Neitzel auf den Kern: »Wie macht sich denn so die kleine Bruck?« Da fiel auch bei Frau Maurer der Groschen. Aha, dachte sie mit einer winzigen Spur Gehässigkeit, das Filmteam ist unterwegs! Und mit dem großen Vorsatz, sich schützend vor das Kind zu stellen, antwortete sie: »Es geht ihr gut. Sie arbeitet fleißig. Es gibt keine Auffälligkeiten.« Frau Neitzel vertiefte: »Wie sind die Leistungen?« Frau Maurer nickte zum Rechner. Die Zeugnisse waren fertiggestellt und jederzeit abrufbar. Frau Neitzel öffnete das Dokument. Sie las und kommentierte: »Sehr schön. Nur Einsen und Zweien. In Sport eine Drei«, pikte sie mit der erstaunlichen Sicherheit ihrer Unkenntnis in die Wunde, blätterte, verglich dieses Zeugnis mit dem des Vorjahres und fragte: »Wie kam es zu dem Leistungsabfall?« Frau Maurer antwortete sichtlich unbekümmert: »Das Kind war krank.« Frau Neitzel forschte weiter: »Wie lange? Was hatte die Kleine?« Frau Maurer antwortete: »Zehn Tage. Das Kind hatte Fieber und war dann eine Weile nicht mehr ganz so fit wie sonst.« Kam ihr die

Chefin darauf, dass Tom wochenlang die Turnstunden schwänzte? Derartige Vorkommnisse würden einem rasch als Aufsichtspflichtverletzung angekreidet und waren schwer zu revidieren. Nein, die Direktorin kam ihr nicht darauf, denn bei längerem und gravierendem Leistungsabfall war die Schulleitung zur Meldung an das Gesundheitsamt und die Jugendfürsorge verpflichtet. Und das bei einem hinlänglich bekannten Transgender! Frau Neitzel zog die Fühler ein und rückversicherte sich: »Das Kind ist wieder gut drauf?« Frau Maurer bestätigte: »Ja, und ob!« Sie lächelte verbindlich und wurde mit freundlichem Gruß entlassen.

Im Treppenhaus und auf dem Weg zu ihrer Klasse registrierte Frau Maurer wieder einmal ihre inzwischen dünnhäutig gewordene Konstitution und überflog ihre Erfolgsaussichten. Auf der einen Seite sah sie sich dem kleinen Tom Bruck verpflichtet, das war klar, aber auf der anderen Seite fürchtete sie sich irre vor den Konsequenzen ihrer Handlung. Der administrative Druck war enorm, gleichermaßen zog die moralische Verantwortung an ihr. Sie war jetzt schon mehrfach ernsthaft ermahnt worden, die Dinge nicht nach ihrem Gusto, sondern entsprechend den Vorschriften zu regeln. Gewisse Freiräume gestand ihr die Schulleiterin zu, doch die waren viel zu klein. Immerdar drohte die gesellschaftliche Praxis ihr erneut einen Fall Esmeralda Bruck aufzubürden, an dem sie scheitern konnte. Stur setzte sie ihre Pläne und pädagogischen Prinzipien in die Realität um, nur sie riskierte damit auch jedes Mal ihre unehrenhafte Entlassung bei empfindlicher Reduzierung ihrer Pensionsansprüche. In einem Nest wie Kerkow entfalteten solche Dinge einen Wust an vernichtenden Kommentaren, und der wohlverdiente Ruhestand verflüchtigte sich wie Nebel unter der Morgensonne. Sie hatte den Klassenraum erreicht und hörte hinter der Tür ihre fröhlich tobende Kinderschar. Sie nahm die Klinke in die Hand und entschied: Diese eine Sache bringe ich noch sauber zu Ende. – Und danach? Mit einem Dauerkrankenschein würde sie sich aus der Affäre ziehen und aus dem Dienst schleichen. Derartiges wurde eifrig unter den älteren Semestern diskutiert und bereits praktiziert. Die Nerven lagen blank, die Kräfte waren verbraucht, Schule schlauchte nur noch, und die Direktion packte oben drauf, wo eigentlich schon gar kein Spielraum mehr war … – Sie öffnete die Tür und trat über die Schwelle. Die Kinder lachten ihr entgegen, und sie setzten die Proben für das Theaterstück fort.

Unentschlossen und zerstreut surfte Direktorin Neitzel im Internet, als ob von dort ein Lichtblick kommen könnte. Und er kam! Ein Clown, ein wunderschöner, bunt gewandeter Artist, drängte sich ins Bild: Die Bühne liegt im Scheinwerferlicht, der Zuschauerraum bleibt abgedunkelt. Der Illusionist erscheint, und alle Blicke richten sich nach vorn. Die Kamera läuft. Neugierige Kinderaugen, gespannte Lehrer und Eltern verfolgen die erste Attraktion. Ein glänzender Reif steigt nach oben, dreht sich schwerelos und löst sich in hunderttausend Sterne auf. Tosender Applaus. Die Kamera läuft. Der Künstler kündigt das Schülertheater an. Die Schüler agieren. Wieder Applaus. Der Artist entlässt die Schülertruppe und zeigt seinen nächsten Trick. Bunte Bälle springen vor ihm, neben ihm, hinter ihm, über ihm und plötzlich ist jeder Ball ein Blu-

me. Ein Blütenregen rieselt herab. Die Kamera läuft …
Frau Neitzel schaute auf den Kalender: Es war Montag, der 17. Juni 2019, und damit blieben ihr genau noch zwei Tage. – Sie stob hoch und ins Vorzimmer.

Dort arbeitete die Sekretärin Frau Schröder und füllte gerade lange Listen mit wirklichen und erfundenen Daten aus dem Betrieb der Kerkower Grundschule aus. Sie frönte dieser schweißtreibenden Arbeit, die alle Jahre wieder und zum Schuljahresende erledigt werden musste, an Umfang stetig zunahm und zugleich infolge ihres Volumens jeglichen Informationsgehalts entbehrte. Die kleine Schulsekretärin brachte es auf eine einfache Formel: »Mir kann doch niemand erzählen, dass das hier einer liest, versteht und praktischen Nutzen daraus zieht.« Nichtsdestotrotz tippte sie unverdrossen und gewissenhaft, schließlich wurde sie dafür bezahlt, und äußerte ihre Meinung nur in einem ganz kleinen, nicht zum Schulbetrieb gehörenden Kreis.

Direktorin Neitzel trat nun also heran und ordnete an: »Lassen Sie bitte alles liegen und suchen Sie mir sofort drei oder vier Künstler als Conférencier für die Schuljahresabschlussfeier heraus.« Sie lief aufgeregt vor dem Schreibtisch hin und her und dozierte: »Ich brauche einen Artisten, der bisschen was auf der Kirsche hat, also drei oder vier Stunden lang unterhalten kann, alle Aufmerksamkeit auf sich zieht und selbstverständlich sofort verfügbar ist. Die Leute bestellen Sie zu mir, zwecks sofortiger Einweisung und Vertragsabschluss.« Frau Schröder schüttelte innerlich den Kopf und fragte äußerlich treu ergeben: »Was darf der Mann kosten?« Frau Neitzel antwortete unwirsch: »Zwei-, dreitausend. Ist egal.« Sie war bereit, Unsum-

men aus ihrer privaten Schatulle für ein Ablenkungs-
manöver hinzublättern. Hauptsache, der Illusionist
käme rechtzeitig und erfülle seine Aufgaben anständig. »Tja, wenn das so ist, dann dürfte es nicht schwer
sein«, kommentierte Frau Schröder lakonisch und rief
die entsprechenden Adressen im Internet auf. Frau
Neitzel betonte noch: »Ich warte!«, ging in ihr Arbeitszimmer, setzte sich an ihren Schreibtisch und wippte
nervös mit den Knien. – Schon an diesem Nachmittag meldeten sich zwei Männer und eine Frau, um
den Auftrag entgegenzunehmen. Frau Neitzel prüfte die Kandidaten und entschied sich für die Dame,
die mit einer raschen Auffassungsgabe beeindruckte.
Die beiden Herren kamen eh nicht in Frage, weil sie
sich affektiert aufführten, offensichtlich mehr von ihrer Kunst eingenommen waren, als davon, sich auf das
Publikum einstellen zu wollen. Außerdem verlangte
die Frau wesentlich weniger Gage als die Männer. Frau
Neitzel reuten inzwischen bereits die zwei Tausender,
die sie zu ihrer Rettung in die Waagschale warf. Nunmehr besprachen sie die Details.

Am Morgen des letzten Schultages stand Tom von
seinem Bett auf. Er ging ins Bad und zerrte sich
missmutig sein Nachtzeug vom Körper, ließ es fallen und auf dem Boden liegen. Er wusch sich Hände,
Gesicht und die Achseln. Er trocknete sich ab. Das
Handtuch ließ er ebenfalls auf den Boden gleiten
und dort liegen. Er putzte seine Zähne gründlich,
spülte die Zahnbürste aus und steckte sie wieder in
die Halterung zurück. Er glättete seinen Haarschopf
und warf den Kamm mit den anhaftenden Haaren
ins Waschbecken. Er nahm sich ein frisches Hand-

tuch, umgürtete seine Lenden und setzte sich auf den Wannenrand. Ihn juckte die Vorstellung, die anderen ungebührlich lange warten zu lassen, denn vor der Tür trampelten schon die nächsten. Nico Popper und zwei Techniker, ein Marcus und ein Stephan, hatten sich bei den Brucks eingenistet, störten nicht nur die morgendlichen Abläufe, sondern nervten ganztags mit ihren Untersuchungen. Manchmal waren sie auch unterwegs, dann kehrte Ruhe ein, doch diese Ruhe brach jäh ab, sobald das Team wieder aufkreuzte, die Ergebnisse seiner Recherche ausbreitete und sich damit brüstete. In der Schule war Tom derweil wieder vollkommen ein Junge. Zu Hause ließ er sich filmen: Esma bei den Hausaufgaben, Esma beim Essen, Esma beim Spielen, Esma im Garten, Esma im Kinderzimmer, Esma vor dem Fernseher und so weiter – und mit hirnrissigen Texten und in zermürbenden Wiederholungen. Tom hatte aufgegeben, weil allzu viel Renitenz auf die lieben Eltern niederschlüge. Seine Freundin Sophia hatte ihm auch geraten, lieber abzuwarten, auszuhalten und sich Mutter und Vater ganz entspannt in den Ferien noch einmal vorzunehmen. Sie wusste: »Mit Eltern muss man manchmal Geduld haben.« Tom trat aus dem Badezimmer auf den Flur hinaus und fertigte die Anstehenden mit einem kühlen »Guten Morgen« ab.

In seinem Zimmer zog sich Tom für die Schuljahresabschlussfeier an. Er wählte eine dunkelgrüne Leggins und das hellgrüne, etwas bauschig gearbeitete T-Shirt mit den Strasssteinchen aus seiner Esmeralda-Zeit. Immerhin war er Froschkönig. Er drehte sich vorm Spiegel und gefiel sich ausnehmend gut. Beim unmittelbaren Auftritt würden ihn Schwimmflossen an den Händen und Füßen als Frosch markieren, die er nach der neuerlichen Verwandlung abstreifen würde. In der Abschlussszene kämen noch die Krone und der Umhang dazu. Doch die grüne, etwas auffällige Grundausstattung sollte Tom den ganzen Tag lang als Froschkönig vor allen anderen herausstreichen. Tom freute sich auf den heutigen Tag und auf die Schule wie schon unendlich lange nicht mehr. Einen winzigen Wermutstropfen gab es dennoch: Felix! Indem dieser als Zauberer die Handlung mit Prolog und Epilog einrahmte, verlor sich die Hauptrolle. Das hatte Tom treffsicher erkannt. Den letzten Satz durfte Felix sprechen und zog damit automatisch alle Aufmerksamkeit nachhaltig auf sich. Felix würde allein und an der Rampe stehen und in den Saal schmettern: »Dieses eine Mal gebe ich mich geschlagen, aber auf Dauer ergebe ich mich nicht.« Ein garstiger, böser Zauberer! Alle Versuche, das Ende zu verändern, Felix abzudrängen, waren an der Regie gescheitert. Das war schade. Deshalb legte Tom an diesem Tag besonderen Wert auf seine Kleidung, denn alle sollten ihn sehen und im weiteren Verlaufe des gesamten Festes als Hauptakteur wiedererkennen. Und er war stolz! Er war stolz auf sich, stolz auf seine Rolle, stolz auf seine Leistung. Und nicht zuletzt war er stolz auf sein Verhältnis zu seiner Lehrerin, die ihn beiseite nahm und gestand: »Tom, ich musste deine Zensur in Sport auf drei korrigieren.« Tom schaute fragend, denn er verstand nicht recht. Sie ergänzte ernst: »Du weißt, du hast ein paar Tage gefehlt. Da war deine Leistung nicht so gut wie in den anderen Jahren.« Ein paar Tage? Tom hatte monatelang den Turnunterricht geschwänzt! Er nickte. Lehrerin Maurer sagte noch: »Wollen wir das als unser

Geheimnis so durchgehen lassen?« Tom nickte wieder. Er war denkbar froh und fühlte sich durch ihr Vertrauen geehrt.

Mit gemischten Gefühlen betrat Tom die Küche. Frühstück war vorbereitet. In der Spüle stapelte sich bereits das von Nico, Stephan und Marcus benutzte Geschirr, und der Geruch nach abgestandenen Essensresten animierte nicht gerade den Appetit. Das Filmteam hatte sich in der Ecke am Fenster aufgebaut und beobachtete. Die Kamera lief. Die Eltern saßen schon. »Morgen.« – »Morgen.« – »Hast du gut geschlafen?«, schmeichelte Vater Conni. »Geht so«, antwortete Tom und setzte sich dazu. Mutter Pia säuselte: »Magst du nachher das hübsche Kleid anziehen? Ich habe es dir zurechtgelegt.« Tom sagte harsch: »Ich bleibe so.« – »Aber doch nicht den ganzen Tag. Schuljahresabschlussfeier. Alle anderen Mädchen ziehen doch auch ihre schönsten Kleider an«, wandte sie lieblich sprechend ein. Tom wiederholte schroff: »Ich bleibe so.« – »Stopp! Aus!«, kommandierte Nico Popper und schleimte: »Esmeralda, zieh doch bitte das hübsche Kleid an. Du weißt, wir brauchen heute alles von früh bis spät. Tu uns bitte den Gefallen.« Tom griff nach Brot und Belag und sagte möglichst gelassen: »Ich bin der Froschkönig. Ich bleibe so.« Nico Popper holte tief Luft: »Okay, haben wir ein grünes Kleid?« Pia antwortete: »Ich glaube schon«, und eilte, um das Gewünschte herbeizuschaffen. Sie war schon in der Tür, als Tom zischte: »Ihr denkt doch wohl nicht ernsthaft, dass ich im Kleid auftrete. Bei euch piepts doch wohl!« Nico beschwichtigte: »Nein, natürlich nicht. Es geht ja nur um den Schulweg und um den Anfang und um das Fest. Auf der Bühne darfst du Froschkönig sein.« Tom verdrehte die Augen, nahm etwas Abstand, blähte sich auf und konstatierte: »Das hier ist mein Tag und den lasse ich mir von euch nicht vermiesen.« – »Aber Esma?!« – Nico Popper gab dem Kameramann ein Zeichen. Sie drehten weiter. Nico würde später schneiden. Irgendwas klappte ja immer irgendwie, und Bilder ließen sich schließlich auch mit passenden Kommentaren ganz gut erklären. Mutter, Vater und Kind mimten Frühstück. Tom war durch, sprang vom Stuhl, gab Mutter und Vater einen Kuss und sagte: »Bis später. Wir sehen uns auf dem Fest. Und nicht vergessen, vierzehn Uhr in der Aula!« Er flitzte aus dem Haus. Das Filmteam hechtete hinterher. Der Junge war schneller. Sie bauten sich vor der Schule auf und interviewten die Passanten. Vielleicht kamen ja noch ein paar hübsche Einstellungen und brauchbare Meinungen zusammen.

Beim Abräumen des Frühstückstisches murrte Conni: »Ich hab es gründlich satt.« Pia entgegnete: »Und warum sagst du es nicht?« Er zuckte mit den Schultern und lenkte ab: »Wir haben doch einmal unterschrieben.« Er schob die Nico Popper zugestandenen Veröffentlichungsrechte vor. Pia schüttelte nur den Kopf. Sie arbeiteten stumm. Stumm stellten sie Butter, Wurst und Käse in den Kühlschrank, stumm wuschen sie die Gläser und genauso stumm befüllten sie den Geschirrspüler. Als die Klappe geschlossen war und die Maschine rumpelte, fingerte Conni seine Zigaretten aus der Tasche und zündete sich eine an. Pia murmelte: »Gib mir auch eine.« Er reichte ihr die Schachtel und das Feuer. Sie hockten sich an den Tisch und bliesen graue Schleier in die Luft.

Ohne Übergang oder Vorrede sagte Pia trocken und wie zu sich selbst: »Der Mann, den ich geheiratet habe, wusste Verträge zu umgehen und Meinungen zu ignorieren. Der hat sich einfach clever angestellt. Auf den Kleingeist hat er gespuckt und wichtige Dinge einfach erledigt.« Sie schaute ihren Mann schmunzelnd an. Er fragte: »Du meinst?« Sie nickte und lächelte. Er lächelte auch.

Sie drückten die Kippen aus und erhoben sich. Pia riss das Fenster auf und fächelte Luft herein. Conni sagte: »Lass ruhig offen, ist doch schönes Wetter.«

Er entleerte den Aschenbecher, spülte ihn, trocknete ihn ab und stellte ihn ins oberste Regalfach. Das alles tat er sehr langsam, bedächtig und wie unter Hemmungen. Pia spürte, dass da noch etwas war. Sie sagte: »Red schon! Was ist los?« Er breitete aus: »Mir ist nicht wohl. Mir ist hier nicht wohl, mir ist da nicht wohl, mir ist bei allem so lahm. Ich würde gern was tun. Ich würde gern verreisen. Mal sechs Wochen Ferien machen, sechs Wochen Urlaub. Wir hauen einfach ab. Mal was anderes, mal was Schönes.« Pia lauschte und spitzte: »Willst dich verstecken?« Er gestand: »Ja, das auch.« Ihn durchströmte eine große wohltuende Wärme ob ihres weiblichen Spürsinns, und er wünschte sich wirklich und wahrhaftig mit ihr und nur mit ihr sehr weit fort. Und das Kind? Das Kind war Teil von ihr und gar nicht wegzudenken. Diese beiden bildeten Connis Welt. Er ergänzte werbend: »Wir waren noch nie verreist. Haben wir uns eigentlich mal gefragt, was unser Kind nach den Ferien in der Schule erzählt?« Sie bremste: »Wir waren uns immer gut genug. Wir haben doch nie was anderes gewollt. Wir haben den schönen Garten. Wir haben hier alles. Was sollen wir in der Fremde? Hotelzimmer, gelackte Kellner, organisierte Gruppenveranstaltungen … Willst du das wirklich?« Er wandte ein: »Es geht auch anders. Zelten irgendwo im Busch oder wandern auf einsamen Wegen.« Er flehte: »Nur raus hier.« Sie erwiderte fest: »Und der Garten verkommt und das Haus steht leer? Wir wussten doch, warum wir nie verreisen wollten.« Das Haus war viel zu wertvoll, um wochenlang unbeaufsichtigt zu stehen, und die Gartenpflege bereitete ihr viel Mühe, kostete sie unglaubliche Anstrengungen, besonders seit Tante Loni nicht mehr hier wohnte und wie früher einen gehörigen Teil bewältigte. Pia schaute betreten drein. Conni warb: »Und wenn ich dir verspreche, dass ich jemanden finde, der auf alles aufpasst und auch mal den Hahn aufdreht und deine Pflanzungen bewässert? Wenn ich alles so organisiere, dass wir nicht auf den Touristenmeilen rumlatschen müssen, kommst du dann mit?« Sie sagte: »Ja.«

Drüben auf dem Anwesen bei Jens Schmittke war es in diesen Vormittagsstunden ruhig. Die Kinder waren in der Schule und die Erwachsenen größtenteils auf der Arbeit. Nur der Hofherr war zu sehen. Er wuchtete soeben pralle Säcke auf einen Karren. Conni Bruck trat heran und fragte: »Kann man dich mal sprechen? Kannst du mir mal einen Gefallen tun?« Jens antwortete leichthin: »Immer gern«, und war froh darüber, dass Conni von sich aus kam. Ihn wurmte nämlich schon längere Zeit, wie die Brucks sich da auf ihrer Festung einigelten. Zu vielen Kerkowern pflegten die Bewohner der kleinen Kommune inzwischen einen guten Kontakt, nur die unmittelbaren Nachbarn zeigten sich kaum. Conni erklärte: »Wir wollen verreisen. Sechs Wochen Tapetenwechsel wird uns guttun. Du nimmst bitte unseren Hausschlüssel und den Schlüssel vom Tor und schaust ab und an mal nach dem Rechten. Und wenn es passt, drehst du den Wasserhahn auf. Ich habe eine anständige Beregnungsanlage. Das kann ich dir zeigen. Und wenn die Früchte an den Sträuchern reif sind, nimmst du sie dir. Die Kinder werden sich freuen. Du kannst sie ruhig in unser Bassin lassen. Geht das?« Er sprudelte nur so, und Jens hörte mit wachsendem Befremden zu. Er schwieg und überschaute das Terrain: Ein Palast mit zahlreichen Nebengebäuden und fünftausend Quadratmetern kultivierten Gartenlandes – so etwas erledigte niemand im Vorbeigehen. Dazu kam die Grenzbefestigung, diese elende, drei Meter hohe Mauer mit dem Stacheldraht oben drauf. Die Abschottungsparanoia des alten, seinerzeit neureichen Peter Bruck hatte ihn dieses gigantische Bauwerk errichten lassen. Das Grundstück war also auch nicht einzusehen. Das üblicherweise Tag und Nacht offenstehende Hoftor würde bei Abwesenheit der Bewohner zwar verrammelt werden und Diebe beziehungsweise Randalierer sicher hindern, aber was wäre, wenn …? Jens fragte vorsichtig: »Du weißt schon, was du da verlangst?« Conni zuckte mit den Schultern. Jens vertiefte: »Mal so schauen übern Gartenzaun und hier und da den Schlauch draufhalten, das ginge schon, aber so …« Er starrte auf die Mauer, die diesseits mit Graffiti und Bepflanzung einigermaßen ansehnlich gestaltet war. Er biss sich auf die Lippen. Er bedauerte augenblicklich die verpatzte Gelegenheit, der Nachbarn Zuneigung mit einer kleinen Dienstleistung zu erwerben. Nur, das war ja eben kein kleiner Dienst, sondern eine Mammutaufgabe und über sechs Wochen diese Schinderei und diese Verantwortung, als hätte man nichts Eigenes am Start. Conni starrte ebenfalls auf die Mauer, und ihm dämmerte das Problem. Seine Gedanken kreisten, nahmen Gestalt an, verfestigten sich, und endlich fragte er locker: »Was glaubst du eigentlich, wie lange es braucht, die Mauer abzureißen?« Jens nahm den Ton auf: »Mit 'ner gezielten Sprengung drei Sekunden, mit 'ner Firma vielleicht vier Wochen und wenn wir es alleine machen, schätze ich, kommen wir auf ein Jahr.« Conni sagte: »Ich finde, ein Jahr ist nicht zu lang.« Jens nickte: »Ich bin dabei.« – Die Brucks vertagten ihre Urlaubsreise.

Auf dem Schulhof wimmelte es von Menschen. Allerlei Attraktionen waren aufgebaut, Schausteller warben um Aufmerksamkeit und die örtlichen Gewerbetreibenden boten ihre Dienste und Produkte an. Ein Schulfest ist ja immer auch ein Forum für das eigene Geschäft. Klein und Groß, Jung und Alt flanierten, schauten, redeten und lachten. Ganz Kerkow war auf den Beinen, und es waren sogar Gäste aus Nordstadt gekommen. Das Filmteam fing einige Impressionen ein. Da führte der Klempnermeister Hugo Geißler an seinem Stand interessante Experimente vor. Er mochte die Jugend für sein Fach erwärmen und sich wichtigmachen. Er war wohl auch ein Bastler und Tüftler. Am Stand gegenüber hatten Gerda Öhme und Loni Bruck reichlich blühende Prachtstücke ansprechend drapiert. Hier wechselte schon einiges den Besitzer. Die Chefin des Gartenbaubetriebes verteilte allerlei Pflegehinweise, und ihre Gehilfin ging ihr emsig zur

Hand. Jens Schmittke glänzte und thronte in zünftiger Bauernmontur hinter einem Berg Frühkartoffeln, in Weidenkörbchen lagerten glutrote Früchte und grünes Lauch, und ein riesiger Strauß Sonnenblumen krönte seinen Stand. An der Hüpfburg hatte sich eine lange Schlange aus Kindern gebildet. Während sich die einen schon in die Lüfte schwangen, sahen die anderen noch zu. Ein junger Lehrer regulierte den Zugang und unterhielt die Wartenden mit allerlei Späßen. Um Annemarie Hecht drängte sich eine Handvoll Kerkower und bedauerte wortreich die Schließung der Kirche. Die ehemalige Pastorin quittierte den Schwanengesang mit bittersüßem Lächeln. Auf langen Tischen hatte das Cateringunternehmen Türme von Kuchen und schmackhaft zubereiteten Schnittchen errichtet. Nele Winkler half der Serviererin beim Austeilen und klaubte emsig achtlos fallen gelassene Pappteller vom Boden auf. Der Getränkestand gab ein ähnliches Bild ab. Wasser, Cola und Fanta flossen in Strömen, und zwei ältere Schüler sammelten die entleerten Plastikbecher in Müllsäcke. Über alle dem lag das lärmende, fröhliche, etwas überdrehte Stimmengewühl eines ereignisreichen Tages. Der Kameramann schwenkte herum, zoomte in die Totale und schaltete das Gerät aus. Das Filmteam zog sich in die Aula zurück. Der Festakt würde in Kürze beginnen.

Ein Gong ertönte. Alle liefen herbei und nahmen ihre Plätze ein: Vorn saßen die Schüler, hinten die Eltern und die übrigen Gäste wie hochrangige Persönlichkeiten des öffentlichen Lebens und freilich eine Abordnung aus dem Schulamt. Die Kinder der Theatertruppe sammelten sich hübsch kostümiert hinter der Bühne. Frau Maurer hielt die hitzig plappernde, kleine Schar zusammen und redete begütigend auf sie ein. Auf einem flachen Podest hockte das Filmteam. Mit todernster Miene lichteten sie das fröhliche Volk ab. Nico Popper gab den Aufnahmeleiter, lenkte hierhin und dorthin, und Kameramann Marcus nickte genervt. Die Direktorin überblickte die Menge, lächelte ihren Kolleginnen und Kollegen aufmunternd zu. Hausmeister Wacker kauerte am Technikpult, hantierte gewichtig an diesem oder jenem Knopf und Schieber. Ein zweiter Gong ertönte.

Der Saal verdunkelte sich langsam, ein Raunen ging durch die Reihen: »Es beginnt!« Dann war es für Sekunden stockduster. Nur das rote Aktionslämpchen der Kamera huschte wie ein Glühwürmchen hin und her. Atemlose Stille herrschte. Im Mittelgang flammte Licht auf, der Strahl tastete suchend herum, erhaschte eine Figur, blieb an ihr haften und hob sie empor: Ein Clown! Alle Augen richteten sich auf ihn. Ein wunderschöner, bunt gewandeter, lebendiger Gaukler! Beifall brandete auf, die Kinder jauchzten, die Erwachsenen applaudierten höflich. Der Clown legte einen Finger an den grell bemalten Mund und mimte Verwunderung. Ruhe trat ein und sie sahen einen schillernden Reif langsam zur Decke schweben, plötzlich zerspringen und ein Regen aus tausenden Sternen rieselte herab. Wie schön! Wieder applaudierten die Zuschauer und der Clown, Kusshände nach links und rechts werfend, sich verbeugend und aufrichtend, tänzelte zur Bühne. Hier oben vollführte er ein paar linkische Bewegungen. Sie lachten. Der Clown polkte kleine Bälle, mehr und mehr, aus seinem Ärmel und warf sie ins Publikum. Die Kinder quietschten vergnügt. Schon wechselte das Bild, und ein Turm aus illuminierten Stäben wuchs auf des Clowns Hand. Der Turm zerstob und Blütenkelche segelten zu Boden. Während die Zuschauer jubelten und klatschten, griff der Clown in die Kulisse und zum Mikrofon. Er wartete ein paar Augenblicke und sprach dann: »Herzlich willkommen zu unserem Schuljahresabschlussfest, liebe Kinder, liebe Eltern, liebe Lehrer, liebe Freunde. Mein Name ist Neckarin. Ich führe durch das Programm. Als Erstes sehen und hören wir die Theatergruppe. Dazu wünsche ich euch viel Vergnügen.« Matter Beifall setzte ein, der Clown trat ab, und Felix schritt im Kostüm des Zauberers mitten auf die Bühne. Er trug mit beeindruckend kräftiger Stimme vor: »Ihr werdet sehen, liebe Leute, dass ich verführe, verwandle, den jungen König kleinmache und ducke, bis er vor Angst zittert. Und ich werde am Ende recht behalten. Nichts, was ich anfasse, ist umkehrbar. So befehle ich: ›Du seiest ein Frosch!‹, und er wird ein Frosch.« Felix drehte sich vom Zuschauerraum weg und sprach über die Schulter und zum Publikum: »Freilich kann ich das Wort zurücknehmen. Mache ich aber nicht. Wer bin ich denn? Wollen wir sehen, wie er sich abquält …« Der Zauberer hielt seinen Stab über den jungen König, der wandte sich wie in Krämpfen, sackte zu Boden, stammelte Widerworte, bäumte sich auf und verlor den Kampf dennoch. Der Zauberer verschwand.

Der Frosch kam gebückt daher, umrundete den Brunnen, betrachtete seufzend die Gegend. Er war der vom Schicksal geschlagene Mann. Die fröhliche Prinzessin betrat die Szene, warf ihre goldene Kugel hoch, fing sie auf, warf wieder und verlor ihr Spielzeug im Brunnen. Mit der ins Wasser gefallenen Kugel erkannte der Frosch seine Chance: »Ich werde dir die Kugel heraufholen, wenn du mir drei Wünsche erfüllst: Ich will in deinem Schloss wohnen. Ich will an deinem Tisch essen. Ich will in deinem Bett schlafen.« Die Prinzessin sinnierte laut: »Bringt er mir die Kugel zurück, wird er auf sein Recht pochen? Ach was! Ein kleiner, krummer Frosch.« Sie versprach ihm ihr Schloss, ihre Mahlzeiten und ihr Bett. Der Frosch tauchte hinab, brachte die Kugel herauf, die Prinzessin trällerte davon, und der Frosch blieb betrogen am Brunnen hocken. Er folgte ihr zum Schloss. Stunden später kam er dort an und wurde eingelassen. Der alte König fand Gefallen an dem beherzt auftretenden, kleinen Kerl und stellte seine Tochter zur Rede: »Hast du versprochen, den Frosch zu dir zu nehmen, so musst du dein Wort auch halten und ihn anständig behandeln.« Der Frosch aß mit am Tisch. Die Prinzessin ekelte sich. Sie verdrückte sich. Der Vater rief ihr nach: »Du musst dein Wort halten! Er hat dir in der Not geholfen, so sollst du jetzt auch für ihn sorgen.« Zerknirscht und wütend kehrte sie um, nahm den Frosch bei der Hand und mit sich auf ihr Zimmer. Dort herrschte sie: »Kannst unterm Bett schlafen.« Er beharrte: »Ich gehöre in dein Bett.« Sie geiferte: »Du widerlicher, schleimiger, schmutziger Frosch! Und überhaupt, was willst du mir? Ich kann dich zertreten.« Er sprach würdevoll: »Ich bin ein König.« Sie lachte hämisch: »Sieht so ein König aus?« Er blieb dran: »Ich bin wirklich ein König. Was du äußerlich siehst, ist nur mein Kleid. In Wahrheit bin ich ein König.« Er kauerte sich nieder, senkte den Kopf und schluchzte. Die Tränen rührten die Prinzessin. Sie bückte sich zu ihm hin, umfing ihn liebevoll und entschied: »Du sollst mein König sein.« Der Froschkönig erhob sich und der Zauberspruch fiel in sich zusammen. Der Hofstaat lief herbei, beglückwünschte das junge Paar, und stürmischer Applaus erfüllte den Raum.

Hausmeister Wacker spielte die Musik ein, die Bühne wurde zum Ballsaal, die in die prunkvollsten Roben gekleideten Mimen wogten im Tanz. Das junge Publikum riss es von den Plätzen und sie trampelten, hüpften, klatschten, sprangen, schaukelten, schunkelten und drehten sich im Takt. Herr Wacker drosselte die Klänge, der Lärm legte sich, die Zuschauer hielten gespannt inne, der Froschkönig umarmte seine Braut und trat mit ihr an die Rampe: »Deine Liebe hat mich gerettet«, er wandte sich zu seinem Hofstaat: »Eure Toleranz hat mich heimgeführt«, und in den Saal sprach er: »Nun lasst uns alle feiern.« Ungestümer, nicht enden wollender Beifall erscholl. Herr Wacker schob den Regler ganz nach oben, und das Fest nahm seinen Lauf.

Hinter der Bühne wartete Zauberer Felix auf seinen Auftritt. Wie er aber seine Kameraden und das Publikum überschaute, die frohen Gesichter, die ausgelassen tobenden Kinder und die lachenden inzwischen mittanzenden Erwachsenen sah, ahnte er, dass sein Epilog ins Wasser fallen würde. Lehrerin Maurer legte ihm eine Hand auf die Schulter und drückte sanft zu. Felix entzog sich ihrer Geste, nahm einen kleinen Abstand, verbeugte sich formvollendet, freilich etwas gekünstelt übertrieben, und fragte: »Darf ich bitten, gnädige Frau?« Sie nickte und der Knabe geleitete seine Dame aufs Parkett und in den Reigen der Tänzer. Frau Maurer zwinkerte Herrn Wacker zu. Er zwinkerte zurück. Er hatte längst verstanden und spielte Titel auf Titel ab. Er fühlte sich wohl als erster und einziger Techniker des Hauses und beobachtete vergnügt seine Schützlinge: Frau Maurer tanzte mit Felix, Tom tanzte mit Sophia, Frau Neitzel tanzte mit Conni Bruck, der Gaukler tanzte mit dem Schulinspektor, Theo tanzte mit Selma, Nico Popper tanzte mit Annemarie Hecht, Pia tanzte mit Stephan, Marcus tanzte mit Martha und immer so weiter. Die Musik wechselte und die Paare mischten sich neu. Die Saaltüren gingen auf, Licht und Luft fluteten herein, und die Tänzer walzten hinaus. Wer jetzt noch draußen hockte, grummelte, sich etwa griesgrämig oder maulig gestimmt auf Abstand hielt, den sog die Menge einfach auf – und am Ende waren sie alle denkbar froh.